AF222415

Krankhafter Trieb

Rolf Schmitt ist 1958 in Mannheim ge-
boren. Der ehemalige Bankbetriebswirt
lebt mit seiner Frau Pia in Heddesheim
im Rhein-Neckar-Kreis. Zu seinen
Hobbies zählen Golfen, Kochen, Lesen
und Schreiben.

Nach seinem im Jahr 2021 er-
schienenen Erstlingswerk *Entsetzliche Wut* lässt er auch in
seinem zweiten Krimi den pensionierten Kriminalhauptkommissar Werner Wellinger auf Verbrecherjagd gehen.

ROLF SCHMITT

KRANKHAFTER TRIEB

Bibliografische Information der Deutschen Nationalbibliothek:
Die Deutsche Nationalbibliothek verzeichnet diese Publikation in
der Deutschen Nationalbibliografie; detaillierte bibliografische Daten
sind im Internet über dnb.dnb.de abrufbar.

*Die automatisierte Analyse des Werkes, um daraus Informationen
insbesondere über Muster, Trends und Korrelationen gemäß §44b
UrhG (»Text und Data Mining«) zu gewinnen, ist untersagt.*

© 2024 Rolf Schmitt

Verlag: BoD · Books on Demand GmbH,
In de Tarpen 42, 22848 Norderstedt

Druck: Libri Plureos GmbH, Friedensallee 273, 22763 Hamburg

ISBN: 978-3-7597-0810-6

KAPITEL 1

Er beobachtete sie schon eine ganze Weile. Mit ihrem Rucksack saß sie zusammengekauert am Straßenrand. Neben ihr stand eine Flasche Wein, die bereits gut zur Hälfte ausgetrunken war. Ihr Blick ging ins Leere. Tränen liefen ihr über das Gesicht und vermischten sich mit den Regentropfen, die seit einer halben Stunde unablässig vom tiefgrauen Himmel fielen. Ihre Wimperntusche hatte sich aufgelöst und hinterließ auf ihren Wangen hässliche schwarze Streifen. Ihre dunklen Haare waren durchnässt und schienen an ihrem Gesicht festzukleben.

Als sie ihr Kinn anhob und zu ihm hinüberschaute, fühlte er sich wie vom Blitz getroffen. Seine Hände fingen zu zittern an. Er spürte eine gefährliche Erregung in sich aufkommen und war fest entschlossen, dagegen anzukämpfen. Aber war er stark genug?

Geh weiter und lass sie in Ruhe, sagte er zu sich selbst. Doch er spürte genau, dass er den Kampf gegen seinen krankhaften Trieb bereits verloren hatte.

Die Gelegenheit war gut, denn weit und breit war keine Menschenseele zu sehen. Langsam ging er auf die andere Straßenseite und sprach sie an. Nachdem er seinen Regenschirm aufgespannt hatte, stand sie auf, hakte sich bei ihm unter und stieg in sein Auto ein, das er nur wenige Meter entfernt am Straßenrand geparkt hatte. Seine freundliche Stimme hatte sie nicht zögern lassen. Und auch ihre Alarmglocken, die sie vor einer Gefahr hätten warnen können, blieben stumm, denn der Alkohol hatte sie leichtsinnig werden lassen. Sie konnte nicht wissen, dass es ihre letzte Fahrt werden würde. Eine Fahrt in einen grausamen Tod.

Kaum aus der Stadt heraus, bog er in einen Waldweg ein. In der Umgebung kannte er sich aus, denn es war nicht das erste Mal, dass er diesen finsteren Ort aufsuchte. Als er den Motor abstellte und das Mädchen erkannte, dass der Mann nichts Gutes mit ihr vorhatte, war es für sie zu spät. Ihre Schreie konnte niemand hören. Um sie zum Schweigen zu bringen, schlug er ihr brutal ins Gesicht. Blut lief ihr aus Mund und Nase.

»Halt's Maul, oder es setzt noch eine«, raunzte er sie an. Die Freundlichkeit in seiner Stimme war verschwunden.

Wut und Traurigkeit, die sie an diesem Tag begleitet hatten, hatten sich von einem auf den anderen Moment in blankes Entsetzen verwandelt. Ihr Herz raste und sie konnte nicht verstehen, wie sie einem fremden Menschen so hatte vertrauen können, wie sie in so eine Situation überhaupt kommen konnte. Unfähig, auch nur noch einen Ton von sich zu geben, sah sie ihn mit angsterfüllten Augen an und konnte die Lüsternheit in seinem dunklen Blick erkennen.

Er genoss die Situation von Macht und Kontrolle, die er über sie gewonnen hatte. Auch seine Atemzüge wurden jetzt immer schneller, als wollten sie mit dem beschleunigten Herzschlag des Mädchens Schritt halten.

Als er seine fleischigen Hände um ihren Hals legte,

waren die prasselnden Regentropfen auf der Windschutzscheibe seines Autos das Letzte, was sie wahrnehmen
konnte. Dann wurde es dunkel.

KAPITEL 2

Bereits kurz nach acht rief Veronika ihre Chefin an und meldete sich krank. Ob ihr die Marktleiterin des Freiburger Lebensmitteldiscounters Glauben schenkte oder eher vermutete, sie wolle am Brückentag blau machen, war ihr egal. Sie hatte sich diesen Tag auch anders vorgestellt.

Nach dem gestrigen Streit hatte ihre vierzehnjährige Tochter die Wohnung fluchtartig verlassen und war bis jetzt nicht wieder aufgetaucht. Es war nicht das erste Mal, dass Martina von zu Hause weggelaufen war und bei Gabi, ihrer besten und auch einzigen Freundin, in Freiburg übernachtete. Bisher war sie aber immer spätestens am nächsten Tag in aller Herrgottsfrühe wieder heimgekehrt. Dann verkroch sie sich in ihrem Zimmer, legte sich aufs Bett, setzte die Kopfhörer auf und hörte sich ihre Lieblingssongs auf ihrem alten Kassettenrekorder an. Doch an diesem Morgen waren ihr Bett und ihr Zimmer leer. Veronika war ganz flau im Magen. Gewissensbisse quälten sie schon seit letzter Nacht. Hätte sie gestern anders reagieren sollen, ja müssen?

Sicherlich war es für sie nie einfach gewesen, als alleinerziehende Mutter ein Kind großzuziehen, das sich jetzt auch noch mitten in der Pubertät befand. Mit knapp neunzehn war sie schwanger geworden. Kaum war Martina auf der Welt, hatte sich Veronikas damaliger Freund und Vater des Kindes auch schon auf Nimmerwiedersehen verabschiedet. Ihre Eltern waren auch keine große Hilfe und so musste sie mit ihrer Tochter mehr schlecht als recht allein klarkommen.

Aber auch für ihre Tochter war es nicht einfach. Martina musste auf vieles verzichten, weil sich ihre Mutter finanziell das eine oder andere einfach nicht leisten konnte. Kleidung wurde meist in Second-Hand-Shops oder auf Flohmärkten gekauft. Geburtstags- und Weihnachtsgeschenke bestanden stets nur aus überschaubaren Kleinigkeiten. Und auch die letzte Klassenfahrt in ein Schullandheim nach Südtirol fiel für Martina ins Wasser, da ihre Mutter kurz zuvor einen Ersatz für die alte Waschmaschine benötigte und ihr dadurch das Geld für die zehntägige Klassenreise fehlte. Als Einzige der Klasse musste sie zu Hause bleiben und wurde dann auch noch von einigen Jungs und Mädchen ihrer Klasse verhöhnt.

In der Vergangenheit hatte sie sich schon oft dafür geschämt, aus ärmlichen Verhältnissen zu kommen. Und in den Klassencliquen unerwünscht zu sein, machte sie unendlich traurig, machte sie zu einer Außenseiterin. Einzig die gleichaltrige Gabi, der in der Parallelklasse ein ähnliches Schicksal widerfuhr und die, wie Martina, aus einer sozial schwachen Familie stammte, gab ihr Halt.

Die Scheibe Toastbrot mit Marmelade hatte Veronika noch nicht angerührt. Ebenso war ihr Kaffee, den sie sich vor gut zehn Minuten eingeschenkt hatte, bereits kalt geworden. Als sie jetzt doch einen Schluck aus der Tasse nehmen wollte, verzog sie das Gesicht und schüttete den restlichen Inhalt in die Spüle. Dann ging sie ins Badezimmer, das einer besseren Abstellkammer glich, putzte sich die Zähne, wusch sich notdürftig und zog sich an.

»Zum Schminken ist jetzt keine Zeit«, sagte sie zu ihrem Spiegelbild. Dann ging sie in den Flur, holte ihre abgewetzten hellbraunen Stiefeletten aus dem Schuhschrank und machte sich auf den Weg zum Polizeiposten Kirchzarten.

Nach wenigen Gehminuten kam sie am Polizeigebäude in der Bahnhofstraße an. Einen Moment lang blieb sie stehen und schaute nach links und rechts, ob sie jemand beobachtete. Dann schüttelte sie, entsetzt über ihr eigenes Benehmen, den Kopf, holte tief Luft, stieg die Eingangsstufen hoch und öffnete die Tür.

Drinnen sah sie sich mit unsicherem Blick um. Die Büroräume des Polizeipostens waren in die Jahre gekommen. Im vorderen Bereich standen zwei Schreibtische in Buchenholzdekor, an denen zwei uniformierte Polizeibeamte saßen und zu ihr aufschauten. Die Tischplatten waren mit Kratzern übersät und in den Ablagekörbchen türmten sich stapelweise Unterlagen. Die beigefarbenen Monitore und die grauen Telefonapparate passten farblich nicht zueinander und wirkten altmodisch. An den Wänden standen drei türlose Schränke, die Veronika einen Blick auf zahlreiche Aktenordner in verschiedensten Farben und Größen gewährten. Die Raufasertapeten waren vergilbt und die Holzfenster hätten schon längst einen neuen Anstrich benötigt.

»Ja bitte«, fragte einer der Polizisten in Veronikas Richtung.

»Ich möchte eine Vermisstenanzeige aufgeben«, antwortete sie mit zittriger Stimme. Der Polizist zog die Augenbrauen hoch und blickte ins Hinterzimmer, indem er sich auf seinem quietschenden Drehstuhl nach vorne beugte.

»Gehen Sie bitte nach hinten durch. Mein Kollege wird sich um Sie kümmern.«

»Bitte nehmen Sie Platz«, sagte der junge Polizeibeamte, als Veronika das hintere Zimmer betrat und wies mit seinem Arm auf einen ungepolsterten Holzstuhl, der vor seinem Schreibtisch stand. Er lächelte sie an, und obwohl es ihr schwerfiel, erwiderte sie sein Lächeln und setzte sich auf den unbequemen Stuhl. Sie schätzte den Mann mit den stahlblauen Augen und dem lockigen blonden Haar auf Mitte bis Ende Zwanzig.

»Ich bin Polizeikommissar Sebastian Ketterer«, stellte er sich ihr vor. »Wie kann ich Ihnen helfen?«

Veronikas Augen füllten sich mit Tränen. »Meine Tochter ist seit gestern Abend verschwunden. Ich mache mir große Sorgen. Wenn ihr etwas zugestoßen ist, dann weiß ich nicht … dann …«

»Gehen Sie nicht vom Schlimmsten aus«, unterbrach sie PK Ketterer in ruhigem Ton. »Es gibt immer wieder Ausreißer, die nach ein, zwei Tagen reumütig zurück nach Hause kommen. Aber mal der Reihe nach. Ich nehme Ihre Vermisstenanzeige auf und gebe die Daten in unser Informationssystem ein. Sollte Ihre Tochter dann irgendwo aufgegriffen oder gesehen werden, oder in einer Polizeikontrolle überprüft werden, kann sofort festgestellt werden, ob sie als vermisst gemeldet ist und welche Dienststelle die Angelegenheit bearbeitet. Je detaillierter Sie Ihre

Angaben machen, desto besser können wir die Situation einschätzen und eine Vermisstenfahndung einleiten«. Der Polizist nickte ihr zu und schenkte ihr ein aufmunterndes Lächeln, aber sie konnte ihm ansehen, dass er besorgt war.

»Ich brauche von Ihnen und Ihrer Tochter zunächst einmal Name, Anschrift, Alter und eine kurze Schilderung, wie es zu dem Verschwinden Ihrer Tochter gekommen ist«.

»Also«, erwiderte sie nach einer kurzen Pause, »mein Name ist Veronika Esswein, ich bin dreiunddreißig Jahre alt, wohne in der Jakob-Saur-Straße, hier in Kirchzarten. Meine Tochter heißt Martina und ist vierzehn Jahre alt. Sie hat …«

»Nicht so schnell bitte«, fiel er ihr sanft ins Wort und tippte die Daten in seinen Computer ein. »Okay, und weiter?«

»Sie hat gestern Abend ihren Rucksack geschnappt und ist, ohne ein Wort zu sagen, aus der Wohnung gerannt. Ich wollte noch hinterher, aber da war sie schon weg.«

»Gab es einen besonderen Grund? Denn man läuft doch nicht so ohne Weiteres weg. Und war Ihr Mann auch zu Hause, oder war er gestern am Feiertag vielleicht auf Vatertagstour?«

Ketterer sah ihr direkt in die graugrünen Augen, die gut zu ihrem sommersprossigen Gesicht und ihrem schulterlangen, kastanienbraunen Haar passten. *Hübsche Frau*, dachte er. *Noch so jung und hat schon ein vierzehnjähriges Kind*. Verstohlen wagte er einen Blick auf Veronikas weiße Bluse, die vielleicht einen Knopf zu weit offen war, über dem Busen spannte und so ihre weiblichen Kurven gut zur Geltung brachte. Und obwohl sie ungeschminkt und nur notdürftig frisiert den Polizeiposten aufgesucht hatte, erkannte der junge Polizist sofort, dass ihm eine äußerst attraktive Frau gegenübersaß. Weitere Gedanken ließ er nicht zu, denn er musste sich auf seine Arbeit, auf Veronika Essweins Schilderungen konzentrieren.

»Nein«, antwortete sie etwas verlegen. »Ich lebe mit meiner Tochter allein. Ihr Vater, dieser Taugenichts, hat sich schon vor langer Zeit vom Acker gemacht. Sie hat ihn nie gekannt.«

»Tut mir leid. Aber nochmal. Ist gestern Abend irgendetwas vorgefallen? Waren Sie mit Ihrer Tochter allein zu Hause oder hatten Sie Besuch? Und um welche Uhrzeit ist denn Ihre Tochter weggelaufen?«

Veronika zögerte und wusste nicht so recht, wie viel sie preisgeben sollte. Sie sah sich kurz im Büro um, in dem sich noch ein weiterer Polizist mittleren Alters und eine junge hübsche Polizistin aufhielten und an ihren Schreibtischen mit dem Durchlesen von Akten beschäftigt waren. Sie schämte sich dafür, unschöne Dinge aus ihrem Privatleben darlegen zu müssen.

Ihr Zögern blieb Ketterer nicht verborgen. »Frau Esswein, wie ich anfangs schon sagte. Je mehr Sie mir mitteilen, je detaillierter Ihre Aussagen sind, umso besser kann ich, kann die Polizei Ihnen helfen. Also?«

Veronika schluckte, als müsse sie sich von einem Kloß im Hals befreien.

»Na gut«, sagte sie. »Es war noch jemand da. Mein Freund. Er … er war gestern Abend etwas angetrunken. Nur so viel zum Thema Vatertag. Er war mittags unterwegs. Auf Sauftour mit irgendwelchen Kumpels. Martina hat behauptet, er hätte sie … er hätte sie begrapscht, als

13

er gegen Abend nach Hause gekommen ist. Und da ich ihr nicht geglaubt habe, da ich mir das nicht vorstellen konnte, haben wir uns fürchterlich gestritten. Dann ist sie weggelaufen. Das war so um halb sieben.«

»Und wie ging es dann zu Hause weiter? Haben Sie Ihren Freund auf die Sache angesprochen? Und, wenn ja, wie hat er reagiert?«

»Der hat vor sich hin gelallt und laut lachend alles abgestritten. Dann hat er noch gemeint, Martina könnte ihn ohnehin nicht leiden und würde deshalb so einen Quatsch erfinden.«

»Ist das so?«, hakte Ketterer nach. »Kann Ihre Tochter Ihren Freund wirklich nicht leiden? Und glauben Sie, sie hat das nur erfunden, um vielleicht eine Trennung von Ihnen und Ihrem Freund zu provozieren?«

Sie zuckte mit den Schultern. »Bis heute Morgen habe ich es mir nicht vorstellen können. Ich meine, dass mein Freund sie angefasst hat. Aber jetzt, wo Martina nicht mehr aufgetaucht ist, bin ich mir nicht mehr so sicher. Wissen Sie, ich hab mich dann auch noch mit meinem Freund gezofft, weil er sagte: ›Die blöde Kuh hat mich von Anfang an nicht gemocht. Und deshalb erfindet sie jetzt so einen Schwachsinn.‹ Das mit der ›blöden Kuh‹ hab ich ihm übelgenommen und hab ihn angebrüllt, er soll das sofort zurücknehmen. Er hat aber nur abgewunken und ist mit hochrotem Kopf zur Tür rausgewackelt.«

»Wenn das stimmt, ich meine, dass Ihr Freund Ihre Tochter, sagen wir mal, unsittlich berührt hat, dann haben wir jetzt noch ein weiteres Problem. Ihr vermisstes Kind und eine sexuelle Belästigung. Sie sagten, Ihr Freund sei zu Besuch gewesen, also leben Sie nicht zusammen in Ihrer

Wohnung. Wo wohnt Ihr Partner? Und wie ist denn sein Name?«

»Mein Freund heißt Dragan. Dragan Kovacevic. Aber der ist mir momentan egal. Finden Sie um Himmels willen meine Tochter.«

Nach kurzer Pause fuhr sie fort: »Er wohnt in Freiburg. Dort arbeitet er auch, genau wie ich.«

»Also sind Sie Arbeitskollegen?«

»Nein, sind wir nicht. Wir arbeiten nur beide in Freiburg. Ich an der Kasse in einem Lebensmittelmarkt und er als Polier bei einem Bauunternehmer. Die Firma heißt Gökcan Bau.« Mit besorgtem Blick gab Veronika die exakte Adresse ihres Freundes bekannt und beobachtete Ketterer dabei, wie er die Daten in seinen Computer eingab.

»Noch eine letzte Frage. Haben Sie eine Idee, wo Ihre Tochter hingelaufen sein könnte? Oder wo sie sonst untergekommen sein könnte? Vielleicht bei einer Freundin, bei der sie übernachtet hat?«

»In der Vergangenheit ist sie schon zwei, drei Mal ausgebüchst und hat dann bei ihrer Freundin Gabi in Freiburg übernachtet«, antwortete Veronika verlegen. »Aber am nächsten Morgen war sie dann jedes Mal schon wieder zu Hause in ihrem Zimmer, noch bevor mein Wecker geklingelt hat. Als sie aber heute Morgen nicht wie sonst da war, hab ich gleich Gabis Mutter angerufen. Sie sagte mir, sie wäre gestern Abend mit ihrer Tochter bei Freunden in Offenburg gewesen. Martina habe sie deshalb gar nicht antreffen können, weil niemand zu Hause war. Dann hab ich mich bei meiner Chefin krankgemeldet und bin gleich hierher.«

»Ich fühle mich hundsmiserabel und kann heute wirklich nicht zur Arbeit«, schob sie nach, nachdem ihr nicht entgangen war, dass Ketterer die Augenbrauen hochzog, als sie erwähnte, sich krankgemeldet zu haben.

»Okay, Frau Esswein, das war's schon. Haben Sie zufällig ein Foto Ihrer Tochter dabei?«

»Tut mir leid, das habe ich nicht.«

»Sie müssen sich nicht entschuldigen. Schauen Sie zu Hause in aller Ruhe mal nach. Am besten, Sie finden ein Foto neueren Datums. Ich komme morgen im Laufe des Tages bei Ihnen vorbei und hole es mir dann ab. Und keine Angst. Wir fangen trotzdem heute noch mit unseren Ermittlungen, mit der Suche nach Ihrer Tochter an. Und wer weiß, vielleicht brauchen wir dann morgen das Foto gar nicht mehr.« Ketterer nickte ihr aufmunternd zu.

»Gut. Dann kann ich jetzt gehen?«

»Ja, Sie dürfen gehen.« Er überreichte ihr eine Visitenkarte, die Veronika in ihre Handtasche steckte.

»Falls es etwas Neues gibt, werde ich Sie anrufen. Und umgekehrt, falls Ihre Tochter wieder zu Hause auftaucht oder sich bei Ihnen meldet, dann geben Sie mir bitte gleich Bescheid.»

»Das werde ich. Und vielen Dank.«

Veronika erhob sich von ihrem Stuhl, gab ihm die Hand und lief zur Tür. Beim Hinausgehen fasste sie sich mit beiden Händen und schmerzverzerrtem Gesicht an Rücken und Hinterteil. Schuld daran war der unbequeme Holzstuhl, auf dem sie eine gefühlte Ewigkeit gesessen hatte.

»Die gefällt dir wohl«, fragte Ketterers junge Kollegin kichernd, nachdem Veronika den Raum verlassen hatte und er immer noch gedankenverloren zur Tür starrte.

»Nein«, erwiderte er grinsend. »Ich hab nur gedacht, dass wir dringend neue Besucherstühle brauchen.«

KAPITEL 3

Es war ein herrlicher Morgen. Stefanie Kohlhammer war früh aufgestanden und spazierte mit ihrer Golden-Retriever-Dame Emma durch den Wald. Das morgendliche Gassigehen erledigte normalerweise Jürgen, ihr Mann. Aber da das Paar heute seinen siebten Hochzeitstag feierte, wollte Jürgen seiner Frau mit dem Zubereiten eines ausgiebigen Frühstücks mit Rührei, Speck, einem Glas Prosecco und allem, was sonst noch dazugehörte, den Tag versüßen.

Die noch tiefstehende Sonne war vor gut zwei Stunden aufgegangen. Ihr Licht durchströmte die Blätter der Bäume und hinterließ einen Vorhang aus staubigen Strahlenbündeln, der schräg zu Boden fiel. Stefanie liebte diesen atemberaubenden Anblick, der ihr die Schönheit der Natur offenbarte. Unter diesen Bedingungen würde sie den morgendlichen Waldspaziergang mit ihrer Hündin gerne öfter übernehmen. Andererseits war sie froh, dass Jürgen, bis auf wenige Ausnahmen, das Gassigehen nach dem Aufstehen erledigte und das nicht nur bei schönem Wetter. Denn bei Regen oder Schnee war es kein Vergnügen, mit Gummistiefeln über aufgeweichte Waldwege zu stapfen und hinterher auch noch Emma einer gründlichen Hundewäsche unterziehen zu müssen. Dann überließ sie den morgendlichen Spaziergang mit Hund doch lieber ihrem Mann, während sie am Küchentisch sitzen blieb und sich eine zweite Tasse Kaffee einschenkte.

Stefanie schlenderte gemächlich hinter Emma her, als die Hündin plötzlich davonlief und laut bellend im Gebüsch rechts des Weges verschwand. »Emma, kommst du wohl da raus?«

Stille.

»Emma, komm jetzt!«, wiederholte sie in strenger werdendem Ton. Doch Emma blieb verschwunden. Stefanie blieb stehen und lauschte in den Wald hinein. Sie wartete noch einige Sekunden, dann legte sie ihre Hände trichterförmig an den Mund und schrie in die Richtung, in der sie ihren Hund vermutete.

»Eeeemmmaaa!« Doch als Emma immer noch nicht zu ihr zurückkehrte, blieb ihr nichts anderes übrig, als den Waldweg zu verlassen und sich durch das dichte Buschwerk zu kämpfen. Von einem auf den anderen Moment war der Samstagmorgen doch nicht mehr so schön, wie er begonnen hatte. *Das hat sie noch nie gemacht. Vielleicht ist sie einem Kaninchen hinterhergerannt*, dachte sie.

Nach einigen Metern blieb sie wieder stehen. Damit ihr auch das kleinste Geräusch nicht entgehen konnte, hielt sie die Luft an. Dann endlich vernahm sie ein leises Winseln. Sie lief noch ein paar Schritte weiter und atmete erleichtert auf, als sie hinter einer Brombeerhecke ihren Hund entdeckte, der mit wedelndem Schwanz aufgeregt auf dem Boden saß und mit beiden Vorderpfoten gleichzeitig wie wild auf irgendeinem Gegenstand herumscharrte.

Stefanie wollte zunächst mit Emma schimpfen. Aber da sie froh war, ihren Hund wiedergefunden zu haben, überlegte sie es sich anders.

»Was hast du denn da, du Ausreißerin?«

Emma reagierte nicht. Sie hörte nicht auf, das Objekt am Boden mit ihren Pfoten zu bearbeiten. Als Stefanie schließlich näherkam und ihrem Hund die Leine anlegte, blieb sie plötzlich, wie zu einer Salzsäule erstarrt mit offenem Mund stehen. »Um Gottes willen«, stammelte sie. Mit Entsetzen erkannte sie, was ihr Hund gefunden hatte. Eine Frauenleiche. *Bloß schnell weg hier*, dachte sie. Sie zog kräftig an der Leine, kämpfte sich mit ihrem Hund durch das Dickicht zurück auf den Waldweg und rannte so schnell sie konnte nach Hause.

KAPITEL 4

Veronika hatte die ganze Nacht nicht geschlafen und als es gegen halb elf an der Tür ihrer Wohnung klingelte, fiel sie fast über ihre eigenen Füße, als sie zum Eingang rannte und so schnell wie möglich den Hörer der Gegensprechanlage abnahm.

»Ja bitte?«

»Polizeikommissar Sebastian Ketterer. Guten …«

»Zweiter Stock, kommen Sie hoch«, unterbrach sie ihn und betätigte den Türöffner. Dann öffnete sie die Wohnungstür und wartete, bis der Polizeibeamte die Treppe hochgelaufen war.

»Guten Morgen, Herr Ketterer. Sie kommen bestimmt wegen des Fotos. Oder haben Sie Martina schon gefunden?«

Erwartungsvoll schaute sie ihn an. Die schlaflose und tränenreiche Nacht hatte Spuren in ihrem Gesicht hinterlassen. Die dunklen Ringe unter ihren geröteten Augen waren nicht zu übersehen. Ketterer atmete tief durch.

»Guten Morgen, Frau Esswein. Darf ich reinkommen?«

Irgendetwas in seiner Stimme irritierte sie. Sie klang kraftlos und bedrückt. Nicht so ermutigend wie tags zuvor.

Sie trat von der Tür zurück. »Einfach gerade aus. Da ist

21

das Wohnzimmer. Verlaufen können Sie sich hier ohnehin nicht.«

Ketterer ging durch den schmalen Flur in das nicht allzu große Wohnzimmer, das trotz der alten, nicht zueinander passenden Möbel, sauber und ordentlich wirkte.

»Bitte setzen Sie sich.« Veronika wies auf den Sessel mit dem beigen Bezug, während sie selbst auf der gleichfarbigen Couch Platz nahm. *Alt, aber bestimmt bequemer als unsere hölzernen Besucherstühle*, schoss es ihm kurz durch den Kopf.

Ketterer sah sie an und wusste nicht so recht, wie er das Gespräch beginnen sollte. Er bemerkte, wie sich Veronikas Brustkorb, von kurzen Atemzügen getrieben, immer schneller auf und ab bewegte. Er räusperte sich und endlich, nach einer weiteren kurzen Pause, die Veronika wie eine Ewigkeit vorkommen musste, sagte er mit leiser Stimme: »Wir haben Martina gefunden. Frau Esswein, es tut mir leid ...« Weiter kam er nicht.

»NEIN, NEIN, NEIN«, wimmerte sie. »Bitte sagen Sie doch, sagen Sie doch ...«

Ketterer schüttelte nur den Kopf und biss sich aus Betroffenheit auf die Unterlippe. »Es tut mir leid«, wiederholte er. »Wir haben Ihre Tochter heute Morgen in einem Waldstück am Ortsrand von Kirchzarten, also hier ganz in der Nähe, tot aufgefunden. Wir müssen davon ausgehen, dass sie einem Gewaltverbrechen zum Opfer gefallen ist.«

Veronika drehte den Kopf zur Seite und presste eine Hand auf ihren halb geöffneten Mund, als wollte sie einen Schrei unterdrücken. Tränen liefen ihr über die Wangen. *Tot aufgefunden, tot aufgefunden*, hallte es immer wieder in ihren Ohren, begleitet von einem fürchterlichen

Rauschen. Sie hatte das Gefühl, als würde jeden Moment ihr Kopf zerplatzen. Dann schaute sie zu Ketterer hinüber.

»Ich … ich …« Ihr versagte die Stimme.

»Soll ich Ihnen ein Glas Wasser bringen?«, fragte er besorgt.

Mit schwachem Kopfnicken deutete sie mit dem Zeigefinger auf die Tür, die vom Wohnzimmer in die Küche führte. Sebastian ging in die Küche, fand auf Anhieb in einem der Oberschränke eine Reihe von Gläsern, nahm eines heraus und füllte es mit Leitungswasser. Als er ins Wohnzimmer zurückkam und Veronika das Glas reichte, hielt sie seine Hand fest. Er schaute sie fragend an.

»Macht es Ihnen etwas aus, sich zu mir zu setzen?«

»Nein«, erwiderte er und nahm neben ihr auf der Couch Platz. Unter anderen Umständen hätte er es genossen, neben einer so attraktiven Frau zu sitzen, sich mit ihr zu unterhalten und ihr vielleicht bei einem Gläschen Wein näherzukommen. Doch die Umstände heute waren andere. Der Anlass seines Besuchs war ein trauriger. Für Veronika wahrscheinlich der traurigste Moment in ihrem bisherigen Leben. Schnell verwarf er seine Gedanken und beobachtete sie von der Seite, wie sie mit beiden Händen das Glas zitternd an den Mund führte.

»Sind Sie auch ganz sicher, dass es meine Tochter, … dass es Martina ist? Sie haben doch noch gar kein Foto von ihr.«

»Es handelt sich leider um Ihre Tochter, Frau Esswein. Sie hatte ihren Ausweis einstecken.«

»Wurde sie … wie ist sie …?« Sie schluckte und vergrub das Gesicht in den Händen.

»Das kann ich Ihnen noch nicht sagen. Wir müssen die … die Obduktion abwarten. Dann wissen wir mehr.« Auch Sebastian hatte jetzt Mühe, dass ihm die Stimme nicht versagte.

»Kann ich sie sehen?«

»Das wird leider noch nicht gehen. Ihre Tochter wurde in die Rechtsmedizin nach Freiburg gebracht. Erst wenn der Staatsanwalt die … wenn die Untersuchung abgeschlossen ist, dann dürfen Sie Ihre Tochter sehen.«

»Und wann wird das sein?«

»Das kann noch zwei bis drei Tage dauern. Ich, oder eher die Kripo Freiburg, die den Fall übernommen hat, werden Sie umgehend informieren, wenn es so weit ist. Man wird sich bei Ihnen melden und Sie auch noch mal befragen, obwohl Sie eine Vermisstenanzeige bei mir aufgegeben und bereits alles geschildert haben. Kann ich noch irgendetwas für Sie tun?«

Veronika schüttelte den Kopf. »Wissen Sie … wissen Sie, was das Schlimmste für mich ist? Dass wir gestritten haben. Der letzte Augenblick, den ich mit meiner Tochter verbringen durfte, endete in einem Streit. Wenn ich ihr nur geglaubt hätte. Wenn ich nur die Zeit zurückdrehen könnte, sie noch einmal in den Arm nehmen könnte. Ich fühle mich so schuldig, so …« Tränen liefen ihr übers Gesicht. »Jetzt bin ich ganz allein.«

»Es passieren manchmal Dinge, schlimme Dinge, die man leider nicht beeinflussen kann. Sie dürfen sich nicht die Schuld an dem Ganzen geben«, erwiderte Sebastian sanft. »Schuld hat ein anderer. Der, der Ihrer Tochter das angetan hat.« Er zog ein Papiertaschentuch aus seiner Hosentasche und reichte es Veronika, die sich ihre Tränen damit abwischte und die Nase putzte. Er gönnte ihr eine kleine Pause, bevor er fortfuhr.

»Soll ich Ihnen einen Psychologen, oder … oder eher eine Psychologin vorbeikommen lassen? Oder haben Sie jemanden, der sich um Sie kümmert, den ich benachrichtigen kann? Oder kann ich sonst noch irgendetwas für Sie tun?«

Veronika schüttelte den Kopf. Als sie sich mühsam und mit wackeligen Beinen von ihrem Sofa erhob, schwankte ihr Oberkörper hin und her. Sebastian schaute sie an und befürchtete, sie könnte ohnmächtig werden. Wie eine Raubkatze vor dem Sprung spannte er seine Muskeln an, um hochschnellen zu können und sie aufzufangen.

Dann sagte sie mit leiser Stimme: »Doch. Sie können doch noch etwas für mich tun. Macht es Ihnen etwas aus, mich kurz in den Arm zu nehmen?«

Etwas verwundert schaute Sebastian zu ihr hoch. Aber dann stand er auf und nahm sie in den Arm. *Oh mein Gott*, dachte er. *Sie ist wirklich ganz allein und hat niemanden, der sie tröstet.* Er bemerkte, dass durch Veronikas Tränen seine Uniform an der Schulter feucht wurde. Aber das war ihm in diesem Moment egal. Schließlich löste sie sich aus seiner Umarmung und brachte nur noch ein Wort über die Lippen: »Danke.«

Dann begleitete sie Sebastian zur Tür. Er drehte sich noch einmal zu ihr um, nickte ihr zu und verließ wortlos die Wohnung.

Auf dem Nachhauseweg musste er ständig an Veronika denken. Sie tat ihm unendlich leid. Wenn er ihr doch nur helfen könnte, ihren Schmerz zu überwinden. Doch würde sie jemals über dieses schreckliche Ereignis hinwegkommen? Würde Christi Himmelfahrt, der Tattag, nun immer mit dem Tod ihrer Tochter verbunden sein?

Zwar war es für ihn unangenehm, ja grausam gewesen, die Todesnachricht überbringen zu müssen, aber er hätte nicht gedacht, dass ihm dieses schlimme Verbrechen so unter die Haut gehen würde. Er fragte sich, ob es nicht nur an dem Tod des jungen Mädchens lag, der ihn so mitnahm. Lag es auch an Veronika? Konnte es sein, dass er ihr gegenüber mehr empfand als nur Mitleid?

KAPITEL 5

Die beiden Kriminalhauptkommissare der Kriminal-inspektion 1, Kapital-, Sexual- und Amtsdelikte, Thomas Schreiner und Marc Köberlein, saßen an ihren Schreib-tischen im vierten Obergeschoss des Polizeipräsidiums Freiburg und lasen das Protokoll der Vermisstenanzeige »Martina Esswein« auf ihren Computerbildschirmen durch. Kurz nach vierzehn Uhr waren sie vom Fundort der Mädchenleiche ins Präsidium zurückgekehrt und hatten sich sofort an die Arbeit gemacht. Unterwegs hatten sie sich noch schnell zwei Pizzas mitgenommen. Die leeren Pizzakartons, die vor ihnen auf den Schreibtischen lagen, waren noch warm.

Marc schaute vom Bildschirm auf. »Thommy, was meinst du? Diesen Dragan Kovacevic. Den Freund der Mutter des Mädchens. Den sollten wir uns als Erstes vor-knöpfen.«

»Klaro. Aber lass mich erst mal in unsere Datenbank schauen. Vielleicht ist dieser Bursche aktenkundig.« KHK Thomas Schreiner hämmerte den Namen des Ver-dächtigen in seine Tastatur.

»So wie du da draufhaust, machst du das Ding

irgendwann mal kaputt. Mich wundert es sowieso, dass die noch nicht im Arsch ist«, merkte Köberlein grinsend an.

»Ach sieh mal einer an. Hab ich's doch geahnt. Unser Kovacevic ist kein Unbekannter. Komm mal rum und lies mit«, wies Schreiner mit einer Handbewegung seinen Kollegen an, ohne von seinem Bildschirm aufzuschauen. Köberlein ging zur anderen Schreibtischseite, beugte sich neben Schreiner nach vorne und blickte gespannt auf den Monitor.

»Okay«, sagte er nach ein paar Minuten und setzte sich wieder an seinen Schreibtisch zurück. Er stützte das Kinn in die Hände und schaute seinen Kollegen mit hochgezogenen Augenbrauen an. »Also, ich fass mal zusammen. Dragan Kovacevic, siebenunddreißig Jahre alt, gebürtiger Kroate. Kam vor zehn Jahren nach Deutschland. Vor fünf Jahren ist er wegen einfacher Körperverletzung mit einer Geldstrafe davongekommen, weil es sich um eine Erstbegehung gehandelt hat. Drei Jahre später, somit heute vor zwei Jahren, stand er wegen Körperverletzung wieder vor Gericht. Dieses Mal wurde ihm eine Bewährungsstrafe aufgebrummt, die übrigens noch läuft. So, und jetzt? Meinst du, dass er in unseren Fall verwickelt ist?«

»Ich weiß nicht so recht. Marc, überleg mal. Das ist doch eine ganz andere Nummer, einem anderen im Streit aufs Maul zu hauen oder ein junges Mädchen umzubringen. Der mag zwar ein übler Bursche sein, aber ob er deshalb zu einem Mord fähig ist, das bezweifle ich. Schließlich hat er das Mädchen gekannt. Sie war die Tochter seiner Freundin.«

»Was ihn aber nicht davon abgehalten hat, ihr an den Po zu fassen«, erwiderte Köberlein.

»Das ist aber noch nicht bewiesen, Marc. Laut der Mutter, Veronika Esswein, hat ihre Tochter behauptet, er hätte sie angefasst. Kovacevic hat es abgestritten. Am besten, wir statten ihm gleich mal einen Besuch ab und finden es raus. Unser Wochenende ist sowieso im Eimer.«

Köberlein zog die oberste Schreibtischschublade auf und warf seinem Kollegen den Autoschlüssel zu. »Du fährst.«

»Eigentlich könnten wir auch zu Fuß gehen. Der wohnt doch gleich um die Ecke«, erwiderte Schreiner. Aber als Köberlein die Augen verdrehte, gab er sich geschlagen. »Na gut, wir fahren.«

Das Polizeipräsidium befand sich in der Bissierstraße, einer von Ahornbäumen gesäumten Straße im Stadtteil Stühlinger. Die Kripobeamten stiegen in ihren Dienst-BMW, fuhren vom Hof des Polizeigebäudes und kamen nach nicht einmal zwei Minuten Fahrzeit in der Opfinger Straße an. Ihr Ziel lag im Freiburger Stadtbezirk Weingarten, einem Viertel, das durch einen hohen Anteil von Bewohnern mit Migrationshintergrund geprägt war. Als Schreiner den Dienstwagen am Straßenrand parkte, legte sein Kollege den Kopf ans Seitenfenster und blickte schräg nach oben.

»Ganz schön hoch, der Bunker«, meinte Köberlein.

»Na, einen Fahrstuhl werden die wohl haben. Dann kann es uns egal sein, ob unser Kovacevic ganz unten oder im zehnten Stock wohnt«, erwiderte Schreiner mit einem Schmunzeln.

Beim Aussteigen schaute sich Köberlein in der Umgebung um. »Es gibt schönere Ecken«, stellte er mit Blick auf die vielen Hochhäuser und Wohnblocks aus den Sechzigerjahren stirnrunzelnd fest.

»Aber auch wesentlich schlechtere«, entgegnete Schreiner, der hier aufgewachsen war und sich daran erinnerte, wie schön es doch früher gewesen war, im nahe gelegenen Dietenbachpark Fußball zu spielen oder einfach nur mit Freunden rumzuhängen.

Die beiden Kripobeamten überquerten die Straße und gingen auf das Haus zu, das sich durch seine in einem leuchtenden Grün gestrichenen Balkonbrüstungen von den umliegenden Gebäuden abhob. Sie überflogen das Tableau mit den vielen Namensschildern.

»Da haben wir ihn«, sagte Schreiner und drückte den Klingelknopf.

Erst nach zweimaligem Wiederholen ertönte, hinterlegt mit heftigem Knacken und Rauschen der Gegensprechanlage, ein forsches »Wer ist draußen?«

»Thomas Schreiner und Marc Köberlein, Kripo Freiburg. Herr Kovacevic, machen Sie bitte auf. Wir haben ein paar Fragen an Sie.«

»Na gut. Wenn's sein muss. Kommen Sie hoch, achter Stock rechts.« Der Türöffner summte und die beiden Kommissare traten in den Hausflur. Oben angekommen verließen sie den Fahrstuhl und begaben sich nach rechts zu einer bereits geöffneten Wohnungstür, wo sie ein Bär von einem Mann erwartete.

»Dragan Kovacevic?«

Der Riese nickte, warf einen Blick auf die vorgezeigten Dienstausweise und ließ sie ein.

»Dürfen wir uns setzen?«, fragte Schreiner, als sie einen kurzen Moment später Kovacevic etwas unbeholfen im

Wohnzimmer gegenüberstanden. Der nickte und wies mit dem Kinn auf die durchgesessene Couch. Im Fernseher lief gerade ein Western.

Nachdem auch Kovacevic Platz genommen hatte, drückte er auf einen Knopf der Fernbedienung. Zwar flimmerte der Film weiterhin über den Bildschirm, aber der Ton verstummte. So unauffällig es ging, musterte Köberlein sein Gegenüber. Kovacevic war ein Schrank von einem Mann, gut einsneunzig groß, mit breiten Schultern und Händen wie Baggerschaufeln. Er hatte dunkles, dichtes Haar und war an Hals und Armen großflächig tätowiert.

Der hat nicht nur ausgeteilt, sondern auch ab und zu mal einstecken müssen, dachte Köberlein, als sein Blick auf Kovacevics breite und etwas schiefe Nase fiel.

»Herr Kovacevic, wir kommen wegen der Tochter Ihrer Partnerin«, eröffnete Schreiner das Gespräch.

»Hab ich mir schon gedacht. Veronika hat mich vorhin angerufen und gesagt, dass Martina ermordet wurde. Und dann hat sie mich auch noch gefragt, ob ich was damit zu tun hab.«

»Und, haben Sie? Haben Sie was damit zu tun?«, fragte Köberlein. Kovacevic verzog das Gesicht und starrte ihn an, als wolle er den Kripobeamten mit dem durchdringenden Blick seiner dunklen Augen durchbohren.

»Natürlich nicht. Aber klar, ein vorbestrafter Schläger wie ich, der steht bei euch Bullen ganz oben auf der Liste. Ich war's aber nicht. Ich hab Martina zwar nicht sonderlich leiden können, genauso wenig wie sie mich, aber ich hab sie nicht umgebracht! Basta!«

»Wenn wir Ihnen glauben sollen, dann erzählen Sie uns doch mal, was Sie vorgestern, nachdem Martina aus dem

Haus gerannt ist, gemacht haben. Ihre Partnerin hat ausgesagt, dass Sie unmittelbar nach Martina ebenfalls das Haus verlassen haben. Sind Sie ihr gefolgt? Wollten Sie ihr nochmal an die Wäsche? Sie nochmal begrapschen?«

Kovacevic kniff die Augen zusammen. »Ich sag jetzt gar nix mehr. Sie glauben mir ja eh nicht«, erwiderte er erbost.

»Okay, wenn Sie hier nicht reden wollen, dann möchten wir Sie bitten, mit uns aufs Präsidium zu kommen.«

»Ich muss gar nix«, erwiderte Kovacevic trotzig. »Ich bleib schön hier sitzen und ihr beiden könnt mich mal.«

Die Kripobeamten schauten sich verdutzt an und erhoben sich fast gleichzeitig von der Couch. Dann versuchte Schreiner sein Gegenüber zur Vernunft zu bringen.

»Herr Kovacevic, müssen wir Sie daran erinnern, dass Sie nur auf Bewährung draußen sind? Deshalb machen Sie doch nicht so ein Theater und kommen Sie bitte mit. Wir befragen Sie, als Zeugen wohlgemerkt, nicht als Verdächtigen. Wenn sich dabei herausstellt, dass Sie wirklich nichts mit der Sache zu tun haben, unterschreiben Sie Ihre Aussage und können wieder nach Hause. Und wenn Sie sich kooperativ zeigen, dann geht es ganz schnell. Dann bekommen Sie vielleicht auch noch das Ende Ihres Westerns mit.« Er deutete mit einer Kopfbewegung in Richtung des Fernsehers, wo gerade eine wilde Schießerei zu sehen war.

»Es liegt ganz an Ihnen. Also, bitte stehen Sie auf und begleiten Sie uns.« Schreiner fasste an Kovacevics Arm. Nicht, um ihn gewaltsam aus dem Sessel zu hieven, sondern eher, um ihm aufzuhelfen. Doch Kovacevic verstand das offensichtlich falsch. Er fühlte sich bedroht, denn er schnellte hoch und holte zum Faustschlag aus. Blitzschnell drehte Schreiner seinen Kopf zur Seite. Dennoch streifte ihn Kovacevics Schwinger an der Schläfe, was ausreichte, um ihn aus dem Gleichgewicht zu bringen. Der Kripomann taumelte nach hinten, ruderte Halt suchend mit den Armen und stürzte rückwärts auf den Fußboden.

Dann drehte sich Kovacevic um und wollte auf Köberlein losstürmen. Der hatte aber schon seine Dienstwaffe aus dem Gürtelholster gezogen, richtete die Pistole mit ausgestreckten Armen auf Kovacevic und sagte in ruhigem, aber bestimmtem Ton: »Keine gute Idee! Auf den Boden! Und Hände auf den Rücken! Na los!«

»Ist ja schon gut«, erwiderte Kovacevic, als er in den Lauf der Walther PPK blickte und die Sinnlosigkeit seiner Gegenwehr erkannte. Als Zeichen, dass er sich ergeben wollte, streckte er seine Arme nach oben und ging in die Knie. Dann legte er sich flach auf den Bauch und führte die Hände auf den Rücken. Köberlein stellte sich direkt neben ihn.

»Thommy, bist du okay?«, fragte er in Richtung seines Kollegen, ohne den Blick und die Waffe von Kovacevic abzuwenden. Im gleichen Moment rappelte sich Schreiner wieder auf.

»Alles klar, Marc.« Er fasste sich an die linke Schläfe. »Das gibt bestimmt ne dicke Beule.«

Dann kniete sich Schreiner neben Kovacevic nieder und legte ihm Handschellen an. »So, mein Freund, Schluss mit lustig. Du kommst jetzt mit aufs Revier. Und deinen scheiß Western zu Ende zu schauen, das kannst du dir endgültig abschminken.«

KAPITEL 6

Köberlein und Schreiner saßen sich an ihren Schreibtischen gegenüber.

»Du hast da aber ein ganz schönes Ei an der Schläfe hängen«, sagte Köberlein grinsend, als Schreiner mit Zeige- und Mittelfinger seine Beule sanft massierte.

»Was glaubst du denn, was passiert, wenn so ein Bär zuschlägt? Marc, der hat mir gestern kurz die Lichter ausgeknipst.«

»Zum Glück sind sie dir gleich wieder angegangen. Ich hätte dich vermisst«, erwiderte Köberlein spitzbübisch, der sichtlich Spaß daran gefunden hatte, sich über die Beule seines Kollegen lustig zu machen. Andererseits war er heilfroh, dass bei der Festnahme von Kovacevic nicht noch mehr passiert war. Nicht auszudenken, wenn er von seiner Dienstwaffe hätte Gebrauch machen müssen.

Tags zuvor hatten sie versucht, Kovacevic zu verhören. Nachdem sie ihn aufs Polizeipräsidium gebracht hatten, saßen sie ihm fast eine Stunde lang gegenüber, befragten ihn, was er nach dem Verschwinden von Martina gemacht hatte, wo er sich aufgehalten hatte. Doch Kovacevic blieb nach wie vor stur. Er ignorierte sämtliche Fragen. Die Hinzunahme eines Anwalts lehnte er ebenso ab.

»Thommy, lass uns mal bei Goldbach vorbeischauen. Der müsste mit seiner Obduktion fertig sein. Dann nehmen wir uns nochmal unseren Freund Kovacevic vor. Vielleicht hat ihn die Nacht in der Zelle zur Vernunft gebracht.«

»Gute Idee.«

Köberlein zog die oberste Schreibtischschublade auf. Als er, wie gewohnt, seinem Kollegen den Autoschlüssel zuwerfen wollte, hielt er inne und fing wieder zu grinsen an. »Heute fahr ich. Und du setzt dich mit deinem Brummschädel brav auf den Beifahrersitz, bevor du an der nächsten Ampel Rot mit Grün verwechselst.«

»Marc, jetzt reicht's aber«, fauchte Schreiner seinen Kollegen an.

»Schon gut«, erwiderte Köberlein, der bemerkte, dass er den Bogen überspannt hatte.

Sie verließen ihr Büro und machten sich auf den Weg zu Dr. Stefan Goldbach, der in der Nacht von Samstag auf Sonntag die Obduktion von Martina Esswein vorgenommen hatte.

Nach fünf Minuten Fahrzeit kamen die beiden Kripobeamten am Freiburger Institut für Rechtsmedizin an. Das in die Jahre gekommene Haus mit seiner mit beigefarbenen Backsteinen verklinkerten Fassade und den dunkelgrünen Metallfenstern befand sich in der Albertstraße. Im unteren Bereich waren die Klinkersteine großflächig mit Graffiti besprüht. Der Eingang des dreigeschossigen Flachdachgebäudes befand sich auf der Stirnseite.

Sie betraten das Gebäude, zeigten am Kontrollpunkt im Erdgeschoss ihre Dienstausweise vor und begaben sich über den Flur zum hinteren Gebäudeteil, in dem sich die Räume des Rechtsmediziners Dr. Stefan Goldbach befanden. Vor dem Seziersaal blieben sie kurz stehen. Sie schauten sich an, und wie auf Kommando atmeten beide tief durch. Dann klopfte Köberlein an und öffnete, ohne auf das »Herein« zu warten, die Tür.

»Guten Morgen, die Herren. Ich habe Sie schon erwartet«, begrüßte der Facharzt für Pathologie die beiden Polizisten.

»Guten Morgen, Herr Doktor Goldbach«, erwiderte Köberlein, während Schreiner nur kurz mit dem Kopf nickte. Er hatte sich noch nie mit der in seinen Augen gespenstigen Atmosphäre anfreunden können, die der Sezierraum ausstrahlte.

Die Wände waren bis zum Türsturz mit hellgrauen Kacheln gefliest und der Bodenbelag bestand aus dunkelgrauem, fugenlosem Kautschuk. Ansonsten waren die Decke und ab einer Höhe von zwei Metern auch die Wände weiß gestrichen. Die länglichen Rasterleuchten, die als Lichtband an der Decke verschraubt waren, verliehen dem Raum mit ihren Neonröhren das typische Krankenhauslicht. An der Stirnseite befanden sich ein Wasch- und ein Ausgussbecken und in der Mitte des Seziersaales stand ein Tisch aus Edelstahl.

Schreiner starrte auf den mit einem weißen Leinentuch abgedeckten Körper, der auf dem Tisch lag.

»Herr Schreiner, sind Sie gegen eine Wand gelaufen?«, fragte ihn Dr. Goldbach und deutete mit dem rechten Zeigefinger auf die Beule an Schreiners Schläfe.

»Jetzt fangen Sie nicht auch noch damit an«, erwiderte Schreiner sichtlich genervt.

Köberlein bemerkte das Unwohlsein seines Kollegen und schaltete sich ein. »Herr Doktor Goldbach, was können Sie uns über die Todesursache und so weiter berichten?«

»Also, meine Herren. Nachdem schon gestern Abend die Obduktion gerichtlich angeordnet wurde, habe ich eine Nachtschicht eingelegt, und das auch noch am Wochenende. Aber für Sie beide mach ich das gerne«, fügte er augenzwinkernd hinzu.

»Ich denke doch eher, weil Sie ab Morgen Urlaub haben und deshalb den Bericht heute Vormittag noch fertig machen wollen, bevor es ans Kofferpacken geht«, erwiderte Köberlein, der durch einen Mitarbeiter Dr. Goldbachs über dessen Urlaub informiert war.

»Touché, Herr Kriminalhauptkommissar, ich bin entlarvt.« Ohne auf das Thema Urlaub weiter einzugehen, zog Dr. Goldbach das Leinentuch zurück. Mit einem bedrückten Gesichtsausdruck betrachteten die beiden Kripobeamten den leblosen Körper. Ihnen bot sich kein schönes Bild. Um den Hals des jungen Mädchens waren rötliche Würgemale zu sehen. Das Gesicht war leicht blau gefärbt und die Bindehäute mit punktförmigen Einblutungen übersäht.

»Tod durch Erwürgen«, konstatierte der Gerichtsmediziner. » Der Täter hat sie mit bloßen Händen gewürgt. Der Tod trat durch Ersticken ein. Also durch Sauerstoffentzug infolge Kompression der Luftröhre. Er muss mit enormer Kraft vorgegangen sein, denn das Zungenbein und der Kehlkopf sind gebrochen.«

»Dann muss doch der Täter jede Menge Fingerabdrücke auf der Haut des Opfers hinterlassen haben«, bemerkte Köberlein mit Blick auf die Hämatome am Kehlkopf.

»Grundsätzlich ja, aber Fingerspuren auf der Leichenhaut nachzuweisen, ist kompliziert. Denn es ist biologisches Material auf biologischem Material. Fingerspuren werden mit Kontrastmitteln sichtbar gemacht. Das funktioniert aber auf der Haut nicht richtig«, fachsimpelte der Mediziner.

»Und wie sieht es mit DNA-Spuren aus?«, fragte Schreiner.

»Da haben wir wahrscheinlich mehr Glück. Wer etwas anfasst, der hinterlässt Hautzellen, also seine DNA. Aber selbst hier kann es problematisch werden. Denn manche Menschen fassen etwas an und hinterlassen eine vergleichsweise dicke Zellschicht. Bei anderen bleibt alles sauber. Um eine fremde DNA auf Leichenhaut nachzuweisen, sind möglichst viele Zellen notwendig. Schauen wir mal, was im Labor herauskommt. Morgen dürften die Ergebnisse vorliegen.«

»Okay. Wenn ich das richtig verstanden habe, dann ist die Chance größer, am Fundort der Leiche DNA-Spuren zu finden. Und wenn die nicht von der Toten stammen, dann müssen sie wohl dem Täter zuzuordnen sein?«

»Korrekt«, antwortete Dr. Goldbach mit einem doppelten Kopfnicken.

Schreiner sah seinen Kollegen an. »Marc, wenn die Kriminaltechniker am Fundort der Leiche noch keine DNA-Spuren entdeckt haben, lassen wir dort nochmal großflächiger alles absuchen.«

»So machen wir das«, stimmte Köberlein seinem Kollegen zu.

»Letzte Frage, Herr Doktor Goldbach. Können Sie uns etwas über den Todeszeitpunkt sagen? Und wurde sie …«

»Nein«, fiel ihm der Gerichtsmediziner ins Wort. »Sie wurde nicht vergewaltigt oder in irgendeiner anderen Form sexuell missbraucht. Und was den Tatzeitpunkt angeht. Der Tod dürfte vor etwa sechzig bis fünfundsechzig Stunden eingetreten sein. Also am Donnerstagabend, irgendwann zwischen neunzehn und vierundzwanzig Uhr. War's das?«, fragte Dr. Goldbach, als er die Leiche mit dem Leinentuch wieder abdeckte.

»Das war's«, erwiderte Köberlein. »Schönen Urlaub.«

KAPITEL 7

Am Nachmittag fand im Konferenzraum der Kriminalinspektion 1 des Polizeipräsidiums Freiburg eine Lagebesprechung statt. Neben den im Mordfall »Esswein« ermittelnden Kriminalhauptkommissaren Köberlein und
Schreiner nahmen noch drei Kriminalassistentinnen,
zwei Kriminalkommissare, zwei Beamte der Kriminaltechnik sowie der Inspektionsleiter Kriminalrat Kurt
Meerfeld und Kripochef Kriminaloberrat Axel Bäumler
daran teil. Nachdem alle Platz genommen hatten und
Ruhe eingekehrt war, ergriff Kripochef Bäumler das
Wort.

»Guten Tag, werte Kolleginnen und Kollegen, leider
passieren auch an einem Feiertag schlimme Dinge und
deshalb haben wir jetzt ein abscheuliches Verbrechen aufzuklären, das sich an Christi Himmelfahrt in der Nähe
der Gemeinde Kirchzarten ereignet hat. Ich kann mir
vorstellen, dass die Bewohner dort beunruhigt sind. So
eine Geschichte spricht sich in einem kleinen Ort schnell
herum, zumal heute auch noch ein Artikel in der *Badischen Zeitung* erschienen ist. Schreiner, ich weiß, dass
Sie und Kollege Köberlein seit Samstag nicht viel Zeit
hatten. Aber immerhin konnten Sie einen Verdächtigen

festnehmen. Berichten Sie doch bitte mal, was Sie herausfinden konnten.«

Schreiner räusperte sich. »Also, dank der Mitarbeit aller Kolleginnen und Kollegen unserer Inspektion konnten wir trotz der kurzen Zeit schon Einiges in Erfahrung bringen. Leute, das habt ihr toll gemacht.« Er nickte den angesprochenen Mitarbeitern anerkennend zu. Dann fuhr er fort. »Heute Vormittag haben wir unsere Ermittlungen darauf konzentriert, herauszufinden, was Martina Esswein getan hat, nachdem sie von zu Hause weggelaufen war, und wo sie sich danach aufgehalten haben könnte. Laut Zeugenaussagen wurde das Mädchen am Donnerstagabend kurz vor sieben am Bahnhof in Kirchzarten gesehen. Das passt zur Aussage ihrer Mutter, wonach sie etwa um halb sieben die Wohnung verlassen hat. Da wir davon ausgegangen sind, dass sie mit dem Zug nach Freiburg wollte, um bei ihrer Freundin zu übernachten, haben …«

»Wie kommen Sie denn darauf, dass sie eine Freundin in Freiburg besuchen wollte?«, unterbrach ihn der Kripochef.

»Weil die Mutter in der Vermisstenanzeige angegeben hat, dass ihre Tochter auch früher schon das eine oder andere Mal ausgebüchst sei und dann immer bei ihrer Freundin, Gabi Kohl, in Freiburg übernachtet habe.«

»Okay, leuchtet mir ein. Und weiter?«

»Die Anschrift der Familie Kohl haben wir von Frau Esswein erhalten. Wir haben uns dann im Umfeld umgehört, und siehe da. Ein Kioskbesitzer in der Bugginger Straße, in der auch die Familie Kohl wohnt, hat uns berichtet, dass Martina Esswein bei ihm eine Flasche Wein gekauft hat.«

»Hat dieser Trottel tatsächlich einer Minderjährigen Alkohol verkauft?«, wollte Inspektionsleiter Meerfeld wissen.

»Ja, das hat er. Als wir ihm ein Foto von der Ermordeten gezeigt haben und ihm das Alter des Mädchens nannten, wollte er zunächst nicht damit rausrücken. Er hätte das Mädchen noch nie gesehen, war seine erste Antwort. Aber er ist ein schlechter Lügner und wir konnten ihm daher ganz deutlich ansehen, dass er log. Als wir ihn dann etwas härter angegangen sind und ihm mitgeteilt haben, dass es um Mord geht und er unsere Ermittlungen nicht behindern dürfe, schwenkte er um. Ja, er könne sich erinnern, dem Mädchen am Donnerstag Abend eine Flasche Wein verkauft zu haben. Das war so um acht. Und dass das Mädchen erst vierzehn war, hätte er ihr nicht angesehen. Danach sei sie die Straße runtergelaufen. Mehr wisse er nicht.«

Schreiner machte eine kurze Pause und trank einen Schluck Wasser. »Aber das Beste kommt noch.«

»Und das wäre?«, fragte Kriminaloberrat Bäumler.

»Dieser Kovacevic, der immer noch in seiner Zelle schmort, wohnt bei der Familie Kohl gleich ums Eck. Zwischenzeitlich liegen die Ergebnisse der DNA-Untersuchungen vor, die an der Kleidung et cetera des Mordopfers durchgeführt wurden. Da Kovacevic vorbestraft ist, hatten wir seine DNA in der Datenbank. Und die haben wir jetzt auch an dem Mädchen gefunden. Volltreffer. Seine Fingerabdrücke am Hals des Mädchens konnten wir leider nicht feststellen. Allerdings hat uns Doktor Goldbach erklärt, es sei schwer, Fingerspuren auf menschlicher Haut nachzuweisen. Wie dem auch sei. Wir denken, dass sich die Tat so zugetragen haben könnte: Martina Esswein fährt mit dem Zug von Kirchzarten nach Freiburg, um ihre Freundin zu besuchen. Die ist nicht da. Sie ist frustriert und kauft sich eine Flasche Wein. Kovacevic, der kurz nach Martina das Haus in Kirchzarten verlassen hat, kommt nach Freiburg zurück und trifft auf dem Nachhauseweg zufällig auf das Mordopfer, das auf einer Bank am Straßenrand sitzt und mit dem Wein ihren Kummer herunterspült. Wegen der Vorkommnisse in der Wohnung von Martinas Mutter, die gleichzeitig die Partnerin von Kovacevic ist, kommt es zum Streit. Oder er will ihr ein zweites Mal an die Wäsche. Wie auch immer. Sie weist ihn ab und er bringt sie um. Danach fährt er mit dem Auto zurück nach Kirchzarten und versteckt die Leiche hinter einem Gebüsch an einem Waldweg am Ortseingang.«

Schreiner wartete gespannt auf die Reaktion seiner beiden Vorgesetzten. Als Erstes reagierte Inspektionsleiter Meerfeld.

»Hm, so könnte es sich abgespielt haben. Aber eines leuchtet mir ganz und gar nicht ein. Warum sollte Kovacevic von Freiburg wieder zurück in Richtung Kirchzarten fahren und dort das Mädchen am Waldrand ablegen? Das ergibt doch keinen Sinn!«

»Da haben Sie vollkommen recht«, schaltete sich nun Köberlein in das Gespräch ein. »Das ist das Einzige, was uns auch nicht einleuchtet. Vielleicht wollte er damit von sich ablenken, wenn die Leiche am Ortsrand von Kirchzarten gefunden wird und nicht in Freiburg, wo er wohnt.«

»Und seine DNA-Spuren, die bei dem Mordopfer gefunden wurden, die helfen uns auch nicht weiter. Schließlich ist er mit der Mutter des Mädchens liiert und hält sich dort regelmäßig in der Wohnung auf. Da ist es nicht verwunderlich, DNA-Spuren von ihm an Martina Esswein zu finden«, schob Meerfeld nach.

Gemurmel unter den anwesenden Kripobeamten setzte ein. Dann ergriff Kriminaloberrat Bäumler das Wort.

»Werte Kolleginnen und Kollegen, Sie haben gute Arbeit ge…« Sein Mobiltelefon klingelte. Er schaute auf das Display und wartete. Als es aber permanent weiterbimmelte, nahm er mit hochrotem Kopf das Gespräch an.

»Ich sagte doch, ich will nicht gestört werden«, fauchte er ins Telefon. Doch nach wenigen Sekunden riss er plötzlich Augen und Mund weit auf, legte, ohne noch ein Wort zu sagen, auf und blickte in die Runde.

»Wir haben noch eine Leiche, oder besser gesagt das, was von ihr übrig ist. Die Kriminaltechniker, die heute Morgen das Gebiet rund um den Fundort der Leiche von Martina Esswein nochmal gründlich abgesucht haben, haben nur ein paar Meter weiter eine zweite, bereits stark skelettierte Leiche gefunden. Die liegt also nicht erst seit zwei Tagen dort. Sie war eingebuddelt, allerdings nicht tief genug, sonst hätten unsere Leute sie nicht entdeckt.«

Er schluckte. Dann fuhr er fort: »Wir gehen jetzt folgendermaßen vor: Köberlein, Sie schnappen sich einen Kollegen und fahren gemeinsam zum Fundort. Ich muss Ihnen ja nicht erklären, wo der ist. Und Sie, Schreiner, nehmen sich nochmal diesen Kovacevic vor. Sie wissen ja selbst, dass wir, wenn wir ihm nichts nachweisen können, ihn spätestens achtundvierzig Stunden nach seiner Festnahme wieder entlassen müssen. Und die laufen heute noch ab.«

»Aber er hat uns doch angegriffen. Ist das nicht Grund genug, ihn noch länger hierzubehalten?«

»Laut Staatsanwalt nicht. Der tätliche Angriff wird auf jeden Fall Konsequenzen für ihn haben. Aber das wird später separat behandelt. Wenn Sie ihm im Mordfall Esswein nichts nachweisen können, müssen wir ihn wieder auf freien Fuß setzen. Mir passt das auch nicht. Versuchen Sie deshalb, etwas aus ihm herauszukitzeln. Und weiterhin glaube ich auch nicht, dass es Zufall ist, dass wir innerhalb von ein paar Quadratmetern zwei Leichen vorfinden. Sollte sich herausstellen, dass der oder die zweite Tote ebenfalls einem Gewaltverbrechen zum Opfer gefallen ist, dann verwette ich meinen Allerwertesten, dass es für beide Mordfälle nur einen Täter gibt. Vielleicht dieser Kovacevic. Also, meine Damen und Herren. Finden Sie es heraus.«

KAPITEL 8

Nur wenige Minuten nach der Lagebesprechung wies Kriminalhauptkommissar Thomas Schreiner eine Kriminalassistentin an, Dragan Kovacevic in den Vernehmungsraum bringen zu lassen. Er saß an seinem Schreibtisch und studierte noch einmal die Akte »Martina Esswein«. Dann klingelte sein Telefon und mit den Worten »Okay, ich bin gleich da«, legte er auf und machte sich auf den Weg.

Als er den Verhörraum betrat, saß Kovacevic bereits am Tisch und warf Schreiner einen gelangweilten Blick zu. Ihm gegenüber hatte die Kriminalassistentin Platz genommen. Schreiner setzte sich neben seine Kollegin, drückte auf die Aufnahmetaste des Tonbandgerätes und sagte: »Montag, fünfundzwanzigster Mai neunzehnhundertdreiundneunzig, sechzehn Uhr fünfundzwanzig. Befragung von Herrn Dragan Kovacevic. Anwesend sind Kriminalhauptkommissar Thomas Schreiner und Kriminalassistentin Sabine Mechler. Der Befragte wurde bereits über seine Rechte aufgeklärt und verzichtet auf anwaltlichen Beistand. Herr Kovacevic, bitte bestätigen Sie, dass Sie auf die Hinzuziehung eines Rechtsanwalts verzichten.«

46

»Ja, ich bestätige«, erwiderte er missmutig.

Schreiner lehnte sich nach vorne, verschränkte seine Unterarme auf der Tischplatte und schaute seinem Gegenüber direkt in die Augen. »Herr Kovacevic, ich frage Sie jetzt noch einmal: Was haben Sie gemacht, nachdem die Tochter Ihrer Partnerin am Donnerstagabend das Haus verlassen hat? Sind Sie ihr gefolgt?«

Kovacevic blieb zwar immer noch stumm, aber Schreiner konnte eine Regung in seinen Augen entdecken. Sie wanderten hin und her. So, als würde er darüber nachdenken, wie er am besten auf die Fragen des Kripobeamten reagieren sollte. Als er aber dreißig Sekunden später immer noch kein Wort über die Lippen gebracht hatte, setzte Schreiner nach.

»Gut, dann erzähle ich Ihnen, was wir herausgefunden haben. Martina Esswein ist noch am Donnerstagabend mit dem Zug nach Freiburg gefahren. Gegen zwanzig Uhr hat sie an einem Kiosk in der Bugginger Straße eine Flasche Wein gekauft. Wo das ist, brauche ich Ihnen nicht zu erklären, denn Sie wohnen ja nur eine Straße weiter. Was danach passiert ist, wissen wir noch nicht. Aber ich versichere Ihnen, wir werden es herausfinden. Wir wissen auch nicht, ob Sie etwas mit dem Mord zu tun haben. Aber auch das werden wir noch herausfinden. Und wenn Sie nichts mit dem Mord zu tun haben, dann tun Sie mir und sich selbst einen Gefallen und reden Sie.«

Kovacevic zögerte immer noch. Aber nach fast einer Minute, die sich wie eine Ewigkeit anfühlte, begann er endlich zu sprechen.

»Also gut. Als ich kurz nach Martina aus der Wohnung raus bin, hab ich mich in mein Auto gesetzt und bin nach

Freiburg gefahren. Aber nicht zu mir nach Hause, sondern in die Innenstadt zu einer Freundin.«

»Ach, ich dachte, Veronika Esswein ist Ihre Freundin, Ihre Partnerin«, sagte Schreiner stirnrunzelnd.

»Tja, ich hab ... ich hab da eben zwei Eisen im Feuer«, antwortete Kovacevic etwas verlegen.

»Und wie heißt die Dame?«

»Elena, Elena Wolkow. Wir kennen uns von der Arbeit. Sie ist Sekretärin im Büro von der Baufirma, bei der ich arbeite. Ich war so gegen halb acht bei ihr und bin über Nacht geblieben.«

»Hm, wenn das stimmt, Herr Kovacevic, dann bedeutet das, dass Sie ein astreines Alibi für die Tatzeit haben. Dann bräuchte ich noch die Anschrift und Telefonnummer von Frau Wolkow, damit ich Ihre Aussage umgehend überprüfen kann.«

Ohne zu zögern, rückte Kovacevic mit den gewünschten Informationen heraus.

»Elena kommt immer so gegen halb fünf von der Arbeit«, sagte er mit Blick auf die Wanduhr, die über der Tür des Verhörraums hing. »Wenn Sie sie jetzt gleich anrufen, haben Sie gute Chancen, sie zu erreichen.«

Schreiner notierte die Daten, riss das Blatt aus seinem Notizblock und übergab es dem Polizeibeamten, der an der Tür des Verhörraums stand und die Vernehmung mitverfolgt hatte.

»Bringen Sie das mal hoch. Die sollen die Dame anrufen. Anschließend Info an mich.«

Der Polizeibeamte nickte und verließ den Raum.

»Herr Kovacevic, warum denn nicht gleich so? Warum haben Sie uns so lange im Dunkeln tappen lassen?«

»Das kann ich Ihnen sagen. Erstens hatte ich am Donnerstag was getrunken, als ich zu Elena gefahren bin. Und als Sie und Ihr Kollege am Samstag bei mir aufgetaucht sind und mich ausgefragt haben, da hab ich halt Panik bekommen. Ich dachte, Sie wollen mir den Mord anhängen. Oder mir Ärger machen, wenn Sie rauskriegen, dass ich nach ein paar Bier noch gefahren bin. Ich war einfach nicht gut drauf. Außerdem hab ich mit euch Bull… mit der Polizei schon früher schlechte Erfahrungen gemacht. Aber das wissen Sie ja selbst. Dazu kommt, dass mich Veronika kurz vorher angerufen und mir erzählt hat, dass jemand ihre Tochter umgebracht hat. Dann hat sie mich auch noch gefragt, wo ich Donnerstagabend war, was ich da gemacht hab. Ich konnte ihr ja schlecht erzählen, dass ich bei Elena war. Sie weiß nichts von ihr.«

Er machte eine kurze Pause und kratzte sich am Kinn.

»Obwohl, wenn ich jetzt drüber nachdenke, ist es eh egal, ob Veronika was von Elena weiß. Sie hat in dem Telefonat so Andeutungen gemacht, dass sie mir nicht mehr vertrauen kann. Auch wenn sich rausstellt, dass ich nichts mit dem Mord zu tun hab, weiß Sie nicht, ob sie mit mir zusammenbleiben will. Ob ich ihre Tochter tatsächlich begrapscht hab, dass würde sie ja wohl nie erfahren, hat sie gesagt. Ja, das war halt alles zu viel für mich. Und als Sie und Ihr Kollege mich dann auch noch mit aufs Revier nehmen wollten, da bin ich eben ausgerastet.«

»Und nicht zu knapp«, warf Schreiner ein.

»Tut mir übrigens leid.« Kovacevic deutete mit angehobenem Kinn auf Schreiners Schläfe. Die Beule war zwar schon kleiner geworden, aber den blauen Fleck auf seiner linken Gesichtshälfte konnte man noch deutlich

erkennen. Dann öffnete sich die Tür und eine Kriminalbeamtin gab Schreiner zu verstehen, dass er nach draußen
kommen sollte.

»Glückwunsch, Herr Kovacevic«, sagte Schreiner, als er
kurz danach wieder in den Verhörraum zurückkehrte.
»Ihre Freundin hat alles bestätigt. Sie können gehen. Aber
dass Sie mich angegriffen haben, das wird noch ein Nach-
spiel für Sie haben.«

»Hab ich mir schon gedacht«, entgegnete Kovacevic
und schaute wie ein begossener Pudel auf den Boden.
Ohne ein weiteres Wort verließ Schreiner den Raum und
ein Polizeibeamter begleitete Kovacevic nach draußen.

KAPITEL 9

Schon am frühen Morgen saßen die beiden Hauptkommissare Köberlein und Schreiner mit ihrem direkten Vorgesetzten, Kriminalrat Kurt Meerfeld, im kleinen Besprechungszimmer der Kriminalinspektion 1 zusammen und überlegten, wie im Mordfall Esswein weiter vorgegangen werden sollte. Tags zuvor hatte eine Kriminalassistentin Elena Wolkow zu Hause aufgesucht und sich ihre Aussage, Kovacevic habe von Donnerstag auf Freitag bei ihr übernachtet, schriftlich bestätigen lassen.

»Wir stehen jetzt mit leeren Händen da, denn Kovacevic scheidet als Täter aus. Dass er bei seiner Freundin übernachtet hat, hätte uns der Blödmann ja gleich sagen können. Dann hätten wir uns auf andere Dinge konzentriert«, brachte es Köberlein auf den Punkt.

»Aber auf was bitteschön hätten Sie beide sich denn konzentriert?«, entgegnete Meerfeld.

Die beiden Kriminalhauptkommissare sahen sich verdutzt an. »Das ist eine gute Frage.«

»Auf die Sie hoffentlich eine gute Antwort haben. Also nochmal. Auf was wollen Sie sich jetzt konzentrieren? Wie gehen Sie weiter vor?«, wollte Meerfeld wissen.

Dann ergriff Schreiner das Wort. »Als Erstes werden

wir das Umfeld von Martina Esswein ausleuchten, denn schließlich geschehen zweiundfünfzig Prozent der Gewaltverbrechen im direkten Umfeld des Opfers, im Bekannten- oder Verwandtenkreis. Gleichzeitig …«

»Das heißt aber auch, dass achtundvierzig Prozent der Gewalttaten durch Fremde, Zufallsbekanntschaften, Triebtäter oder sonstige Bekloppte verübt werden«, unterbrach ihn Meerfeld.

»Gleichzeitig werden wir in unserer Datenbank überprüfen, ob es in den letzten Jahren im Raum Freiburg ähnliche Fälle gab, die noch nicht aufgeklärt werden konnten«, vervollständigte Schreiner seinen zuvor begonnenen Satz.

»Und wenn ähnliche, unaufgeklärte Fälle vorliegen, werden wir an die damaligen Ermittlungen anknüpfen. Drittens werden wir prüfen, ob wir in unserer Datenbank verurteilte Mörder vorfinden, die ihre Opfer durch Erwürgen oder in ähnlicher Form umgebracht haben, ihre Strafe bereits abgesessen haben und sich jetzt wieder im Umfeld von Freiburg auf freiem Fuß befinden. Und viertens haben wir ja noch einen zweiten Leichenfund. Da wollen wir abwarten, was bei der gerichtsmedizinischen Untersuchung herauskommt. Gleich morgen früh haben wir einen Termin bei Doktor Melanie Finkbeiner. Sie vertritt Doktor Goldbach, der in Urlaub ist, und sie hat uns versprochen, bis morgen Vormittag mit der Obduktion der sterblichen Überreste fertig zu sein. Wir hoffen, dass Doktor Finkbeiner herausfinden kann, wie das Opfer zu Tode gekommen ist, ob es auf gleiche Weise wie Martina Esswein ermordet, also erwürgt wurde. Und besonders wichtig ist, dass die Leiche auch identifiziert werden kann. Dann werden wir prüfen, ob es einen Zusammenhang mit dem Mordfall Esswein gibt, ob es Parallelen gibt. Wir denken nämlich, dass es kein Zufall sein kann, dass beide Leichen an fast gleicher Stelle abgelegt, beziehungsweise vergraben wurden.« Schreiner nahm einen Schluck aus seinem Wasserglas.

»Das habe ich mir ja auch schon gedacht. Also, meine Herren, warten wir ab, zu welchem Ergebnis die Gerichtsmedizinerin gekommen ist, ob der oder die Tote einem Gewaltverbrechen zum Opfer gefallen ist. Wenn ja, stimme ich Ihnen zu. Dann denke ich auch, dass es kein Zufall sein kann, dass wir zwei Leichen fast am gleichen Fleck finden. Dann gehe ich von einem Doppelmörder aus, auch wenn die eine Leiche schon vor längerer Zeit im Erdreich vergraben wurde, während Martina Esswein erst vor fünf Tagen ermordet wurde und man ihre Leiche lediglich hinter einer Brombeerhecke versteckt hat.«

»Vielleicht hatte der Täter im ersten Fall mehr Zeit. Vielleicht hat er die erste Tat besser geplant, während er im zweiten Fall schnell handeln musste und ihm keine Zeit blieb, die Leiche zu vergraben«, warf Schreiner ein.

»Das ist durchaus denkbar. Also, Herr Schreiner, Herr Köberlein. Es wartet noch jede Menge Arbeit auf Sie. Gehen Sie es an und halten Sie mich auf dem Laufenden. Am Donnerstag will ich eine Pressemitteilung herausgeben. Da wäre es nicht so schlecht, wenn wir bis dahin einen Schritt weiter wären und es für die Presseleute etwas zu berichten gäbe.«

Um vierzehn Uhr dreißig klingelte es bei Polizeikommissar Sebastian Ketterer an der Tür. Er war gerade dabei, die altmodische, verschlissene Blumentapete im Schlafzimmer mit Wasser einzupinseln, um sie anschließend entfernen zu können. Er legte den Pinsel zur Seite, zog die Arbeitshandschuhe aus und begab sich zum Fenster. *Das ist ja mal eine Überraschung*, schoss es ihm durch den Kopf, als er Veronika Esswein unten vor der Eingangstür stehen sah. Er ging in den Hausflur und nahm den Hörer der Sprechanlage ab.

»Kommen Sie hoch, erste Etage«, sagte er und betätigte gleichzeitig den Türöffner. Bevor er die Wohnungstür öffnete, warf er noch einen prüfenden Blick in den Spiegel des Garderobenschranks und fuhr sich mit beiden Händen durchs Haar. Kurze Zeit später stand Veronika Esswein vor ihm und sah ihn mit geröteten Augen an.

»Guten Tag, Frau Esswein, kommen Sie rein. Aber erschrecken Sie nicht. Bei mir sieht's ganz schön wild aus, ich bin gerade am Renovieren.« Schnell griff Sebastian nach einigen Büchern und Zeitschriften, die sich auf dem Zweiersofa türmten, und legte sie auf den Boden.

»Nehmen Sie doch bitte Platz.« Sie setzte sich und schaute sich in der Wohnung um. Überall standen Umzugskartons und auseinandergebaute Möbelteile herum. Unter dem Wohnzimmertisch stand ein aufgeklappter, silberfarbener Werkzeugkasten. Auf dem Sofa neben ihr lagen Kleidungsstücke. Eine Matratze war hochkant an das Fenster gelehnt. Die Tür, die vom Flur in einen weiteren Raum führte, stand offen. Veronika vermutete, dass es sich um das Schlafzimmer handelte. Sie blickte auf eine Wand, an deren rechter Hälfte die Tapete heruntergerissen war.

»Ziehen Sie aus und müssen vorher noch renovieren?«, fragte sie und deutete mit dem Kinn auf die Umzugskartons.

»Im Gegenteil. Ich ziehe zum ersten Juni ein. Mein Vermieter hat mir netterweise schon gestern den Schlüssel ausgehändigt und mir gestattet, jetzt schon zu renovieren. Gestern haben mir ein paar Freunde geholfen, meine Möbel herzubringen, und heute hab ich im Schlafzimmer angefangen, die Tapeten runterzureißen. Dann verlege ich noch einen Laminatboden, baue das Bett und den Schrank auf und mach dann im Wohnzimmer Platz. Hier will ich streichen und auch einen neuen Boden verlegen. Zum Schluss ist der Flur dran. Die vierzehn Tage, die ich mir Urlaub genommen habe, müssten reichen. Zum Glück wurde das Bad erst vor fünf Jahren vom Eigentümer erneuert. Da muss ich nichts machen. Das sieht noch aus wie neu. Aber nun zu Ihnen. Wie geht es Ihnen? Und was führt Sie zu mir?«

»Tja«, antwortete Veronika mit einem Kopfschütteln. »Ich kann immer noch nicht glauben, was passiert ist. Dass Martina nicht mehr … nicht mehr da ist. Ich habe heute Vormittag einen Anruf von der Gerichtsmedizin erhalten. Die Leich… Martinas Leichnam ist freigegeben und ich könne … ich könne meine Tochter sehen. Da ich aber nicht allein gehen will, wollte ich Sie fragen, ob Sie mich begleiten. Ich hab doch sonst niemanden. Aber wenn Sie wegen Ihrer Renovierungen keine Zeit haben, bin ich Ihnen nicht böse.« Erwartungsvoll schaute sie ihm direkt in die Augen.

»Wann haben Sie denn den Termin? Und wie haben Sie mich eigentlich gefunden?«

»Der Termin ist um halb vier. Und Sie zu finden war gar nicht so schwer. Na ja, vielleicht etwas kompliziert, aber nicht allzu schwer. Zuerst war ich bei Ihrer Polizeidienststelle und hab nach Ihnen gefragt. Dort sagte man mir, Sie seien im Urlaub. Als ich nach Ihrer Anschrift gefragt habe, wollte man mir Ihre Adresse zunächst nicht geben. Man hat mir auch nicht verraten, ob Sie Ihren Urlaub zu Hause verbringen oder vereist sind. Ich hab geantwortet, dass ich mir Ihre Adresse dann eben aus dem Telefonbuch heraussuche. *Moment bitte*, hat dann Ihre Kollegin gesagt. Das war die Dame, die letzte Woche, als ich die Vermisstenanzeige aufgegeben habe, bei Ihnen im Zimmer saß. Sie hat die Schreibtischschublade aufgemacht, das örtliche Telefonbuch aufgeschlagen und nachgeschaut, ob Sie eingetragen sind. *Okay*, sagte sie dann und gab mir eine Anschrift in der Brodbeckstraße.«

»Da hab ich vorher gewohnt. Also noch bis gestern.« Sebastian streckte die Arme zur Seite, als wolle er sich dafür entschuldigen, dass Veronika wegen seines Umzugs an den Kirchplatz einen Umweg machen musste.

»Also bin ich in die Brodbeckstraße marschiert«, fuhr Veronika fort. »Dort hab ich geklingelt und eine junge, blonde Frau, die nicht gerade freundlich zu mir war, hat mir Ihre neue Adresse gegeben. Und schon bin ich hier.«

Wieder schaute Veronika dem Polizisten, der plötzlich wehmütig auf sie wirkte, tief in die Augen. Es war offensichtlich, dass ihn irgendeine Sache beschäftigte, und er versuchte, sich nichts anmerken zu lassen. Es dauerte einige Sekunden, dann hatte er sich wieder gefangen.

»Also gut, ich begleite Sie. Geben Sie mir zehn Minuten.«

»Sind Sie sicher?« Veronika zog die Augenbrauen hoch und sah ihn fragend an.

»Ja«, erwiderte Sebastian. Mit den Worten »Ich kann ohnehin eine Pause gebrauchen. Mir tun schon alle Knochen weh. Gestern Möbel geschleppt und heute Tapeten runtergerissen« verschwand er im Bad.

KAPITEL 10

FREIBURG, EINE HALBE STUNDE SPÄTER

Kurz vor halb vier kamen Sebastian Ketterer und Veronika Esswein am Institut für Rechtsmedizin in Freiburg an. Er lenkte seinen Golf GTI in eine Parklücke direkt vor dem Gebäude. Eigentlich wollte Veronika mit ihrem Auto fahren, aber Sebastian hatte darauf bestanden, sie mitzunehmen. Er war in Sorge, dass es ihr zu viel werden könnte, dass sie der Anblick ihrer toten Tochter zu sehr belasten würde und sie somit die Autofahrt, insbesondere die Rückfahrt nach Kirchzarten, nur schwer bewältigen könnte. Aber diesen Gedanken behielt er für sich.

Sie stiegen aus und betraten das Gebäude. Sebastian bemerkte, dass Veronikas Atemzüge immer schneller wurden. Als er spontan ihre Hand ergriff, schaute sie ihn von der Seite an und nickte ihm zu.

Eine Mitarbeiterin begleitete die beiden zum hinteren Gebäudeteil. Dann öffnete sich vor ihnen die Tür und eine Frau in Arztkittel und weißer Hose trat heraus.

»Frau Esswein?«

Veronika nickte.

»Das ist Herr Ketterer, er begleitet mich«, sagte sie, als sie den fragenden Blick der Pathologin bemerkte.

»Guten Tag, ich bin Doktor Melanie Finkbeiner. Wir hatten telefoniert. Können wir?«

Veronika nickte und atmete dabei tief ein. Dann betraten sie den Raum und blieben vor dem Tisch in der Mitte stehen. Wie zuvor suchten sich Sebastians und Veronikas Hände. Doch dieses Mal griff Veronika nach seiner Hand und drückte fest zu.

Dr. Finkbeiner zog das weiße Leinentuch zurück, behutsam darauf achtend, dass nur der Kopf des Mädchens sichtbar wurde und Veronika die Würgemale am Hals ihrer Tochter verborgen blieben. Veronikas Augen füllten sich mit Tränen. Mit der linken Hand streichelte sie zart über Martinas Wange. Sie beugte sich vor und gab ihrer Tochter einen letzten Kuss auf die Stirn.

»Ich möchte gehen«, sagte sie dann mit zittriger Stimme.

Als Veronika und Sebastian das Institut wieder verlassen hatten, war es kurz vor vier. Vor seinem Auto blieben sie stehen und Veronika blickte zum Himmel. Die Sonne, die den ganzen Vormittag verborgen geblieben war, brach gerade durch die immer dünner werdende Wolkendecke.

»Mach's gut, mein Kind«, murmelte sie, immer noch den Kopf nach oben gestreckt. Dann schaute sie zu Sebastian. »Ich will noch nicht heim. Da fällt mir bestimmt die Decke auf den Kopf.«

»Okay. Wollen wir einen Spaziergang zum Münsterplatz machen?«, fragte er. Sie nickte ihm zu und hakte sich bei ihm unter.

Wenig später schlenderten sie gemächlich durch die Habsburger Straße bis zum Europaplatz. Am Siegerdenkmal überquerten sie die Kreuzung und gelangten in die Fußgängerzone. Je näher sie dem Münsterplatz kamen, umso dichter wurden die Menschenmassen um sie herum, darunter viele Einheimische, aber zu einem großen Teil auch Touristen aus aller Herren Länder. Als ihnen eine Reisegruppe den Gehweg versperrte, die, am Sprachengewirr eindeutig erkennbar, aus Italien stammen musste, ließen sie eine Straßenbahn passieren und wechselten die Straßenseite. Dabei knickte Veronika, die mit ihren Gedanken noch bei ihrer toten Tochter zu sein schien, um und geriet um ein Haar mit dem Fuß in einen der vielen Wasserläufe, die sich zwischen den Gleisen und dem Gehweg durch die Altstadt schlängelten und als Wahrzeichen Freiburgs galten. Geistesgegenwärtig zog Sebastian sie zur Seite.

»So schön die Freiburger Bächle auch sind. Aber Sie müssen nicht unbedingt reintreten«, sagte er und konnte Veronika sogar ein kurzes Lächeln abgewinnen. Dann liefen sie wortlos weiter, vorbei an Ladengeschäften und Kaufhäusern. Als vor ihnen ein asiatischer Musiker auftauchte, der an einem Klavier saß, das auf ein fahrbares Untergestell montiert war, und Beethovens »Für Elise« spielte, blieben sie stehen. Sebastian betrachtete seine Begleiterin von der Seite.

Wie hübsch sie doch ist und so traurig, so unglücklich, dachte er. Er konnte seinen Blick nicht von ihr abwenden. Aber als er bemerkte, dass sich ihre Augen, ergriffen von der Musik, wieder mit Tränen füllten, zog er sie sanft am Arm und deutete mit einer Kopfbewegung an, weiterzugehen.

Wenig später kamen sie am Münsterplatz an und mussten erneut über einen Bachlauf steigen. Wie in Zeitlupe hob Veronika ihr rechtes Bein unnatürlich hoch an, machte einen großen Schritt über das Bächle und zog das linke Bein in gleicher Weise nach.

»Na, geht doch«, sagte Sebastian grinsend. »Für diese sportliche Meisterleistung haben Sie sich eine Tasse Kaffee verdient. Darf ich Sie einladen?«

Veronika zögerte einen Moment.

»Vielleicht ist ein Kaffee ganz gut, um mich auf andere Gedanken zu bringen. Einladung angenommen«, sagte sie schließlich und hakte sich wieder bei ihm ein.

POLIZEIPRÄSIDIUM FREIBURG

Etwa zur gleichen Zeit saß Thomas Schreiner an seinem Schreibtisch und schaute gedankenverloren aus dem Fenster. Während er einen Kugelschreiber zwischen den Fingern kreisen ließ, grübelte er über den Stand der Ermittlungen nach. Ihm gegenüber saß sein Kollege Marc Köberlein, der gerade damit beschäftigt war, seinen Computer nach ungeklärten Mordfällen zu durchforsten, die sich in ähnlicher Form wie in der Sache Esswein zugetragen hatten.

Als sich die Tür öffnete und eine Kriminalassistentin den Raum betrat, schauten beide auf.

»Na, Sabine, was gibt's denn so Wichtiges, dass du uns die Ehre erweist«, fragte Köberlein grinsend.

»Ich hab gerade eine Meldung von der Streife reinbekommen. Und stellt euch vor, im Dietenbachpark wurde gestern ein Mann festgenommen, der seine Freundin brutal angegriffen hat.«

»Da wird es sich doch wohl eher um eine Beziehungstat handeln. Aber was hat das mit unserem Fall zu tun?«, wollte Köberlein wissen.

»Das kann ich euch sagen. Der Kerl ist ihr an die Gurgel gegangen. Er hat sie bis zur Bewusstlosigkeit gewürgt. Zum Glück kamen Passanten vorbei, drei Ringer von der ASV- Germania. Die haben den Täter überwältigt und konnten ihn festhalten, bis die Streife gekommen ist und ihn verhaftet hat. Hoffentlich kam die Hilfe für das Mädchen nicht zu spät. Sie wurde ins Krankenhaus gebracht. Dort liegt sie auf der Intensivstation, im Koma.«

Entsetzt fasste sich Schreiner an den Mund und schüttelte den Kopf.

»Da hast du vielleicht deinen Fall, nach dem du schon die ganze Zeit im Computer suchst. Immerhin befindet sich der Dietenbachpark im Stadtteil Weingarten. Ganz in der Nähe wohnt auch Gabi Kohl, die unser Mordopfer am Tattag besuchen wollte. Wenn das kein Zufall ist«, sagte Köberlein.

»Das dachten wir bei Kovacevic auch. Der wohnt schließlich auch in der gleichen Ecke. Aber Pustekuchen«, erwiderte Schreiner und wandte sich dann an die Kriminalassistentin. »Sabine, wo wurde denn der Bursche hingebracht?«

»In die JVA. Dort sitzt er in Untersuchungshaft.«

»Hier in Freiburg?«

Die Kriminalassistentin nickte.

»Marc, den werden wir uns gleich mal vornehmen.«

»Schaut euch aber vorher erst mal das Protokoll des Streifeneinsatzes an. Das kann nicht schaden.« Die Kriminalassistentin hob den Arm und wedelte mit einigen

Papierblättern in der Luft hin und her. Mit einer blitz-schnellen Bewegung riss ihr Schreiner das Protokoll aus der Hand.

»Danke, Sabine. Das lesen wir uns während der Fahrt zum Gefängnis durch. Ruf bitte gleich dort an und melde uns an.«

Wie üblich zog Köberlein die oberste Schreibtischschub-lade auf und warf seinem Kollegen den Autoschlüssel zu.

KAPITEL 11

Obwohl alle Restaurants und Straßencafés rund um den Münsterplatz gut besucht waren, hatten Veronika und Sebastian einen freien Tisch im Außenbereich eines kleinen Bistros gefunden. Nachdem sie ihre Bestellung aufgegeben hatten und auf die zwei Kännchen Kaffee warteten, saßen sie sich wortlos gegenüber. Sebastian wusste nicht so recht, wie er ein Gespräch mit einer Frau anfangen sollte, die gerade Abschied von ihrer Tochter genommen hatte.

Auch für Veronika war es keine einfache Situation. In sich gekehrt saß sie mit überschlagenen Beinen auf ihrem Stuhl und ließ ihren Blick über den Münsterplatz schweifen. Die Sonne hatte jetzt endgültig Oberhand gewonnen und am Himmel waren nur noch wenige Wolken zu sehen. Sie beobachtete die vielen Menschen, die wie emsige Ameisen zwischen den zahlreichen Sehenswürdigkeiten hin und her stoben. Sie schaute zum mächtigen Freiburger Münster, das mit seinem fast einhundertzwanzig Meter hohen Turm wie ein Wächter über die Altstadt wirkte.

Die italienische Reisegruppe, der sie schon in der Fußgängerzone begegnet war, stand jetzt keine fünfzig Meter entfernt vor dem Historischen Kaufhaus, das sich durch

64

seinen dunkelroten Anstrich und seine markante Fassade von den Nachbargebäuden abhob. Und sie beobachtete das Wasser, das hinter ihr durch den schmalen Kanal floss. Mit einem der Bächle hatte sie bereits ungewollt Bekanntschaft gemacht. Als sie daran denken musste, wie Sebastian sie aufgefangen hatte, sie für kurze Zeit in seinen Armen lag und die Situation auch noch genossen hatte, huschte ein leichtes Lächeln über ihr Gesicht.

»An was denken Sie gerade?«, fragte Sebastian neugierig. Er hatte sie die ganze Zeit beobachtet und das zarte Lächeln um ihre Mundwinkel war ihm nicht entgangen.

»Ach, das ist nicht so wichtig«, antwortete sie etwas verlegen mit einem leichten Kopfschütteln.

»Oh, da kommt unser Kaffee«, sagte sie schnell, als die Kellnerin das Tablett auf dem Tisch abstellte.

Als sie sich einschenkten, ihre Tassen gleichzeitig zum Mund führten, einen Schluck nahmen, die Tassen im gleichen Moment wieder abstellten und sich dann auch noch synchron mit der Hand an den Mund fassten, mussten beide zwangsläufig lachen.

»Ganz schön heiß, der Kaffee«, sagte Veronika.

»Na ja, der ist wenigstens frisch aufgebrüht«, kommentierte Sebastian die Situation.

Doch einen Augenblick später wurde Veronika von den Gedanken an ihre Tochter wieder eingeholt. Ihr Lachen war, so schnell, wie es gekommen war, wieder verschwunden. Sie biss sich auf die Unterlippe und schaute Sebastian mit traurigen Augen an.

»Ich weiß nicht, ob es richtig war, hierher zu kommen. Vor ein paar Tagen wurde meine Tochter ermordet. Vorhin habe ich Abschied von ihr genommen und jetzt sitze ich mit Ihnen bei einer Tasse Kaffee auf dem Münsterplatz, als wäre nichts geschehen. Irgendwie schäme ich mich.«

»So dürfen Sie nicht denken«, sagte Sebastian mit sanfter Stimme. »Und schämen müssen Sie sich auch nicht. Keinem wäre geholfen, wenn Sie jetzt zu Hause sitzen und mit Ihrer Trauer allein zurechtkommen müssten. Und Ihre Tochter würde das auch nicht wollen, da bin ich mir ganz sicher. Erzählen Sie doch mal von ihr. Und vielleicht auch von sich. Aber nur, wenn Sie das möchten. Wenn Ihnen das gut tut.«

»Ja, wo soll ich denn da anfangen?«, fragte Veronika achselzuckend.

»Das entscheiden Sie.«

»Also gut.« Sie holte ein paar Mal tief Luft, als müsste sie Anlauf nehmen, dann begann sie zu erzählen.

»Als ich neunzehn war, kam Martina in Offenburg zur Welt. Dort habe ich damals mit meinen Eltern gewohnt. Mein Vater und meine Mutter waren geschockt, als ich ihnen von meiner Schwangerschaft erzählte. Sie machten mir Vorwürfe, ich sei ja selbst noch ein halbes Kind und hätte aufpassen müssen, bla bla bla. Aber ich hätte keine Vorwürfe, sondern ihre Hilfe, ihre Zuneigung gebraucht.«

Veronika machte eine kleine Pause und putzte sich die Nase.

»Sie müssen nicht weiterreden, wenn Sie nicht wollen«, sagte Sebastian.

»Doch doch. Es tut vielleicht ganz gut, mir alles mal von der Seele zu reden«, antwortete Veronika und fuhr fort. »Als mir die Hebamme Martina nach der Geburt in den Arm gelegt hat, war ich trotz aller Umstände der glücklichste Mensch der Welt. Sie war so ein süßes Baby und ich hatte mich sofort in sie verliebt.«

Veronika war tief in die Vergangenheit eingetaucht und so versagte ihr einen Moment die Stimme. Als Sebastian das bemerkte und etwas sagen wollte, hob sie die Hand.

»Es geht schon. Und es tut mir wirklich gut, über Martina zu sprechen.« Dann erzählte sie weiter.

»Nach drei oder vier Tagen kam ich nach Hause. Und plötzlich hatte ich nicht mehr die Unterstützung, die ich zuvor durch Ärzte und Schwestern im Krankenhaus gehabt hatte. Ich war auf mich allein gestellt. Frustriert habe ich irgendwann meine sieben Sachen gepackt und bin mit Martina nach Kirchzarten zu meiner Tante gezogen, mit der ich mich früher schon gut verstanden habe. Gerlinde zeigte mehr Verständnis als meine Eltern. Sie passte auch immer auf meine Tochter auf, wenn ich selbst mal keine Zeit dazu hatte. Und so konnte ich eine Lehre als Bürokauffrau abschließen. Dafür war ich ihr sehr dankbar.«

»Hat Martina nicht ihren Vater vermisst oder nach ihm gefragt?«, wollte Sebastian wissen.

Veronika überlegte. »Eigentlich nicht«, sagte sie schließlich. »Sie wuchs zwar ohne Vater auf, dafür hatte sie mit Gerlinde und mir zwei Mütter. Und das hat sie als Kind immer und jedem stolz erzählt.« Sie nippte an ihrer Kaffeetasse.

»Obwohl ich Martina nicht viel bieten konnte, war sie ein fröhliches und aufgewecktes Kind. Sie ging gern in den Kindergarten, liebte es, wenn Gerlinde oder ich ihr vor dem Schlafengehen eine Geschichte vorgelesen haben, oder wenn wir uns mal einen Kinobesuch oder im Sommer ein Eis gegönnt haben. Mit vier oder fünf war sie für ihr Alter schon sehr reif und konnte es nicht erwarten, endlich in die Schule zu kommen. Dann in der Schule war sie eine richtig gute Schülerin. Auch wenn sie irgendwann zur Außenseiterin wurde, was ich nie verstanden habe. Aber ich denke, nicht ihre Mitschüler haben sie dazu gemacht, sondern sie selbst. Sie schämte sich, aus ärmlichen Verhältnissen zu stammen. Das fing mit der Kleidung an und hörte bei Kindergeburtstagen auf, bei denen die Eltern anderer Kinder sich mit teuren Attraktionen gegenseitig übertreffen wollten. Trotzdem war ich zuversichtlich, dass sie ihr Abitur mit einem guten Abschluss machen würde, vielleicht studieren gehen und es mal besser haben würde als ich. Aber dazu sollte es leider nicht kommen.«

Veronika schluckte und ihre Augen füllten sich mit Tränen. Sebastian wusste nicht so recht, was er sagen sollte, und biss sich verlegen auf die Unterlippe. Dann nahm sie ein Taschentuch aus ihrer Handtasche, schnäuzte sich und erzählte weiter.

»Als Martina elf war, ist Gerlinde an einem Herzinfarkt gestorben. Viel zu früh, und ich war mit meinem Kind wieder allein und wieder auf mich allein gestellt. Dann machte die Firma, bei der ich gearbeitet habe, Pleite und ich stand auf der Straße. Das war vor zwei Jahren. Ein halbes Jahr lang war ich arbeitslos. Und da ich wieder Geld verdienen wollte, ja musste, nahm ich schließlich einen Job bei dem Lebensmitteldiscounter in Freiburg an, bei dem ich auch jetzt noch arbeite. Aber ewig will ich dort nicht bleiben. Ich will wieder im Büro arbeiten. Momentan hab ich einige Bewerbungen laufen. Mal schauen, was da rauskommt. Ja und zu der Zeit, als ich arbeitslos war, habe ich Dragan, also Herrn Kovacevic, kennengelernt. Ich saß in einem Lokal an der Bar, als ich von zwei üblen Burschen belästigt wurde. Dragan, der das mitbekommen hatte, stand von seinem Tisch auf und kam rüber. Er musste gar nicht handgreiflich werden, sondern hat die beiden nur scharf angeschaut und gesagt, es wäre besser, sie würden verschwinden. Und das taten sie dann auch.«

Veronika machte eine kurze Pause und trank ihre Tasse leer. »Ich war ihm einfach nur dankbar, dass er mir geholfen hat. Und von da an trafen wir uns regelmäßig. Irgendwie haben wir uns gut ergänzt. Er hat sozusagen die Brötchen verdient und ich hab sie geschmiert. Mit anderen Worten, er hat mich finanziell unterstützt und ich hab ihn bekocht. Ich wusste aber auch, dass er kein Mann fürs Leben für mich war. Wenigstens war ich nicht allein, auch wenn wir nicht zusammengewohnt haben. Leider war das Verhältnis zwischen ihm und meiner Tochter nicht gerade das Beste. Vielleicht hatte Martina gespürt, dass ich ihn eigentlich gar nicht liebe.«

»Und wie war Ihr Verhältnis zu Ihrer Tochter? Sie war ja mittlerweile im Teenageralter, in der Pubertät. Das war sicherlich nicht einfach.« Sebastian wartete gespannt auf Veronikas Antwort.

»Trotz aller Umstände und Hindernisse, die wir überwinden mussten, haben wir uns geliebt. Natürlich gab es immer mal wieder Spannungen, meistens dann, wenn für irgendetwas das Geld fehlte. Aber ansonsten, ob Sie's glauben oder nicht, haben wir uns blendend verstanden. Wie gute Freundinnen.« Gedankenverloren hielt sie kurz inne.

»Und wie sieht es bei Ihnen aus? Sind Sie liiert? Oder …« Veronika brach mitten im Satz ab. Sie errötete. *Hab ich das eben wirklich gesagt?*, fragte sie sich.

»Entschuldigen Sie bitte, das geht mich nichts an. Sie müssen nicht antworten«, schob sie schnell nach.

»Sie müssen sich nicht entschuldigen. Schließlich haben Sie mir viel über Ihre Tochter und auch einiges Persönliche aus Ihrem Leben erzählt. Also mach ich das jetzt auch. Ja, ich war liiert. Mit meiner Freundin Karin habe ich zwei Jahre zusammengelebt. Ich wollte irgendwann heiraten, Kinder und so weiter. Da waren wir uns anfangs einig. Aber mit der Zeit hat sie sich verändert. Hatte plötzlich andere Ansichten. Und als sie mir offenbart hat, dass das alles für sie nicht mehr infrage kommt, hab ich meine Konsequenzen gezogen. Das war vor vier Wochen.«

»Dann war die blonde Frau, die ich an Ihrer alten Adresse angetroffen habe, Karin, Ihre Exfreundin?« Veronika sah ihn fragend an.

»Genau.«

»Jetzt verstehe ich auch, warum sie so unfreundlich zu mir war und was sie damit meinte, als sie mir hinterherrief: *Das ist aber schnell gegangen mit einer Neuen.* Vielleicht vermisst sie Sie. Und jetzt verstehe ich auch, warum Sie plötzlich wehmütig wurden, als ich Ihnen erzählt habe, dass mir eine blonde Frau Ihre neue Adresse am Kirchplatz genannt hat.«

»Das haben Sie bemerkt?«, wunderte sich Sebastian.

»Ja, das habe ich bemerkt. Sie schwirrt Ihnen anscheinend doch noch ein wenig im Kopf herum. Und jetzt wundert es mich auch nicht mehr, warum schon alle Möbel in Ihrer Wohnung stehen, obwohl Sie noch am Renovieren sind. Normalerweise renoviert man erst und wenn man fertig ist, stellt man die Möbel rein. Aber Sie haben das alles gleichzeitig gemacht.«

»Richtig kombiniert. Ich wollte einfach weg. Weg von Karin, so schnell es ging. Aber mir im Kopf herumschwirren, das macht sie nur noch ein klein wenig. Und von Tag zu Tag weniger.«

Als Sebastian eine Pause machte, schaute Veronika auf die Uhr. »Ich glaube, es wird Zeit, nach Hause zu fahren. Wollen wir los?«

»Klar, wenn Sie das möchten. Dann zahle ich und wir gehen.« Sebastian gab der Kellnerin ein Zeichen.

»Vielen Dank«, sagte Veronika, als er bezahlt hatte und sie beide vom Tisch aufgestanden waren. »Vielen Dank für alles. Dafür, dass Sie mich begleitet haben, für den Spaziergang und für das Gespräch. Das alles hat mir gutgetan. Danke, Sebastian. Ich darf doch Sebastian sagen?«

»Aber gerne, Veronika«, erwiderte er mit einem sanften Lächeln.

KAPITEL 12

Nach einer kurzen Autofahrt erreichten Köberlein und Schreiner die Justizvollzugsanstalt in der Hermann-Herder-Straße im Stadtteil Neuburg. Vor der Schrankenanlage zum Bediensteten-Parkplatz, der sich unmittelbar an der etwa sechs Meter hohen Gefängnismauer befand, hielten sie an. Schreiner ließ das Seitenfenster herunter und drückte auf den Knopf der Sprechanlage, die kurz darauf knackte.

»Ja bitte?«, fragte eine weibliche Stimme.

»Kriminalhauptkommissar Thomas Schreiner und Kollege Marc Köberlein. Wir sind angemeldet.«

Einen Augenblick später öffnete sich die Schranke und Schreiner lenkte den Dienst-BMW in eine Parklücke. Sie liefen zur Sicherheitsschleuse des Hauptgebäudes, das aus fünf sternenförmig angeordneten Flügeln bestand, aus deren Mitte ein runder Beobachtungsturm herausragte. Im Kontrollbereich zeigten sie ihre Dienstausweise vor, die von einer Justizvollzugsangestellten registriert wurden.

Nachdem sie ihre Dienstwaffen, Geldbeutel und den Autoschlüssel in einem Schließfach deponiert hatten, wurden sie von einem Gefängnismitarbeiter zum Besucherbereich geführt. Dort nahmen sie an einem kleinen, quadratischen Tisch Platz und warteten auf Kolja Baumann, der tags zuvor seine Freundin brutal angegriffen und bis zur Bewusstlosigkeit gewürgt hatte. Nach kurzer Wartezeit öffnete sich die Tür und der Untersuchungshäftling wurde in Handschellen hereingeführt.

»Das ist aber mal ein Kaliber«, flüsterte Schreiner seinem Kollegen ins Ohr.

»Ja, der wirft einen großen Schatten«, stimmte ihm Köberlein zu. »Zuerst Kovacevic, und jetzt noch mal so ein Riese. Pass auf, dass er dir keine verpasst«, fügte er grinsend hinzu.

Als sich Baumann hingesetzt und der JV-Beamte sich dezent zur Tür zurückgezogen hatte, musterten die beiden Kripomänner ihr Gegenüber. Köberlein hatte recht, denn Baumann war von seiner Statur durchaus mit Kovacevic vergleichbar. Er war vierundzwanzig Jahre alt und mindestens einsneunzig groß, hatte breite Schultern und kräftige Arme. Seine rotblonden Haare waren kurz geschnitten und als er den Mund öffnete und die beiden Polizisten angrinste, kam eine große Zahnlücke zwischen seinen Schneidezähnen zum Vorschein. Doch Schreiner und Köberlein konnten ihm ansehen, dass er längst nicht so gelassen war, wie er ihnen vormachen wollte. Offensichtlich wollte er seine Unsicherheit oder sogar Angst überspielen.

»Wenn Sie mir die Handschellen abnehmen lassen, dann rede ich mit Ihnen. Ansonsten können Sie's vergessen«, sagte er mit dunkler, aber zittriger Stimme, nachdem die Kriminalhauptkommissare sich vorgestellt hatten. Schreiner nickte dem JV-Beamten zu, der an den Tisch trat und dem Häftling die Handschellen abnahm.

»Herr Baumann, Sie haben gestern im Dietenbachpark

Ihre Freundin angegriffen. Das macht man doch nicht aus heiterem Himmel. Was um Gottes willen ist denn da in Sie gefahren?«, wollte Köberlein wissen.

»Sie ist fremdgegangen und ich hab's rausgekriegt. Aber das hab ich doch gestern schon alles Ihren Kollegen erzählt. Soll ich jetzt alles nochmal runterleiern?«

»Wir wollen es eben nochmal von Ihnen persönlich hören. Und außerdem haben wir einen Deal, schon vergessen? Sie reden mit uns und wir lassen die Handschellen weg«, erwiderte Schreiner in ruhigem Ton. »Aber gut. Wenn es Ihnen lieber ist, dann machen wir es folgendermaßen: Ich wiederhole, was Sie gestern zu Protokoll gegeben haben, und hierzu stelle ich ergänzende Fragen. Okay?«

Baumanns Blick wanderte nach unten. Er massierte seine Handgelenke und ohne aufzuschauen nickte er Köberlein zu.

Der Kripobeamte fuhr fort: »Letzte Woche Mittwoch hat Ihnen Ihr Freund Sven Berger erzählt, er habe mitbekommen, dass Ihre Freundin Christiane Emsland Sie betrüge. Sie wollten noch am Abend zu ihr, haben sie aber nicht angetroffen. Einen Tag später, am Vatertag, waren Sie dann mit Freunden, darunter auch Sven Berger, auf Kneipentour in Freiburg unterwegs. Dann haben sich ihre Wege getrennt und Sie gingen allein weiter, um nach Ihrer Freundin zu suchen. Sie haben sie dann im Dietenbachpark angetroffen und zur Rede gestellt. Ist das so weit korrekt?«

»Ja, bis dahin stimmt alles. Ich weiß ja, dass Christiane öfter in diesem Park abhängt. Und da hab ich sie auch gefunden. Sie hat alles abgestritten. Sven würde sich doch nur wichtigmachen wollen und so weiter. Ich hab mich von ihr volllabern lassen und ihr alles geglaubt.«

»Wann genau haben Sie sich von der Gruppe, also von Ihren Freunden, getrennt und wann sind Sie im Dietenbachpark auf Ihre Freundin getroffen?«

»So genau weiß ich das nicht mehr. Ich schätze mal, bis sieben, halb acht waren meine Jungs und ich in der Altstadt. Dann bin ich allein weitergezogen und mit der Straßenbahn zum Dietenbachpark gefahren. So gegen acht müsste ich dort gewesen sein. Nach dem Gespräch mit Christiane sind wir zu ihr nach Hause. Aber weil ich rausfinden wollte, ob sie nun fremdgeht oder nicht, hab ich sie die Tage danach beobachtet. Und gestern hab ich sie mit einem Typen im Park gesehen. Als ich auf die beiden zugerannt bin, ist der Hosenscheißer gleich stiften gegangen. Und was dann passiert ist, was ich dann Christiane angetan habe, das wissen Sie bereits. Aber was mich interessieren würde: Warum fragen Sie mich die ganze Zeit, was ich letzte Woche gemacht hab. Mit Christiane, das ist doch erst gestern passiert. Es … es tut mir übrigens leid. Es tut mir wirklich leid, was ich … was ich getan habe«, stammelte Baumann reumütig.

»Warum wir wissen wollen, was Sie an Christi Himmelfahrt gemacht haben? Das hängt mit einer anderen Sache zusammen, in der wir ermitteln.« Schreiner zog ein Foto von Martina Esswein aus der Jackentasche.

»Kennen Sie dieses Mädchen?«

Baumann schaute sich das Foto flüchtig an.

»Nie gesehen«, antwortete er, doch an seinem linken Auge war ein nervöses Zucken zu erkennen. Die Kripobeamten sahen sich an. Sie spürten, dass Baumann log, dass er ihnen etwas vorenthielt.

»Herr Baumann, sind Sie sich völlig sicher? Schauen Sie sich das Foto nochmal ganz genau an.«

Baumann wurde jetzt immer nervöser und fing an, auf seinem Daumennagel herumzukauen.

»Also gut, ich hab … ich hab sie …«

Die Tür wurde aufgerissen und ein Mann in einem hellgrauen Anzug und mit einer Aktentasche unter dem Arm stürmte in den Besucherraum. »Sie sagen jetzt gar nichts mehr.«

Die Polizisten schauten den Ankömmling verdutzt an.

»Andreas Mühlfeld«, stellte er sich ihnen vor. »Ich bin Kolja Baumanns Anwalt. Das nächste Mal, meine Herren, findet eine Vernehmung nur noch in meinem Beisein statt. Ist das klar?«, sagte er in scharfem Ton.

»Das haben wir verstanden. Aber da Sie jetzt schon hier sind, können wir doch unsere Befragung gleich fortsetzen«, erwiderte Köberlein mit einem süffisanten Lächeln.

»Das werden wir, aber nicht heute. Nicht, bevor ich mit meinem Mandanten allein gesprochen habe.«

»Also gut, dann können wir ja gehen. Aber wir kommen wieder«, entgegnete Schreiner.

Die beiden Hauptkommissare erhoben sich von ihren Stühlen und mit einem kurzen Kopfnicken in Richtung des Strafverteidigers und seines Mandanten verabschiedeten sie sich.

Als sie schon an der Tür waren, rief ihnen Baumann hinterher. »Eines noch. Können Sie … können Sie mir sagen, wie es … wie es Christiane geht?«

»Sie liegt noch im Krankenhaus. Im Koma. Beten Sie, dass sie wieder aufwacht.«

KAPITEL 13

Heute zeigte sich der Frühling von seiner unschönen Seite. In der Nacht hatte Regen eingesetzt, der immer noch anhielt.

Es war kurz nach zehn Uhr am Vormittag und Sebastian war gerade dabei, die letzten Tapetenreste von der Schlafzimmerwand herunterzukratzen, als es an der Tür klingelte. Er schaute aus dem Fenster und sah eine Person mit aufgespanntem Regenschirm vor dem Hauseingang stehen.

»Ja bitte?«, fragte er in den Hörer der Sprechanlage.

»Ich bin's, Veronika.«

»Sie können … nein, ich wollte sagen, du kannst hochkommen.« Er betätigte den Türöffner.

»Guten Morgen, Sebastian, wo kann ich den hinstellen?«, fragte Veronika, als sie vor der Wohnungstür stand und auf ihren halb zugeklappten Regenschirm deutete, von dessen Stoff unaufhörlich Wasser auf den Treppenhausboden tropfte.

»Gib ihn mir und komm erst mal rein. Ich stelle ihn auf den Balkon.«

Sie trat ein und Sebastian ging ins Schlafzimmer, öffnete die Balkontür, spannte den Regenschirm auf und stellte ihn auf den Boden. Als er einen kurzen Blick auf die Beschriftung des Schirms warf, musste er schmunzeln.

»Das ist aber ein cooler Spruch«, sagte er, als er ins Wohnzimmer zurückkam und Veronika aus der Regenjacke half.

Sie sah ihn fragend an. »Wovon redest du?«

»Na von dem Spruch, der auf deinem Schirm steht: *Regen ist das Konfetti des Himmels.*«

»Ach ja. An den hab ich gar nicht mehr gedacht. Klingt doch gut, oder?« Jetzt musste auch Veronika schmunzeln.

»Na ja, ich könnte auf beides verzichten. Auf Regen und auf Konfetti«, erwiderte Sebastian augenzwinkernd. Er schaute sie an und bemerkte erst jetzt, dass sie einen dunkelblauen, einteiligen Arbeitsoverall trug. »Sag bloß, du willst mir beim Renovieren helfen?«

»Na klar, deshalb hab ich mich so in Schale geworfen. Und Arbeitshandschuhe hab ich auch mitgebracht.« Sie zog ein paar graue Schutzhandschuhe aus Nylon aus der Hosentasche und wedelte damit Sebastian vor der Nase herum.

»Ich kann Hilfe gebrauchen, aber hast du überhaupt Zeit? Musst du nicht zur Arbeit?«

»Ich hab mir eine Woche Urlaub genommen, dann feiere ich noch Überstunden ab und … ja und dann … dann hab ich auch noch Sonderurlaub erhalten, auf den ich gerne verzichtet hätte.«

Sebastian zog die Augenbrauen hoch und sah sie fragend an.

»Wegen der Beerdigung. Die … die ist nächsten Dienstag.« Von einem auf den anderen Moment holte sie ihre Trauer wieder ein. Ihre Augen füllten sich mit Tränen.

Einerseits suchte Veronika krampfhaft nach Ablenkung, nach Sebastians Nähe, einem Menschen, der ihr so guttat. Und sie wunderte sich auch darüber, dass sie überhaupt in der Lage war, in der momentanen Situation einen Schritt vor die Tür zu setzen und einem noch relativ fremden Mann ihre Hilfe beim Renovieren anzubieten, und dabei auch noch etwas Spaß zu empfinden. Ja, sogar Sebastians Nähe zu genießen.

Auch tags zuvor, als sie mit ihm kaffeetrinkend am Münsterplatz gesessen hatte, konnte sie eine Zeit lang alles um sich herum vergessen.

Andererseits war sie am Boden zerstört. Ihre Tochter, die sie über alles liebte, war nicht mehr da und dadurch war ihr Leben völlig aus den Fugen geraten. Wie sollte sie nur aus diesem tiefen Tal wieder herauskommen? Durch Ablenkungen, sagte sie sich. Durch Ablenkungen, die ihr guttaten.

Dennoch plagten sie Gewissensbisse. War sie ein schlechter Mensch? War ihr Verhalten nach dem Tod ihres einzigen Kindes richtig? Sie wusste es einfach nicht. Dann wischte sie sich eine Träne von der Wange und fuhr fort.

»Und außerdem standen heute Vormittag irgendwelche Reporter oder Zeitungsfritzen vor meiner Haustür. Im Zeitungsartikel am Montag war zwar kein Name genannt, aber irgendwie müssen die jetzt rausgefunden haben, dass es meine Tochter war, die … die ermordet wurde. Na ja, die Sache mit Martina hat sich in Kirchzarten schnell herumgesprochen. Wie ein Rudel Wölfe sind die ums Haus geschlichen und haben sich auch nicht davor gescheut, bei mir zu klingeln. Sie hätten nur ein paar Fragen an mich, haben sie gesagt. Ich hab ihnen klargemacht, dass ich keine

Fragen beantworten werde und dass sie gehen sollen. Aber das hat die nicht interessiert. Dann hab ich mir meinen Arbeitsoverall angezogen und bin über die Kelleraußentreppe aus dem Haus geflüchtet. Das haben diese Aasgeier gar nicht mitbekommen. Wahrscheinlich stehen die noch eine ganze Weile vor dem Haus und warten, bis sie doch noch ein Interview oder Foto von mir erhalten.«

»Okay, jetzt verstehe ich natürlich, dass es dir lieber ist, mir handwerklich unter die Arme zu greifen, als den Zeitungsleuten nachzugeben.«

Veronika nickte. »Wo kann ich helfen?«

»Schon mal tapeziert? Dann kannst du mir helfen. Ich gehe nur kurz runter in den Keller, den Tapeziertisch holen, dann legen wir los«, sagte Sebastian und verschwand im Treppenhaus.

FREIBURG, ETWA ZUR GLEICHEN ZEIT

Vor gut zwei Jahren waren die beiden Kriminalbeamten Schreiner und Köberlein fast gleichzeitig in die Kriminalinspektion 1, Kapital-, Sexual- und Amtsdelikte, gewechselt, wo sie innerhalb weniger Monate zu Hauptkommissaren aufgestiegen waren. Zuvor war Köberlein in der Kriminalinspektion 2, Raub- und Eigentumsdelikte, eingesetzt, während Schreiner im Dezernat 6, Politisch motivierte Kriminalität, Erfahrungen sammeln konnte.

Zwar hatten sie in den letzten Jahren schon einige Leichen auf dem Seziertisch im Rechtsmedizinischen Institut in Augenschein nehmen müssen, doch heute betraten sie das Gebäude mit einem etwas mulmigeren Gefühl als sonst. Denn dieses Mal wurden sie mit menschlichen Überresten konfrontiert, mit einem Opfer, das bereits vor Monaten oder sogar Jahren im Wald vergraben worden war. Und sie fragten sich, wie dieser Körper wohl aussehen würde.

»Meine Herren, wollen sie die Leiche sehen, oder reicht es, wenn wir uns in mein Büro setzen und ich Ihnen berichte?«, fragte Dr. Melanie Finkbeiner die beiden Kripomänner, nachdem sie sie vor der Tür zum Seziersaal begrüßt hatte.

»Wir sehen sie uns an«, antwortete Köberlein, während sein Kollege tief durchatmete und der Pathologin kaum erkennbar zunickte.

Sie betraten den Raum und blieben vor dem Tisch stehen.

Langsam zog die Pathologin das Leinentuch zur Seite, sodass die Leiche komplett freigelegt war. Der Anblick war nichts für zarte Gemüter. Beide Männer zuckten regelrecht zusammen. Schreiner, ein südländischer Typ mit dunklem Teint, wurde kreidebleich. Seine Gesichtsfarbe passte jetzt nicht mehr zu seinen dunklen Augen und seinem schwarzen Haar. Auch Köberlein, ein smarter Typ der Marke Roger Moore, verspürte ein Unwohlsein, das er in dieser Form noch nicht kannte. Mit weit aufgerissenen Augen starrte er den unförmigen Körper, der vor ihm auf dem Tisch lag, an. Das Gewebe und die inneren Organe hatten sich noch nicht komplett vom Skelett abgelöst, ebenso Haare, Fingernägel und Sehnen. Die Leiche sah aus wie ein Wesen von einem anderen Stern.

»Lassen Sie uns … lassen Sie uns in Ihr Büro gehen«, wisperte Schreiner.

»Nehmen Sie doch Platz. Ein Glas Wasser?«, fragte Dr. Finkbeiner, als sie das Büro der Gerichtsmedizinerin betraten.

»Ja«, antworteten Köberlein und Schreiner synchron. Während Dr. Finkbeiner im Nebenzimmer verschwand, nahmen die beiden Kripobeamten auf den Besucherstühlen Platz und schauten sich im Zimmer um. Der Raum war etwa zwanzig Quadratmeter groß. Vor ihnen befand sich ein nicht allzu großer, hellgrauer Kunststoffschreibtisch. Auf der Tischplatte stand ein Computerbildschirm, daneben lag ein Stapel Akten. Die Fachböden in der Glasvitrine, die an der Wand rechts neben dem Schreibtisch stand, bogen sich von der Last der vielen Bücher, die dicht aneinandergereiht darauf standen, in der Mitte nach unten. Es waren medizinische Fachbücher, wie die beiden an den Buchtiteln erkennen konnten. Neben der Vitrine stand ein etwa einssechzig hohes anatomisches Skelettmodell. Vor dem Fenster gegenüber waren die hellgrauen Vertikaljalousien zugezogen und verwehrten einen Blick nach draußen.

Als Dr. Finkbeiner zurückkam, reichte sie ihnen zwei halb gefüllte Wassergläser und setzte sich ihnen gegenüber an den Schreibtisch.

»So, meine Herren. Sie haben nun gesehen, was mit einem Menschen einige Zeit nach seinem Tod passiert. Und ich berichte Ihnen, was ich herausfinden konnte.«

Schreiner und Köberlein nickten ihr wortlos zu und warteten gespannt auf Dr. Finkbeiners Ausführungen.

»Also, der Verwesungsprozess eines Lebewesens hängt im Wesentlichen von der Umgebung ab. Da die Leiche im Waldboden vergraben war, konnte sie nur halb so schnell verwesen wie eine im Freien liegende Leiche. Das hängt mit der Sauerstoffzufuhr zusammen.«

»Können Sie uns sagen, wann die Leiche in etwa im Wald vergraben wurde? Und wie sie zu Tode gekommen ist?«, fragte Köberlein.

»Das kann ich. Und noch einiges mehr«, antwortete Dr. Finkbeiner mit funkelnden Augen. Man konnte ihr ansehen, dass sie stolz auf ihre geleistete Arbeit war.

»Anhand des fortgeschrittenen Verwesungsprozesses, wobei ich auch berücksichtigen muss, dass Insektenlarven, Würmer und Asseln ihren Anteil dazu beigetragen haben, dürfte der Tod vor etwa achtzehn bis vierundzwanzig Monaten eingetreten sein. Es handelt sich um eine weibliche Leiche. Das arme Geschöpf wurde nur circa fünfzehn bis achtzehn Jahre alt. Ja, und um Ihre Frage vollständig zu beantworten. Sie ist mit an Sicherheit grenzender Wahrscheinlichkeit einem Gewaltverbrechen zum Opfer gefallen. Entweder wurde sie mit einem Strangwerkzeug erdrosselt oder mit bloßen Händen erwürgt.«

Dr. Finkbeiner machte eine Pause, um ihre Worte wirken zu lassen. Köberlein und Schreiner sahen sich an. Dann ergriff Köberlein das Wort.

»Wie sicher sind Sie denn, dass der Tod durch Erdrosseln oder Erwürgen zustande gekommen ist? Denn wenn dem so ist, muss es zwangsläufig einen Zusammenhang zu dem Mordfall aus der vergangenen Woche geben. Dann haben wir höchstwahrscheinlich zwei Fälle mit ein und demselben Täter. Da gehe ich jede Wette ein.«

»Wie gesagt, ich bin mir zu neunundneunzig Prozent sicher, denn glücklicherweise waren noch genügend Knochenteile im Bereich des Halses vorhanden, um zu einem solchen Obduktionsergebnis zu kommen«, antwortete die Rechtsmedizinerin selbstsicher.

»Gut, dann müssen wir als Erstes die Identität der Frau oder des Mädchens feststellen. Das heißt, Frau Doktor Finkbeiner, dass eine DNA-Analyse durchgeführt werden muss und wir das Ergebnis mit Ergebnissen aus Datenbanken von vermissten Personen abgleichen«, sagte Schreiner.

»Exakt. Und wenn Sie das in Ihren Ermittlungen nicht weiterbringt, dann bleibt noch eine weitere Möglichkeit. Und zwar, das Gebiss der Leiche mit zahnärztlichen Befunden von Vermissten abzugleichen. Haben Sie sonst noch Fragen?«

»Nein.« Schreiner schüttelte den Kopf. »Das war mehr, als wir erwartet haben.«

»Das freut mich. Morgen schicke ich Ihnen den vollständigen Obduktionsbericht zu. Sobald die DNA-Analyse und das Ergebnis der forensischen Zahnmedizin vorliegen, werde ich wieder auf Sie zukommen. Auf jeden Fall drücke ich Ihnen die Daumen, dass Sie den Mörder schnell finden, bevor der noch mehr Unheil anrichten kann.«

»Vielen Dank. Wir werden alles dafür tun«, erwiderte Köberlein.

Die beiden Kripobeamten erhoben sich und reichten der Rechtsmedizinerin die Hand. Auf dem Weg zum Ausgang gingen ihnen unzählige Gedanken durch den Kopf, begleitet von den Bildern des halb verwesten menschlichen Körpers, die sie noch bis tief in die Nacht verfolgten.

KAPITEL 14

Köberlein saß an seinem Schreibtisch. Vor ihm lag die Tageszeitung, hinter ihm stand sein Kollege Schreiner und schaute ihm gespannt über die Schulter.

»Na, dann wollen wir mal sehen, was die Jungs von der *Badischen Zeitung* aus der Pressemitteilung unseres Chefs gemacht haben.«

Er schlug die Zeitung auf und blätterte bis zur Rubrik »Lokales«.

Weiterer Leichenfund in Kirchzarten gibt Polizei Rätsel auf

Wie die Polizei in Freiburg mitteilte, wurden in einem Waldstück in der Nähe von Kirchzarten die sterblichen Überreste einer jungen Frau gefunden. Die Obduktion der Leiche lasse nach erster Einschätzung auf ein Tötungsdelikt schließen. Bereits am vergangenen Samstag wurde in unmittelbarer Nähe des jetzigen Leichenfundes ein 14-jähriges Mädchen aus Kirchzarten tot aufgefunden. Ob ein Zusammenhang zwischen den beiden Todesfällen besteht, könne laut den Ermittlern zurzeit noch nicht beurteilt werden. Auch wisse man nicht, ob der am Montag in Freiburg festgenommene

Mann, der zuvor im Freiburger Dietenbachpark seine Freundin brutal angegriffen hat, mit den Leichenfunden in Verbindung gebracht werden kann. Die Polizei kündigte an, zunächst keine weiteren Aussagen zum Sachverhalt machen zu wollen, um die Ermittlungen nicht zu gefährden.

»Gibt der Polizei Rätsel auf. Dass ich nicht lache. Ich bin mal gespannt, was die schreiben, wenn wir das Rätsel gelöst haben«, schnaubte Köberlein und schlug die Zeitung zu.

»Marc, die haben doch recht. Wir tappen nach wie vor im Dunkeln. Wir können nur hoffen, dass die Tote schnell identifiziert werden kann und wir vielleicht dadurch ein Stück weiterkommen.«

»Oder Kolja Baumann bringt uns weiter. Wann haben wir den Termin in der JVA?«

Schreiner schaute auf die Uhr und verzog das Gesicht. »Wenn wir nicht zu spät kommen wollen, müssen wir jetzt langsam los.«

Eine halbe Stunde später saßen sie im Besucherraum der JVA Freiburg und warteten auf Kolja Baumann. Sie erhofften sich, durch das Verhör des Untersuchungshäftlings endlich einen Schritt weiterzukommen. Denn eine Sache war ihnen beim ersten Gefängnisbesuch vor drei Tagen im Gedächtnis geblieben. Und zwar der Moment, als sie Baumann ein Foto von Martina Esswein gezeigt hatten, er plötzlich nervös wurde und etwas sagen wollte. Doch leider fiel ihm sein ins Zimmer stürmender Anwalt ins Wort und die Vernehmung nahm ein abruptes Ende. Auch war ihnen die verblüffende Ähnlichkeit zwischen Martina

Esswein und Christiane Emsland, Baumanns Freundin, aufgefallen. Könnte dies eine Rolle spielen?

»Thommy, wir müssen unbedingt rausfinden, was uns Baumann sagen wollte. Seine Worte klingen immer noch in meinen Ohren: *Also gut, ich hab … ich hab sie …* Was wollte er uns sagen? *Ich hab sie gesehen?*«, sinnierte Köberlein.

»Oder: *Ich hab sie umgebracht?*«, erwiderte Schreiner.

»Für uns wäre das natürlich die einfachste Lösung. Aber dieser Winkeladvokat musste ja unbedingt ins Zimmer stürmen und im letzten Moment seinen Schützling bremsen. Wie heißt nochmal dieser Schnösel?«

»Das habe ich gehört, meine Herren.«

Die Kriminalbeamten zuckten zusammen, drehten sich um und schauten erschrocken zur Tür. Sie waren derart ins Gespräch vertieft gewesen, dass sie nicht bemerkt hatten, wie der Strafverteidiger in Begleitung seines Mandanten und eines JV-Beamten den Raum betreten hatte.

»Und nur so für die Zukunft. Mein Name ist Andreas Mühlfeld und ich bin weder ein Winkeladvokat noch ein Schnösel. Wäre nett von Ihnen, wenn Sie sich das merken könnten.«

Beide nickten dem Strafverteidiger zu und Köberlein kam ein leises »Entschuldigung« über die Lippen. Mühlfeld und Baumann setzten sich ihnen gegenüber. Schreiner gab dem JV-Beamten, der an der Tür stehen geblieben war, ein Zeichen. Er kam zum Tisch und nahm Baumann die Handschellen ab.

»So, meine Herren. Sie haben um einen Termin gebeten. Also schießen Sie los.«

Köberlein räusperte sich und ergriff das Wort. »Herr

Baumann, bei unserem ersten Besuch am Dienstag haben wir Ihnen mitgeteilt, dass wir nicht in Ihrem, sondern in einem weiteren Fall ermitteln. Wir haben Ihnen ein Foto von einem jungen Mädchen gezeigt, und zwar das hier.«

Er zog das Foto von Martina Esswein aus seiner Jackentasche und legte es auf den Tisch. Er wartete einen Moment, doch als Baumann keine Reaktion zeigte, fuhr er fort: »Herr Baumann, Sie wollten uns beim letzten Mal etwas sagen, als Sie das Foto gesehen haben. Also tun Sie es, denn eine Sache haben wir Ihnen verschwiegen. Wir haben Ihnen zwar gesagt, dass wir in einer anderen Sache ermitteln, aber nicht in welcher. Wir ermitteln in einem Mordfall. Das Mädchen ist tot. Es wurde ermordet.«

Das hatte gewirkt. Baumann zuckte zusammen, doch bevor er etwas sagen konnte, ergriff sein Anwalt das Wort.

»Herr Baumann, Sie müssen nicht antworten, wenn Sie das nicht wollen. Sie können zunächst mit mir unter vier Augen sprechen. Dann sehen wir weiter.«

Kopfschüttelnd schaute Köberlein zu seinem Kollegen, der sichtlich genervt das Gesicht verzog. Doch nach einer kurzen Pause begann Baumann zu antworten.

»Damit hab ich nichts zu tun. Wollen Sie mir das in die Schuhe schieben, weil ich meine Freundin angegriffen habe?«

Mühlfeld griff nach dem Arm seines Mandanten und sah ihn mit strengem Blick an. »Herr Baumann, wie gesagt …«

»Nein, lassen Sie mich.« Energisch schob Baumann die Hand seines Anwalts zur Seite. »Ich sag es jetzt nochmal. Damit hab ich nichts zu tun. Ich hab dieses Mädchen nicht umgebracht. Es tut mir leid, dass ich … dass ich Christiane angegriffen habe. Da sind sämtliche Gäule mit mir durchgegangen. Jedes Mal, wenn ich … wenn ich daran denke, was ich getan habe, hasse ich mich selbst dafür. Ich könnte mir jetzt noch in den Hintern beißen. Aber mit der Geschichte, mit der … mit der Sie jetzt kommen, damit hab ich wirklich nichts zu tun.«

»Dann überzeugen Sie uns«, platzte es aus Schreiner heraus. »*Ich hab sie* … Das waren Ihre letzten Worte, als wir am Dienstag hier waren. Ja, was haben Sie denn? Haben Sie sie umgebracht? Ist Ihnen vielleicht die Ähnlichkeit zwischen Ihrer Freundin und dem Mädchen aufgefallen? Beide lange schwarze Haare, braune Augen und so weiter? Haben Sie aus Wut auf Ihre Freundin das Mädchen angegriffen? Es war Vatertag, Sie hatten getrunken und waren auf Ihre Freundin wütend. Sie sahen ein Mädchen, das Ihrer Freundin ähnelte. Wut kochte in Ihnen hoch. Vielleicht glaubten Sie in Ihrem Suff sogar, Ihrer Freundin gegenüberzustehen. War das so? Oder was wollten Sie uns sonst sagen? Wenn Sie wirklich nichts mit dem Mord zu tun haben, dann reden Sie verdammt noch mal!«

Im Raum wurde es mucksmäuschenstill. Es vergingen einige Sekunden, in denen man eine Stecknadel hätte fallen hören. Schreiner, Köberlein und auch Mühlfeld blickten Baumann gespannt an. Ein heftiges Zittern ging durch dessen Körper. Die Kripobeamten fragten sich, ob dies ein Anzeichen seiner Schuldanerkenntnis war. Doch Baumanns Reaktion ging in eine andere Richtung.

»Also gut, ich hab … ich hab sie gesehen. Und ja, ich hab sie zunächst mit Christiane verwechselt.«

»Herr Baumann, Sie haben sie gesehen, Sie haben sie verwechselt, können Sie das bitte präzisieren?«

»Ich bin an der Straßenbahnhaltestelle in der Bugginger Straße ausgestiegen. Dann …«

»Nicht so schnell«, unterbrach ihn Schreiner. »Das war, nachdem Sie sich am Vatertag von Ihren Kumpels in der Altstadt getrennt hatten, um Ihre Freundin zu suchen?«

»Genau. Ich bin ausgestiegen und wollte mich zu Fuß auf den Weg zum Dietenbachpark machen, weil ich weiß, dass Christiane dort immer mal wieder abhängt. Ich lief die Straße entlang und da hab ich sie gesehen. Sie saß mit einer Flasche Wein am Straßenrand. Und …«

»… und dann sind mit Ihnen wieder alle Gäule durch-gegangen, nur weil das Mädchen Ihrer Freundin ähnlich sah?«, brachte Schreiner den Satz zu Ende.

»NEEEIINN, das … das stimmt nicht. Ich … ich hab ihr nichts getan. Als … als ich …«

»Herr Baumann, Sie müssen nicht …«, warf Rechts-anwalt Mühlfeld ein.

»Nein, lassen Sie mich«, entgegnete Baumann barsch. »Als ich etwas näherkam, hab ich erkannt, dass es nicht Christiane war. Also bin ich in Richtung Dietenbachpark abgebogen. Dort hab ich tatsächlich meine Freundin an-getroffen. Wir haben uns ausgesprochen und ich bin mit ihr nach Hause. Aber das hab ich Ihnen alles schon am Dienstag erzählt.«

»Ja, das haben Sie. Aber ob Sie wirklich mit ihr nach Hause gegangen sind, das wissen wir nicht. Das könnte uns Ihre Freundin bestätigen, wenn Sie sie nicht vier Tage später bis zur Bewusstlosigkeit gewürgt hätten und sie bis heute immer noch im Koma liegen würde. Es kann aber auch sein, dass Sie Ihre Freundin gar nicht angetroffen haben. Vielleicht haben Sie das nur erfunden, denn in

Wirklichkeit sind Sie mit dem Mädchen am Straßenrand ins Gespräch gekommen und haben sie anschließend mit nach Hause genommen. Sie hat Ihnen gefallen, denn immerhin war sie der gleiche Typ wie Ihre Freundin. Sie wollten sich mit ihr trösten, aber das Mädchen wollte nicht. Sie hat Sie abgewiesen und dann sind Sie ausgerastet …«

Schreiner machte eine Pause.

Baumann vergrub sein Gesicht in den Händen. »Was soll das denn mit diesem … mit diesem Mädchen? Keine Ahnung, auf was Sie da hinauswollen. Ich kann Ihnen nur eins sagen. Es … es tut mir leid«, stammelte er. »Die Sache mit Christiane tut mir leid. Wenn ich nicht so ausgeflippt wäre, säße ich heute nicht hier.«

»Exakt«, antwortete Schreiner. »Übrigens, haben Sie ein Auto? Und waren Sie schon mal in Kirchzarten?«

»Was soll das denn schon wieder? Ja, ich hab ein Auto. Und in Kirchzarten war ich auch schon mal. Aber was hat das …« Baumann hielt inne, denn plötzlich fiel es ihm wie Schuppen von den Augen. »Jetzt verstehe ich. Es geht um das Mädchen aus Kirchzarten, das ermordet wurde. Ich hab's in der Zeitung gelesen. Und Sie denken, dass ich es war. Aber Sie verdächtigen den Falschen. Ich war's nicht!«

»Wir werden es herausfinden«, antwortete Schreiner.

Die beiden Kripobeamten erhoben sich, nickten Baumann und seinem Anwalt kurz zu und gingen zur Tür.

KAPITEL 15

Es war Pfingstmontag und er war mal wieder in Freiburg, um seine langjährige Freundin zu besuchen. Er stellte sein Auto in einer Parklücke ab und stieg aus. Als er auf die andere Straßenseite hinüberschaute, schweiften seine Gedanken eineinhalb Wochen zurück. Damals war auch ein Feiertag gewesen. Es war Christi Himmelfahrt, als er sie am Straßenrand mit ihrem Rucksack sitzen sah. Neben ihr stand eine Flasche Wein. Ihre dunklen Haare waren durchnässt und klebten an ihrem Gesicht fest. Die Tränen auf ihren Wangen hatten sich mit den Regentropfen, die vom Himmel fielen, vermischt.

Als sie ihn ansah, hatte er mit aller Macht versucht, gegen die Erregung anzukämpfen, die in ihm aufkam. Doch letztendlich hatte er keine Chance. Er musste sie einfach ansprechen und konnte sich noch genau daran erinnern, wie überrascht er gewesen war, dass sie es ihm so einfach gemacht hatte, als er ihr anbot, sie mitzunehmen. Sie wollte nach Hause und als er ihr sagte, er müsse ohnehin an Kirchzarten vorbei, stand sie ohne zu zögern auf und stieg in seinen VW-Bus ein. Und ab dem Moment, als sie neben ihm im Auto saß, hatte sie verloren.

Aber auch er hatte verloren. Er wusste, dass es wieder

passieren würde, dass er Macht und Kontrolle über sie ausüben wollte und dass es ihn befriedigen würde, sich an ihrer Angst zu weiden. Und er wusste, dass er sie letztendlich für ihre Hilflosigkeit bestrafen würde.

Sein krankhafter Trieb war stärker als der Teil in ihm, der ihm sagte, welches Unrecht er gleich begehen würde. Wieder einmal würde er ein Leben auslöschen. Und wieder einmal würde er unendliches Leid über die Familie seines Opfers bringen. Und obwohl dieser gesunde Teil seines Gehirns zu ihm sprach und ihn ermahnte, sie in Ruhe zu lassen, war seine dunkle Seite stärker.

Wie vor eineinhalb Wochen an Christi Himmelfahrt schaute er sich um, ob ihn jemand beobachtete. Irgendwie befürchtete er, jemand könnte ihn sehen und seine Gedanken lesen. Dann würden sie ihn fassen und vielleicht für immer hinter Gitter bringen.

Obwohl er bei der Ausübung seiner Taten stets sehr vorsichtig vorging, immer darauf bedacht, unbeobachtet zu bleiben und keine Spuren zu hinterlassen, hatte er davor Angst, jemand könnte in seinen Kopf hineinsehen. Auch wenn er wusste, wie abwegig dieser Gedanke war, ließ ihn die Angst davor trotzdem nicht los.

Dennoch zog es ihn immer wieder an die Orte zurück, an denen es passierte. Hier an der Straße war sie in sein Auto eingestiegen. Und bald würde er auch wieder das Waldstück aufsuchen, in dem er seine Tat vollendet hatte. Er wusste genau, warum er immer wieder zu diesen Orten zurückkehrte. Denn allein die Erinnerung an seine Taten brachten ihm das Gefühl der Macht und Kontrolle zurück. Er hoffte inständig, nicht wieder schwach zu werden, wenn sich ihm eine Gelegenheit bot. Er hoffte, dass künftig seine

Erinnerungen an die Taten ausreichten, sein Verlangen, seinen Trieb zu bändigen, um nicht wieder morden zu müssen.

Noch ein letztes Mal schaute er zu der Stelle auf der anderen Straßenseite hinüber, wo sie mit ihrem Rucksack und einer Flasche Wein gesessen hatte. Dann sah er auf seine Uhr. Er war spät dran. Seine Freundin hatte bestimmt schon längst den Kaffeetisch gedeckt und wartete auf ihn. Vielleicht stand sie auch wie so oft oben am Fenster, um ihm zuzuwinken, wenn er die Straße entlangkam.

Er zog den Kragen seiner Jacke hoch und lief los. Als er in die nächste Seitenstraße einbog, waren seine Gedanken an das Mädchen und damit auch seine Erregung verschwunden.

KAPITEL 16

Es war ein herrlicher Frühlingstag. Die Sonne schien vom blauen Himmel und die Vögel zwitscherten um die Wette. Bereits vormittags um elf war das Thermometer auf warme siebenundzwanzig Grad geklettert. Ein wunderschöner Tag, aber ein trauriger Anlass, denn heute wurde Martina Esswein beerdigt.

Ein kleiner Kreis hatte sich auf dem Kirchzartener Friedhof eingefunden. Auch die Kripobeamten Köberlein und Schreiner waren gekommen. In erster Linie nicht, um Martina die letzte Ehre zu erweisen, sondern eher, um sich in der Trauergemeinde umzuschauen. Würde ihnen eine Person auffallen?

Es wäre nicht das erste Mal, dass sich ein Mörder bei der Beerdigung seines Opfers blicken ließ.

Eigentlich gingen die beiden davon aus, in Kolja Baumann den Täter gefunden zu haben. Daher hatten sie zunächst gar nicht hierherkommen wollen, aber Inspektionsleiter Meerfeld hatte darauf bestanden.

Sie ließen ihre Blicke über die Trauernden hinwegschweifen. Am offenen Grab stand Veronika Esswein. Daneben zwei ältere Personen, wahrscheinlich ihre Eltern, und Martinas beste Freundin Gabi Kohl mit ihrer Mutter.

Etwas dahinter war eine Gruppe Jugendlicher versammelt, flankiert von drei Erwachsenen. Vermutlich Martinas Klassenkameradinnen und -kameraden mit Lehrern. Etwas abseits entdeckten sie auch Sebastian Ketterer. Sie erinnerten sich daran, dass der Polizeikommissar die Vermisstenanzeige der Mutter aufgenommen, und ihr wenig später die Todesnachricht überbracht hatte.

Dann erkannten sie auch noch einen Mitarbeiter der *Dreisamtäler Zeitung*, der mit seinem Notizbuch in der Hand an der Friedhofsmauer stand und aus der Entfernung das Geschehen beobachtete. Von Dragan Kovacevic war nichts zu sehen.

Schöner Freund, dachte Schreiner. Auch wenn die Beziehung vielleicht schon auseinandergegangen war, wie er vermutete, hätte man seine Anwesenheit doch erwarten können.

Als der Pfarrer mit dem Vater Unser seine Predigt beendete, wurde der Sarg von uniformierten Männern der örtlichen freiwilligen Feuerwehr ins Grab hinuntergelassen. Die Trauernden bildeten eine Reihe, gingen am Grab vorbei und kondolierten der Mutter. Danach löste sich die kleine Menschengruppe schnell auf. Auch die Kripobeamten, die das Geschehen aus einiger Entfernung verfolgt hatten, verließen das Friedhofsgelände. Keine der anwesenden Personen war ihnen verdächtig vorgekommen.

Veronika wischte sich immer wieder Tränen aus dem Gesicht. Schließlich putzte sie sich die Nase und atmete tief durch. Ein Zeichen dafür, dass sie jetzt irgendwie erleichtert war, alles hinter sich gebracht zu haben. Dann sah sie sich nach Sebastian um und entdeckte ihn. Er stand etwa zwanzig Meter von ihr entfernt neben einem Baum. Sie winkte ihm zu und deutete ihm damit an, zu ihr zu kommen.

Langsam bewegte sich Sebastian auf sie zu. Er blieb vor ihr stehen, sah ihr tief in die Augen und nahm sie schließlich in den Arm. Am liebsten hätte sie sich nie mehr aus seiner Umarmung gelöst. Es verstrichen unzählige Sekunden, doch dann nahm sie den Kopf von seiner Schulter und schaute zu dem Paar, das neben ihr stand.

»Das sind meine Eltern. Mama, Papa, das ist Sebastian, ein … ein Freund von mir.«

Sebastian trat zu den beiden und reichte ihnen die Hand. Dann sagte Veronikas Vater nur einen einzigen Satz. »Passen Sie gut auf unsere Tochter auf.«

Veronikas Eltern nickten ihrer Tochter zu, drehten sich um und gingen ohne ein weiteres Wort zum Ausgang.

Veronika schluchzte. Wieder liefen ihr Tränen übers Gesicht. »So, jetzt hast du meine … meine Eltern kennengelernt. Sie waren … sie waren mir damals keine Hilfe, als Martina zur Welt gekommen ist. Und sie … sie sind es mir auch heute nicht. Wenigstens bist du da.«

Sebastian wischte ihr mit dem Zeigefinger eine Träne von der Wange und nahm sie noch einmal in den Arm. »Ja, ich bin für dich da. Und wenn du willst, dann nicht nur heute.«

Sie schaute ihn an. »Würdest du mit mir zu dem Waldweg fahren, wo … wo …«

»Du meinst, wo Martina gefunden wurde?«

Veronika nickte.

»Bist du dir sicher, dass du das willst?«

»Ja, denn so kann ich endgültig Abschied von ihr nehmen.«

Sebastian trat an das Grab und warf den kleinen Blumenstrauß hinein, den er die ganze Zeit in der Hand gehalten hatte. Dann nahm er Veronikas Hand.

»Meinst du, jetzt gleich?«

Sie nickte erneut.

»Dann lass uns gehen.«

Draußen auf dem Friedhofsparkplatz stiegen sie in Sebastians Golf GTI und fuhren aus Kirchzarten hinaus. Gedankenversunken schloss Veronika ihre Augen und lehnte den Kopf an die Seitenscheibe. Sebastian schaute kurz zu ihr rüber. Sie tat ihm unendlich leid.

Nach kurzer Fahrt auf der Landstraße fuhren sie in den Waldweg hinein und nach wenigen Metern stellte Sebastian den Motor ab.

»Lass uns die letzten Meter zu Fuß gehen«, sagte er in ruhigem Ton. Veronika nickte ihm zu und als sie ausstiegen, huschte ein Reh über den Weg und verschwand im Dickicht. Über ihnen zog ein Milan seine Kreise. Als zwei Krähen kreischend angeflogen kamen, die den Raubvogel aus ihrem Revier vertreiben wollten, schauten beide nach oben.

Im aufkommenden Wind begannen die Blätter der Bäume hin und her zu schaukeln und die Stille des Waldes verwandelte sich in ein leises Rauschen.

Sie liefen den Weg entlang, dann tauchte am rechten Wegesrand ein rot-weißes Absperrband auf. Sebastian hob es an und Veronika schlüpfte darunter hindurch. Doch nach einigen zögerlichen Schritten blieb sie abrupt stehen.

Sebastian bemerkte, dass sie am ganzen Körper zitterte. Schnell trat er neben sie und legte seinen Arm um ihre Schultern.

»Sebastian, es … es ist zu viel. Lass uns bitte gehen.«

KAPITEL 17

Vierzehntägig mussten die Inspektionsleiter der neun Kriminalinspektionen des Polizeipräsidiums Freiburg bei Kripochef Axel Bäumler zum Rapport, um ihm über laufende Ermittlungen Bericht zu erstatten. Kurt Meerfeld saß am Besprechungstisch im Büro des Polizeichefs und wartete, bis Bäumler sein Telefongespräch beendet hatte und sich zu ihm setzte.

»Kurt, nun schieß mal los und erzähl, was es im Fall Esswein Neues gibt.«

»Na ja, es gibt schon Neuigkeiten, aber ob die uns weiterbringen, das weiß ich nicht genau. Schreiner und Köberlein sind der Meinung, in Kolja Baumann den Mörder gefunden zu haben. Die beiden …«

»Und was ist deine Meinung?«, unterbrach ihn Bäumler.

»Die beiden haben sich auf Baumann eingeschossen, aber ich bin mir da nicht so sicher. Sie haben mir berichtet, dass sie Baumann gestern in der JVA noch mal verhört haben. Er hatte ja bereits zugegeben, Martina Esswein gesehen zu haben, als sie mit einer Flasche Wein am Straßenrand saß. Und jetzt plötzlich will er auf der anderen Straßenseite auch noch einen Mann gesehen haben, der das Mädchen beobachtete. Als er erkannte, dass es sich bei Martina Esswein nicht um Christiane, seine Freundin, handelte, habe er sich um die Sache nicht mehr gekümmert und sei in Richtung Dietenbachpark abgebogen. Aber sie glauben ihm nicht. Sie gehen von einem Ablenkungsmanöver aus.«

»Kurt, dann gibt es nur zwei Möglichkeiten. Er sagt die Wahrheit und hat einen Mann, wahrscheinlich Martina Essweins Mörder, tatsächlich gesehen, oder deine Hauptkommissare haben recht, und er will von sich ablenken. Wenn du mich fragst, haben sich die beiden zu schnell festgelegt und den Kopf für neue Ermittlungswege, für neue Ansätze nicht frei. Das gefällt mir nicht.«

»Mir gefällt das auch nicht, Axel. Und, was du noch nicht weißt, was ich dir noch nicht gesagt habe: Christiane Emsland ist heute Morgen aus dem Koma erwacht. Köberlein und Schreiner waren gleich dort und haben sie befragt. Sie berichteten mir, dass sie energisch den Kopf schüttelte, als Köberlein sie fragte, ob Kolja Baumann am Vatertag bei ihr übernachtet hätte. Gleichzeitig sei ihr Blutdruck in die Höhe geschnellt. Das konnten die beiden am Überwachungsmonitor erkennen. Wenn Baumann die Nacht nicht mit seiner Freundin verbracht hat, dann hätte er gelogen und für die Tatzeit im Fall Esswein kein Alibi. Und davon gehen Köberlein und Schreiner aus.«

»Wie ist denn ihr Zustand? Konnte sie den Fragen deiner Kommissare überhaupt folgen? Und warum schüttelt sie nur den Kopf und spricht nicht?«, fragte Bäumler.

»Das hab ich die beiden auch gefragt. Ihr Zustand sei nach wie vor kritisch und sie wirkte verwirrt. Gesprochen hat sie bisher noch nicht. Der behandelnde Arzt meinte, das liege am Schock. Trotzdem glauben Köberlein und

Schreiner im Kopfschütteln einen Hinweis zu sehen, dass Baumann gelogen hat, um sich ein Alibi zu verschaffen. Sie fühlen sich in ihrer Annahme bestärkt, mit Baumann den Mörder von Martina Esswein gefunden zu haben.«

»Mir reicht das nicht«, sagte Bäumler stirnrunzelnd. »Und dem Staatsanwalt schon zweimal nicht. Über die bisherigen Ermittlungsergebnisse ist er wenig erfreut. Und deshalb hängt er mir jetzt im Genick und macht Druck.«

Er machte eine kurze Pause. Dann fuhr er fort.

»Du hast gesagt, Christiane Emsland wirkte verwirrt. Und auf die Frage, ob Baumann am Vatertag bei ihr übernachtet hat, hat sie den Kopf geschüttelt und gleichzeitig schnellte ihr Blutdruck in die Höhe. Dann kann es doch auch sein, dass sie den Kopf nur deshalb geschüttelt hat, weil sie fürchterlich erschrak, als sie den Namen ihres Freundes hörte. Immerhin hat er sie bis zur Bewusstlosigkeit gewürgt. Dann war es kein Nein auf Köberleins Frage, sondern ein Ausdruck ihrer Angst, ihrer Erinnerung an das, was ihr Freund ihr angetan hat.«

»Genau das denke ich auch, Axel«, stimmte Meerfeld seinem Chef zu. »Und deshalb hab ich dich auch gestern nach meinem Gespräch mit den Ermittlern gebeten, unseren Gerichtspsychiater um Mithilfe zu ersuchen. Vielleicht kann der uns voranbringen, denn mittlerweile habe ich Zweifel, ob Köberlein und Schreiner dem Fall noch gewachsen sind.«

»Wie lange sind die beiden jetzt schon in deiner Mordkommission?«

»Zwei Jahre. Die bisherigen Fälle konnten sie alle lösen, aber nicht als leitende Ermittler. Ich hab ihnen immer einen erfahrenen Hauptkommissar zur Seite gestellt. Und vielleicht waren die bisherigen Fälle auch zu einfach. Wie du weißt, hat man manchmal das Glück, dass sich ein Täter selbst stellt. Oder er hinterlässt so viele Spuren, dass man ihn leicht überführen kann. Und manchmal wird der Täter auch von einem Mitwisser verpfiffen. Im Mordfall Esswein habe ich Köberlein und Schreiner zum ersten Mal als leitende Ermittler eingesetzt, denn irgendwann müssen sie ja auch zeigen dürfen, was sie bisher gelernt haben.«

»Ich weiß, Kurt, aber es stellt sich mir die Frage, ob wir die beiden nicht lieber austauschen sollen, ob wir ein anderes Team auf den Fall ansetzen sollen. Sie wollen zeigen, was sie gelernt haben, was sie schon draufhaben. Und deshalb sind sie meiner Meinung nach zu übereifrig, wollen schnell Ergebnisse liefern. Aber schnell abliefern wollen war noch nie eine gute Idee. Vielleicht sind sie als leitende Ermittler doch noch zu unerfahren.«

Meerfeld überlegte kurz, bevor er antwortete. »Hm, das hab ich mir auch schon überlegt. Aber dann wären sie beim Rest der Mannschaft als unfähig abgestempelt.«

»Und du müsstest dir den Schuh anziehen, die falschen Leute eingesetzt zu haben«, entgegnete Bäumler.

»Das stimmt, da müsste ich durch, aber das macht mir keine Angst. Mein Rücken ist breit genug. In erster Linie geht es mir darum, den Mörder zu finden, den Fall zu lösen. Und deshalb könnte ich mir gut vorstellen, den beiden den Fall wegzunehmen. Vielleicht warten wir noch ab, bis die zweite Leiche identifiziert werden konnte. Eventuell ergeben sich dadurch auch Hinweise auf den Mörder von Martina Esswein.«

»Gut, dann sind wir uns ja einig. Und übrigens, ich habe unseren Profiler bereits angerufen und ihm die Akte

Esswein zukommen lassen. Wir haben Glück, denn er hat momentan etwas Luft in seinem Terminkalender. Gleich am Freitagnachmittag wird er hier im Präsidium seinen Vortrag halten. Ein internes Rundschreiben mit Einladung wird gerade in allen Inspektionen verteilt. Wahrscheinlich hättest du es schon erhalten, wenn du nicht hier bei mir sitzen würdest.«

Meerfeld sah ihn freudestrahlend an. Er konnte kaum glauben, dass sein Chef seiner Bitte nach Unterstützung durch den Gerichtspsychiater so schnell nachgekommen war.

»Axel, ich danke dir für deine Hilfe.«

Bäumler stand auf und reichte Meerfeld die Hand. »Aber gerne doch, Kurt. Wir sehen uns am Freitag.«

KAPITEL 18

Der große Konferenzraum im dritten Obergeschoss des Polizeipräsidiums Freiburg platzte aus allen Nähten. Kripochef Bäumler hatte angeordnet, dass an der Lagebesprechung mit Vortrag des Gerichtspsychiaters nicht nur die ermittelnden Beamtinnen und Beamten der Kriminalinspektion 1 teilnehmen sollten, sondern auch die Kolleginnen und Kollegen der übrigen Dezernate. Bäumler war der Meinung, dass es nicht schaden könne, wenn möglichst viele Kriminalbeamte den Ausführungen des Profilers folgen würden. Dadurch bot sich jedem Einzelnen die Möglichkeit, seinen persönlichen Horizont zu erweitern, denn schließlich lernte man nie aus. Zwar war es nicht der erste Vortrag des Psychologen im Polizeipräsidium Freiburg, aber es gab immer wieder neue Erkenntnisse und auch neu hinzugekommene Mitarbeitende.

Als Bäumler gemeinsam mit Dr. Anton Bernauer den Raum betrat, stellten die Anwesenden schlagartig ihre Gespräche ein und es wurde still.

»Guten Tag, werte Kolleginnen und Kollegen, ich möchte Ihnen Doktor Anton Bernauer vorstellen, einen hervorragenden Fachmann auf dem Gebiet der Gerichtspsychologie. Die meisten von Ihnen werden ihn bereits kennen und Sie werden, genau wie ich, gespannt sein, wie Doktor Bernauer die Situation, oder besser gesagt, den Täter im Mordfall Esswein einschätzt. Wir alle hoffen, neue Erkenntnisse zu erlangen, um in diesem Mordfall endlich entscheidend voranzukommen.«

Der Kripochef machte eine kurze Pause und sah die Hauptkommissare Schreiner und Köberlein, die in der ersten Reihe saßen, direkt an. Es war für alle Anwesenden offensichtlich, dass er die beiden bereits angezählt hatte.

»Nun, Herr Doktor Bernauer, Sie haben das Wort.«

Der Gerichtspsychologe trat an das Rednerpult heran und ließ seinen Blick unter den runden Brillengläsern hindurch über die anwesenden Kriminalbeamten schweifen. Er hatte ein hageres Gesicht mit einem markanten Kinn und vorstehenden Wangenknochen. Seine grauen Haare standen über den Ohren nach außen ab. Am Hinterkopf zeichnete sich eine fast kreisrunde kahle Stelle ab. Obwohl er erst zweiundfünfzig Jahre alt war, wurde er meist auf Anfang, Mitte sechzig geschätzt.

Bernauer zog seine Krawatte zurecht und räusperte sich. »Meine Damen, meine Herren, da ich nicht viel Zeit hatte, mich in den Fall einzuarbeiten, kann meine Beurteilung nur eine Orientierungshilfe für Sie sein. Um ein Täterprofil erstellen zu können, muss ich verschiedene Eigenschaften eines unbekannten Täters, einer unbekannten Person beurteilen. Und je mehr Informationen ich habe, desto besser kann ich den Täter analysieren.«

Köberlein lehnte sich zu seinem Kollegen Schreiner hinüber. »Das sind ja tolle Aussichten«, flüsterte er ihm ins Ohr.

»Herr …«, sprach der Gerichtspsychologe mit strengem

Blick Köberlein direkt an. Erschrocken schaute der Haupt-kommissar zum Rednerpult.

»Ja, Sie meinte ich. Haben Sie eine Frage?«

Köberlein schüttelte verlegen den Kopf.

»Gut, dann kann ich ja weitermachen. Wie gesagt fehlen mir derzeit noch viele Informationen, aber trotzdem werde ich Ihnen einen groben psychologischen Steckbrief des Täters aufzeigen können, der Sie bei Ihren Ermittlungen unterstützen soll. Das Geschlecht des Täters lässt sich allein durch die Statistik einschränken, denn schwere Verbrechen werden zu neunzig Prozent von Männern begangen. Auch der Obduktionsbericht, dem ich entnehmen konnte, welcher Grad der Gewalt bei dem vorliegenden Fall angewendet wurde, spricht für einen männlichen Täter. Daher lege ich mich fest, dass es sich bei dem Mörder um eine männliche Person handelt, zumal Gewalt von Frauen sich eher auf Familienmitglieder konzentriert. Da das Opfer erwürgt wurde, gehe ich weiterhin davon aus, dass sich Täter und Opfer höchstwahrscheinlich nicht gekannt haben.«

Eine junge Kriminalbeamtin deutete mit einem Handzeichen an, eine Frage stellen zu wollen. Dr. Bernauer nickte ihr zu. »Ja bitte, Frau …?«

»Schulze heiße ich. Kriminalkommissarin Saskia Schulze. Ich bin noch nicht allzu lange dabei und mich würde interessieren, wie Sie anhand der Art der Ermordung darauf schließen können, also in unserem Fall Tod durch Erwürgen, dass sich Täter und Opfer nicht gekannt haben?«

»Grundsätzlich geht das schon, und zwar hilft uns auch hier wieder die Statistik. Mit einem Giftmord haben wir es am häufigsten innerhalb der Familie oder im häuslichen Umfeld zu tun. Denn um einen Menschen mit Gift zu töten, muss ein persönlicher Kontakt vorhanden sein. Oder es wird ein Messer verwendet. Während nur zwanzig Prozent der Tötungsdelikte durch Schusswaffen erfolgen, werden immerhin rund fünfzig Prozent mit dem Messer verübt. Meistens ist die Tat nicht geplant, sondern es geschieht im Affekt. Und warum? Ganz einfach. Weil sich in jedem Haushalt ein Messer befindet, auf das man bei einem eskalierenden Konflikt zugreifen kann.«

Dr. Bernauer machte eine kurze Pause und trank einen großen Schluck Wasser.

»Hoffentlich kommt der jetzt endlich mal zur Sache«, wisperte Schreiner seinem Kollegen ins Ohr. Köberlein zuckte mit den Achseln.

Dann fuhr der Gerichtspsychologe fort. »Frau Schulze, um auf Ihre Frage zurückzukommen. In unserem Fall wurde ein junges Mädchen erwürgt. Es wurde nicht vergewaltigt. Der Täter hat sich nicht an ihr vergangen. Ich vermute, dass er sein Opfer zufällig ausgewählt hat. Er handelte spontan. Und aufgrund meiner langjährigen Erfahrung gehe ich davon aus, dass er Macht über sein Opfer erlangen wollte. Dass er sich an dessen Angst weidete und dass er aus Lust am Töten das Mädchen erwürgt hat, so grausam das auch klingt.«

Dann meldete sich Meerfeld zu Wort. »Doktor Bernauer, können Sie den Täter näher beschreiben, oder ist das im jetzigen Stadium noch nicht möglich?«

»Es ist schwierig, aber nicht unmöglich. Bei der Erstellung eines Täterprofils gibt es immer einige Fragezeichen. Und da Sie wissen wollen, nach wem Sie suchen, in welche Richtungen Sie Ihre Ermittlungen lenken müssen, werde ich es versuchen, denn schließlich haben Sie mich für nichts anderes engagiert.«

Erneut machte Dr. Bernauer eine kurze Pause und alle im Raum warteten gespannt auf seine nächsten Worte.

»Ich hatte ja bereits erwähnt, dass ich stark davon ausgehe, dass unser Täter aus Lust am Töten handelt. Dabei wählt er sein Opfer willkürlich aus. Leider Gottes war das Mädchen …« Er schaute kurz auf seine Unterlagen. »… Martina Esswein im falschen Moment am falschen Ort. Aber ich bin mir fast sicher, dass ihm früher oder später eine andere junge Frau zum Opfer gefallen wäre, wenn er nicht zufällig auf Martina Esswein gestoßen wäre. Er weiß, dass sein Verhalten nicht normal ist. Er ist psychisch krank. Wahrscheinlich will er seinen Trieb unterdrücken, der plötzlich und selbst für ihn unerwartet ausbricht, aber es gelingt ihm nicht. Ich vermute, er führt ein unauffälliges Leben und geht einem normalen Beruf nach. Vielleicht ist er sogar verheiratet oder hat eine Partnerin. Es ist auch nicht auszuschließen, dass er Kinder hat, ja sogar eine Tochter im gleichen Alter seines Opfers. Das ist meine Einschätzung. Mit einer detaillierteren Beschreibung kann ich Ihnen momentan leider nicht dienen.«

»Doktor Bernauer, Sie sagten, Sie gehen davon aus, dass das Opfer zufällig ausgewählt wurde. Ansonsten wäre ihm eine andere junge Frau zum Opfer gefallen. Jetzt stellen sich mir zwei Fragen: Erstens, wieso denken Sie, dass es der Täter auf junge Frauen abgesehen hat? Und zweitens, wenn ich das richtig verstanden habe, schließen Sie nicht aus, dass er wieder zuschlägt oder in der Vergangenheit vielleicht schon einmal gemordet hat?«

»Gute Frage, Herr Kriminalrat, oder besser gesagt, das sind zwei gute Fragen. Erstens, ja, ich vermute, dass es der Täter auf junge Frauen abgesehen hat. Er fühlt sich einem jungen Opfer überlegen. Er will es kontrollieren, er will seine Macht auskosten. Er schüchtert es ein und ergötzt sich an der Hilflosigkeit, an der Angst seines Opfers. Schwachen Personen gegenüber fühlt er sich stark. Und diese Stärke strahlt er seinem Opfer gegenüber auch aus und lässt es wie eine Maus vor der Schlange erstarren. Und dies erklärt auch, warum laut Obduktionsbericht bei Martina Esswein keine Spuren einer Gegenwehr, eines Kampfes zu finden waren. Keine fremden Hautfetzen unter den Fingernägeln, keine fremden Haarbüschel, die das Opfer dem Täter ausgerissen hat, und so weiter. Sie war vor Angst erstarrt und der Täter hatte leichtes Spiel. Bei einer reiferen Frau hingegen befürchtet er, keine Macht, keine Kontrolle erlangen zu können. Er verspürt seine Stärke nicht. Vielleicht befürchtet er sogar, seinem auserwählten Opfer unterlegen zu sein. Erste Frage beantwortet?«

Meerfeld nickte.

»Und zweitens, ja, er wird wieder morden. Und ich schließe nicht aus, dass er in der Vergangenheit bereits schon einmal gemordet hat, aber nicht gefasst werden konnte, was dafür sprechen würde, dass er nicht auf den Kopf gefallen ist. Er muss nicht unbedingt übermäßig intelligent sein, aber er geht bei seiner Tat oder bei seinen Taten äußerst geschickt vor.«

Jetzt meldete sich auch Köberlein zu Wort. »Doktor Bernauer, das Opfer, Martina Esswein, war erst vierzehn Jahre alt und hatte eine zierliche Figur, was ihre Theorie untermauert, dass der Täter sich junge, schwache Opfer aussucht. Ist es möglich, dass er sich auf einen bestimmten Typ festgelegt hat? Zum Beispiel, dass er es auf Mädchen abgesehen hat, die jung und zierlich sind, dunkle Haare und dunkle Augen haben?«

Kripochef Bäumler, der nur drei Stühle von Köberlein entfernt in der ersten Reihe saß, traute seinen Ohren nicht. Er wusste, auf was diese Frage abzielte. Köberlein und auch sein Kollege Schreiner hatten sich auf Kolja Baumann als Martina Essweins Mörder eingeschossen. Bäumler missfiel, dass die beiden Hauptkommissare nicht auch in andere Richtungen dachten.

»Einerseits widerspräche Ihre Vermutung meiner Theorie, dass der Täter zufällig auf sein Opfer traf«, antwortete der Gerichtspsychiater. »Andererseits kann ich nicht ausschließen, dass er es auf einen bestimmten Typ abgesehen hat. Zwar wird er nicht gezielt nach diesem Typ suchen, aber er schlägt zu, sobald ihm dieser Typ zufällig über den Weg läuft.«

Während Köberlein ihm zufrieden zunickte, schüttelten Kripochef Bäumler und Inspektionsleiter Meerfeld nur den Kopf.

»Weitere Fragen?« Bernauer blickte in die Runde.

Als sich niemand mehr zu Wort meldete, stand Bäumler auf und trat an das Rednerpult. »Doktor Bernauer, vielen Dank für Ihre Ausführungen. Sie haben einen Steckbrief vom Täter erstellt, wenn auch nur grob. Aber er wird uns helfen, den Mörder zu finden, auch wenn der eine oder andere hier im Raum meint, den Fall bereits gelöst zu haben.«

Jeder im Konferenzsaal wusste, wen er damit meinte.

KAPITEL 19

KIRCHZARTEN, AM GLEICHEN TAG

Gegen Abend saß Veronika in ihrem Wohnzimmer und dachte über die vergangenen vierzehn Tage nach. Sie konnte es immer noch nicht fassen, dass sie Martina, ihr einziges Kind, verloren hatte. Warum konnte es nicht nur ein böser Traum sein, aus dem sie plötzlich erwachte und im nächsten Moment Martina aus ihrem Zimmer kam und sie fragte, was es denn zu essen gab?

Sie dachte auch über ihr Leben nach. Konnte es sein, dass sich alles Pech, alles Unglück der Welt vereint hatte und sie die Auserwählte war, über die sich alles ergoss? Weiß Gott, sie hatte keine schöne Kindheit gehabt. Und als sie selbst noch fast ein Kind war, kam ihre Tochter zur Welt, die sie über alles liebte. Martinas Vater, mit dem sie in ihren Augen eine wundervolle Beziehung hatte, mit dem sie sich vorstellen konnte, eine Familie zu gründen, ließ sie im Stich. Dann suchte sie Unterstützung bei ihren Eltern, aber auch die ließen sie mit ihren Sorgen und Nöten allein. So musste sie vieles entbehren und auch ihre Tochter musste auf vieles verzichten, sogar auf ganz alltägliche Dinge.

Nur ihre Tante fing sie auf und gab ihr Halt. Doch auch diese hatte sie viel zu früh verloren und war wieder auf sich allein gestellt gewesen. Dann verlor sie ihren Job, in dem sie sich so wohlfühlte. Und jetzt musste sie auch noch das Schlimmste durchleben, was einer Mutter widerfahren konnte. Sie hatte auf tragische und brutale Weise ihre Tochter verloren und sie fragte sich, welche Schicksalsschläge das Leben noch für sie bereithielt.

Sie ging zum Wohnzimmerschrank, nahm eine Cognacflasche und ein Glas aus der Vitrine, setzte sich wieder auf das Sofa und schenkte das Glas bis oben hin voll. Sie konnte sich nicht erinnern, wann sie das letzte Mal etwas Hochprozentiges getrunken hatte. Vielleicht im Teenageralter, als sie mit ihrer Freundin Simone um die Häuser zog oder sich in einer Diskothek von einem Verehrer einen Drink spendieren ließ. Und sie wusste auch nicht, woher die noch ungeöffnete, etwas eingestaubte Flasche stammte, aber das war ihr in diesem Moment egal.

Als es plötzlich an der Tür klingelte, hielt ihre Hand auf halbem Weg zum Mund an. Sie stellte das Glas ab und fragte sich, wer das sein konnte. Vielleicht wieder irgendein Reporter, der sich durch ein Interview mit ihr eine spektakuläre Story versprach? Der darauf aus war, sich mit einem Artikel, wie »*Noch keine Spur zum Mörder. Wir sprachen* mit der *trauernden Mutter des Opfers*« von seinem Arbeitgeber auf die Schulter klopfen zu lassen? Veronika ging zur Tür und nahm den Hörer der Sprechanlage ab.

»Ja bitte?«

Als sie einen Augenblick später auf den Knopf des Türöffners drückte, huschte ein leichtes Lächeln über ihr Gesicht. Unten fiel die Haustür zu und gleich danach hallten schnelle Schritte durchs Treppenhaus. Dann sah sie in

Sebastians stahlblaue Augen, der sie zur Begrüßung kurz in den Arm nahm.

»Das ist aber eine Überraschung«, sagte sie lächelnd. »Komm doch rein und setz dich.«

»Ich wollte mal schauen, wie's dir geht. Schließlich habe ich dich seit der Beerdi... seit Dienstag nicht mehr gesehen. Und auf meine Anrufe hast du auch nicht reagiert. Du hast erst gar nicht abgenommen.«

»Tut mir leid, Sebastian, aber ich wollte einfach meine Ruhe haben und hab alle Anrufe ignoriert, weil ich befürchtet habe, dass die Zeitungsfritzen es wieder versuchen würden. Außerdem ging es mir die ganze Zeit nicht gut.«

»Das sehe ich«, erwiderte Sebastian mit einem Blick auf den Cognacschwenker. »Alkohol ist auch keine Lösung.«

Ohne zu fragen und ohne Veronikas Reaktion abzuwarten, nahm er das Glas, ging in die Küche und schüttete den Inhalt in die Spüle. Als er ins Wohnzimmer zurückkam, nahm er die Flasche und stellte sie in die Vitrine zurück.

»Du hast ja recht. Ich weiß auch nicht, was in mich gefahren ist. Und außerdem weiß ich gar nicht, ob mir das Zeug überhaupt noch schmeckt, geschweige denn, dass es mir guttut«, sagte sie achselzuckend.

»So gefällst du mir schon besser.«

»Aber gegen ein Glas Wein ist doch nichts einzuwenden, oder?«

Sebastian schüttelte den Kopf. »Ein Glas Wein in netter Gesellschaft ist okay«, antwortete er schmunzelnd.

»Gut, dann hoffe ich, dass ich dir nicht zu viel versprochen habe und noch eine Flasche im Kühlschrank steht.«

Veronika ging in die Küche und kam einen Moment später mit einer Flasche Ihringer Weißburgunder und zwei Gläsern zurück. Sie schenkte ein, reichte Sebastian ein Glas und prostete ihm zu.

»Auf was stoßen wir denn an?«, fragte er.

»Vielleicht auf eine bessere Zukunft?«

Sebastian nickte ihr zu. Nachdem sie einen Schluck genommen hatten, lächelte ihn Veronika an.

»Sebastian, du hast mir zwar schon einiges über dich erzählt, aber ich würde gerne mehr über dich erfahren. Zum Beispiel, warum du Polizist geworden bist. Und wenn wir schon beim Thema sind. Kannst du mir etwas über den Stand der Ermittlungen sagen? Ich meine, was … was den Mord an Martina betrifft? Hast du Einblick? Ich hab zwar auch schon bei der Kripo in Freiburg angerufen, aber die halten sich bedeckt. Es gäbe nichts Neues. Vielleicht ist es so, aber vielleicht wollen die mir einfach nicht alles verraten.«

»Tut mir leid«, entschuldigte er sich. »Ich habe mit meinem Polizeicomputer in Kirchzarten leider keinen Zugriff auf Daten der Kripo. Aber da mich die Sache selbst berührt und deshalb auch interessiert, hab ich mal einen alten Kumpel angerufen, den ich bei der Polizeiausbildung kennengelernt habe und der jetzt bei der Kripo in Freiburg arbeitet. Allerdings nicht im Morddezernat. Trotzdem hat er versucht, Details in Erfahrung zu bringen. Er hat mir gesagt, die ermittelnden Kriminalkommissare … wie heißen die nochmal …? Ach ja, Schreiner und Köberlein. Die wären nicht gerade auskunftsfreudig. Sie würden sich ungern in die Karten schauen lassen. Das Einzige, was er mir sagen konnte, war, dass ein junger Mann verhaftet worden ist, der in Freiburg seine Freundin angegriffen und gewürgt hat, und dass die Ermittler meinen, es würde sich höchstwahrscheinlich um Martinas Mörder handeln. Aber sie würden mit ihrer Meinung so ziemlich allein dastehen.«

Sebastian machte eine kurze Pause und nippte an seinem Weinglas. »Über die Verhaftung des Mannes hast du sicherlich in der Zeitung gelesen.«

Veronika nickte. »Ja, hab ich. Allerdings haben mir die Kripomänner nicht gesagt, dass sie ihn für den Mörder meiner Tochter halten. Vielleicht deshalb, weil sie zurückrudern müssten, falls er es nicht ist.«

»Exakt.«

Veronika schloss die Augen und rieb sich die Stirn.

»Also hänge ich weiter in der Luft.«

»Ja schon. Aber die werden dich auf jeden Fall sofort informieren, wenn die Ermittlungen etwas Entscheidendes ergeben. Da bin ich mir sicher. Und wenn nicht, bin ich ja auch noch da. Oder besser gesagt, mein Kumpel, der mir versprochen hat, mich auf dem Laufenden zu halten.«

»Danke, Sebastian.« Veronika faltete die Hände wie zum Gebet vor ihrem Gesicht und nickte ihm zu.

»Dafür musst du dich doch nicht bedanken. Erstens ist das keine große Sache und zweitens mache ich das doch gerne für dich. Ja, und dann hast du mich noch gefragt, warum ich bei der Polizei gelandet bin. Ganz einfach. Da wollte ich schon immer hin, schon als Kind wollte ich die guten vor der bösen Jungs beschützen. Mit neunzehn hab ich mein Abi gemacht, war dann fünfzehn Monate zum Wehrdienst bei der Bundeswehr und anschließend für knapp zwei Jahre als Farmhelfer in Neuseeland. Ein

Traum, den ich mir damals erfüllt habe. Es hat riesigen Spaß gemacht, Tiere zu füttern, Weidezäune aufzustellen oder zu reparieren, Gemüse anzupflanzen und zu ernten und so weiter. Und Schafe scheren, das hab ich auch noch gelernt, auch wenn es für die Teilnahme an Schafschurwettbewerben nicht ganz gereicht hat.«

Er zwinkerte ihr zu und Veronika schaute ihn mit großen Augen an. Ihre Gedanken schweiften in die Vergangenheit zurück. Einen Moment herrschte Stille, dann sagte sie: »Da hast du es aber wesentlich besser erwischt als ich.«

»Ich weiß«, antwortete er sanft. »Als ich nach Deutschland zurückgekehrt war, habe ich ein Studium an der Hochschule für Polizei absolviert. Und danach kam ich zum Polizeiposten nach Kirchzarten.«

»Zum Glück«, schob er nach.

Veronika sah in fragend an.

»Na ja, sonst säßen wir hier nicht zusammen. Sonst hätten wir uns vielleicht nie kennengelernt, auch wenn die Umstände alles andere als schön waren.«

»Ja, da hast du recht«, erwiderte sie nachdenklich.

»Und was ich dir auch noch nicht verraten habe. Ich möchte nur noch maximal ein Jahr bei der Streifenpolizei bleiben. Dann möchte ich zur Kripo wechseln.«

»Geht das so einfach?«

»Ja. Das machen viele. Zunächst Erfahrungen in der Polizeiarbeit im Streifendienst sammeln und später zur Kripo wechseln. Das Auswahlverfahren mit polizeiärztlicher Untersuchung, Sportleistungsnachweis und so weiter hab ich ja schon für die Zulassung zum Studium gemeistert. Und als sogenannter Bereichswechsler muss ich dann nur noch an einem mehrwöchigen Lehrgang teilnehmen, in dem ich auf die Aufgaben als Kriminalpolizist vorbereitet werde. Und nach erfolgreichem Abschluss bin ich dann weg.«

Veronika schaute ihn entsetzt an.

»Was ist los?«, fragte er.

Sie seufzte. »Alles gut.«

Doch Sebastian merkte ihr an, dass sie sich mit dem Gedanken nicht anfreunden konnte, dass er Kirchzarten verlassen würde. Und irgendwie gefiel ihm das. *Sie muss mich sehr mögen, wenn sie mich jetzt schon vermisst*, dachte er. Als er zu grinsen anfing, verdrehte Veronika die Augen.

»Was grinst du denn jetzt auch noch?«, fragte sie barsch. »Kannst du nicht schnell genug Kirchzarten den Rücken kehren? Und mich hier …«

»… allein lassen?« beendete Sebastian den Satz. Er beugte sich nach vorne und strich ihr mit dem Finger über die Wange. »Liebe Veronika, erstens findet der Lehrgang in der Polizeihochschule in Villingen-Schwenningen statt, wo ich auch studiert habe. Das sind von hier aus nur rund fünfzig Kilometer. Und zweitens hab ich nicht vor, anschließend eine Stelle in Hamburg, Berlin oder sonst wo anzutreten. Ich würde schon gerne in der Region bleiben. Am liebsten in Freiburg. Und drittens musste ich grinsen, weil ich durch deine Reaktion gemerkt habe, dass ich dir fehlen würde«, sagte er mit einem sanften Lächeln.

Jetzt huschte auch Veronika ein Lächeln übers Gesicht. »Tut mir leid, dass ich so blöd reagiert habe, aber …«

»… das war gar nicht blöd«, fiel er ihr ins Wort. »Das war süß.«

Sie unterhielten sich noch über Gott und die Welt. Und

als die Flasche Wein ausgetrunken war und sich Sebastian vom Sessel erhob, um sich von ihr zu verabschieden, legte sie ihre Arme um seine breiten Schultern und vergrub ihren Kopf an seiner Brust.

»Willst du heute Nacht bei mir bleiben? Du kannst gerne hier schlafen. Ich meine, hier auf der Couch«, schob sie hastig nach.

Sebastian nahm ihren Kopf in die Hände und schaute ihr tief in die graugrünen Augen. »Aber nur, wenn wir morgen zusammen frühstücken und ich die Brötchen holen darf.«

»Klar doch«, erwiderte Veronika.

»Okay, du kannst das Bettzeug holen«, sagte er und hauchte ihr einen zarten Kuss auf die Wange.

KAPITEL 20

Gegen acht Uhr dreißig betrat Kriminalhauptkommissar Marc Köberlein das Büro. Er stellte den Kaffeebecher ab, den er sich draußen auf dem Flur aus dem Automaten gezogen hatte, und setzte sich an seinen Schreibtisch. Dann zog er die oberste Schublade auf und legte den Autoschlüssel seines Dienstwagens hinein. Erst jetzt entdeckte er den schwarzen Schnellhefter, der auf seinem Tisch lag. *Wo kommt der denn her?*, sinnierte er. Köberlein schlug den Aktendeckel auf und begann zu lesen.

Als er wenige Minuten später auf der letzten Seite angekommen war, betrat sein Kollege Schreiner das Zimmer und setzte sich ihm gegenüber.

»Guten Morgen, Marc. Was liest du denn da?«

»Moin, Thommy. Du wirst es nicht glauben, aber Doktor Bernauer, unser genialer Gerichtspsychiater, hat uns eine Zusammenfassung seines Vortrags vom Freitag überlassen. Und auf der letzten Seite hat er uns auch noch handschriftlich viel Glück für unsere weiteren Ermittlungen gewünscht.«

»Das ist doch nett gemeint, oder?«, erwiderte Schreiner mit gerunzelter Stirn.

»Das ist richtig. Aber lass mich mal kurz in Stichworten

zusammenfassen, was uns dieser Starprofiler hinterlassen hat. Der Täter ist männlich. Er wählt seine Opfer zufällig aus, handelt spontan und geht bei seinen Taten äußerst geschickt vor. Er ist psychisch krank, will seinen Trieb unterdrücken, aber es gelingt ihm nicht. Er wählt junge Mädchen aus, denen gegenüber er sich überlegen fühlt. Vielleicht hat er es auf den Typ Mädchen abgesehen, das jung und zierlich ist und dunkle Haare und Augen hat. Aus Lust am Töten hat er Martina Esswein erwürgt. Vermutlich hat er schon einmal gemordet und er wird es wieder tun. Wahrscheinlich führt er ein unauffälliges Leben und geht einem normalen Beruf nach. Thommy, jetzt frag ich dich: Wenn Kolja Baumann doch nicht der Mörder von Martina Esswein ist, wie soll uns das von Doktor Bernauer beschriebene Täterprofil weiterhelfen? Am schlimmsten für uns ist doch die Aussage, dass der Täter vermutlich ein unauffälliges Leben führt und einem normalen Beruf nachgeht. Da kommt doch fast jede männliche Person auf unserer Erdkugel als potenzieller Täter in Frage. Und dass er bei seinen Taten keine Spuren hinterlässt, weil er äußerst geschickt vorgeht, spielt uns auch nicht gerade in die Karten. Momentan bin ich ratlos.«

Köberlein streckte beide Arme nach oben und schüttelte den Kopf. Die Resignation in seiner Stimme war deutlich herauszuhören.

»Marc, ich weiß auch nicht, wie wir weiter vorgehen sollen. Aber wenn Kolja Baumann der Täter ist, dann haben wir gewonnen.«

»Und wenn nicht?« Köberlein sah ihn fragend an.

»Dann bringt uns hoffentlich die Identifizierung der

zweiten Leiche weiter. Denn dann haben wir garantiert einen neuen Ermittlungsansatz.«

Wie bestellt klopfte es an der Tür und eine Kriminalassistentin mit einer dicken Akte in der Hand betrat den Raum.

»Guten Morgen, Sabine«, sagten die beiden fast synchron.

»Guten Morgen, ihr zwei«, erwiderte die junge Polizistin mit einem Lächeln.

»Du wirkst so gut gelaunt«, stellte Schreiner fest. »Hattest du ein schönes Wochenende?«

»Ja, hatte ich. Aber das hier wird auch eure Laune schnell bessern.« Sie hob die Akte in die Höhe und ließ sie auf Schreiners Schreibtisch fallen. Sofort griff der Kripobeamte nach dem Papierbündel und warf einen Blick auf die erste Seite. Und wie von der Kriminalassistentin erwartet, schnellten seine nach unten gezogenen Mundwinkel nach oben und ein breites Grinsen zog sich über sein Gesicht.

»Na, hab ich dir zu viel versprochen?«, fragte die Polizistin. Ohne auf ihre Frage einzugehen, hob er den Kopf und schaute seinen Kollegen an.

»Marc, unser Flehen wurde erhört. Unsere Kriminaltechnik hat zwar etwas Zeit gebraucht, aber jetzt haben sie sie identifiziert. Komm rüber und lies mit. Ich bin mal gespannt, um wen es sich handelt und ob wir einen Zusammenhang mit unserem Mordfall herstellen können. Und danke, Sabine. Wenn wir dich brauchen, rufen wir.«

Nachdem die junge Polizistin den Raum verlassen hatte, ging Köberlein um seinen Schreibtisch herum, schnappte sich einen Stuhl und setzte sich neben Schreiner. Gemeinsam begannen sie zu lesen.

Als sie auf der letzten Seite angelangt waren, stellten sie fest, dass dem Bericht der Kriminaltechnik eine Ermittlungsakte aus dem Jahr 1991 angehängt war. Sie schlugen die Akte auf und schauten mit großen Augen auf das Foto des Opfers.

»Scheiße«, entfuhr es Schreiner und seine Mundwinkel gingen wieder nach unten. So schnell, wie sich seine Laune aufgehellt hatte, so schnell war sie wieder im Keller.

»Marc, sie ist … sie war blond.«

»Das sehe ich auch. Und weiter?«

»Ja begreifst du denn nicht, was das bedeutet? Das bedeutet doch, dass unsere Theorie nicht aufgeht. Dass es der Mörder nicht unbedingt nur auf zierliche junge Mädchen mit dunklen Haaren und dunklen Augen abgesehen hat. Und dass dadurch Kolja Baumann so gut wie aus dem Rennen ist.«

Köberlein zuckte mit den Schultern. »Mag sein. Vielleicht waren wir doch zu voreilig. Und jetzt stecken wir in einer Sackgasse …«

»… aus der wir so schnell wie möglich wieder rauskommen müssen«, warf Schreiner ein.

»Da hast du recht. Ich bin bloß gespannt, was unser Chef zu dem Ganzen sagt. Ich befürchte, er wird uns in die Mangel nehmen. Er hat ja schon durchblicken lassen, was er von unserer Theorie und unseren bisherigen Ermittlungsergebnissen hält. Auf der anderen Seite bietet uns die Identifizierung dieser Mannheimerin die Chance, das eine oder andere wieder geradezubiegen. Wir starten jetzt einfach nochmal bei null.«

»Okay, so machen wir das. Es sei denn, wir finden raus, dass sich Kolja Baumann im Mai 1991 in Mannheim aufgehalten hat. Dann könnte er doch was mit dem Mord zu tun haben.«

»Thommy, das ist doch Wunschdenken. Wir sollten jetzt erst mal die Mannheimer Kollegen anrufen, die im damaligen Vermisstenfall ... wie hieß das Mädchen nochmal ...?« Köberlein schaute in die Akte. »... ach ja, Hanna Lorenz, ermittelt haben. Das waren ein Kriminalhauptkommissar Günther Herzog und eine Kriminalkommissarin Julia Krämer. Die haben dann auch das Vergnügen, den Eltern des Opfers die Nachricht zu überbringen, dass man ihre Tochter tot aufgefunden hat.«

»Gut, ich übernehme das. Vielleicht können uns die beiden auf eine neue Spur bringen oder helfen, eine Verbindung zwischen den Mordfällen Lorenz und Esswein herzustellen«, sagte Schreiner und griff zum Telefon.

KAPITEL 21

Er hatte gerade seinen Rucksack gepackt und die Wanderschuhe aus dem Schuhschrank geholt, als das Telefon klingelte. Er schaute auf die Uhr. Es war kurz nach neun am Morgen und er überlegte, ob er überhaupt noch drangehen sollte, denn spätestens in zwanzig Minuten wollte er am Treffpunkt des Wandervereins Triberg sein, um an einer Wanderung, zu der er sich angemeldet hatte, teilzunehmen. *Ich hab ja noch etwas Zeit,* dachte er und nahm den Hörer ab.

»Wellinger, ja bitte?«

»Na, alte Düse, wie geht's dir denn?«

Die Stimme war ihm bestens vertraut. Und nur einer nannte ihn eine alte Düse. Es war Kriminalhauptkommissar Günther Herzog, mit dem er viele Jahre im Morddezernat des Polizeipräsidiums Mannheim zusammengearbeitet hatte.

»Hallo, Günther, schön, dass du dich mal wieder bei mir meldest. Mir geht's gut. Danke der Nachfrage.«

»Und wie geht's deiner Mutter?«, wollte Herzog wissen. »Du hast mir doch mal erzählt, dass sie ihre Wohnung in Mannheim verkaufen und zu dir nach Triberg ziehen will.«

125

»Die Wohnung ist schon verkauft. Und umgezogen ist sie auch schon. Vor drei Wochen ist sie in einem Seniorenheim eingezogen, gleich bei mir um die Ecke. Aber, Günther, so wie ich dich kenne, rufst du doch nicht nur an, um mich zu fragen, wie es mir und meiner Mutter geht.«

»Tja, Werner, da hast du recht. Du kennst mich eben einfach zu gut. Ich hab tatsächlich etwas auf dem Herzen.«

»Dann schieß mal los. Aber fass dich bitte kurz, ich hab nicht viel Zeit.«

»Okay, Werner, ich werde mich beeilen.« Herzog räusperte sich, dann begann er zu erzählen. »Vor gut zwei Jahren haben Jule und ich, also meine Partnerin im Dezernat, Kriminalkommissarin Julia Krämer, in einem Vermisstenfall ermittelt. Damals war die siebzehnjährige Hanna Lorenz aus Mannheim spurlos verschwunden. Da wir bei unseren Ermittlungen ergebnislos geblieben sind, mussten wir den Fall nach etwa einem halben Jahr an die Soko Altfälle abgeben, was mich wahnsinnig gewurmt hat. Die Begründung war, dass wir sie noch nicht gefunden hatten. Es gab keine Leiche und somit war auch nicht klar, ob überhaupt ein Kapitaldelikt vorlag. Mein Chef und auch einige unserer Kollegen waren der Meinung, dass sich das Mädchen auch ganz einfach auf und davon gemacht haben könnte.«

»Gab es Anzeichen dafür? Ich meine, hätte sie einen Grund gehabt, von zu Hause wegzulaufen?«, wollte Wellinger wissen.

»Ja schon. Einen Grund, von zu Hause wegzulaufen, hatte sie. Das lässt sich nicht von der Hand weisen. Wir hatten mehrfach ihre Eltern befragt und nach anfänglichem Zögern haben sie zugegeben, dass es innerhalb der

Familie öfters heftigen Streit gegeben hat. Das Mädchen war sehr eigenwillig, war ständig in einer Clique mit zwielichtigen Gestalten zusammen und meinte, alles tun und lassen zu können, auf was sie gerade Lust hatte und wie es ihr gerade passte. Das wiederum passte ihren Eltern nicht. Und deshalb gab es ständig Zoff. Und deshalb konnte ich es auch nicht ausschließen, dass sie einfach abgehauen war. Aber auf Nimmerwiedersehen? Das glaubte ich eher nicht, denn dann hätte sie vorher bestimmt ihr Sparbuch geplündert.«

Herzog machte eine kurze Pause, um seinem Freund die Möglichkeit zu geben, eine Frage zu stellen. Als es aber in der Leitung still blieb, fuhr er fort: »So, Werner, und jetzt kommt's. Kürzlich wurden in einem Waldstück in der Nähe von Kirchzarten die sterblichen Überreste einer jungen Frau gefunden. Vor ein paar Tagen konnte sie identifiziert werden und Kollegen vom Polizeipräsidium Freiburg haben mich jetzt darüber informiert, dass es sich bei der Leiche um Hanna Lorenz handelt. Das Mädchen, das vor etwa zwei Jahren von heute auf morgen einfach von der Bildfläche verschwunden ist. Die kriminaltechnischen Untersuchungen haben ergeben, dass sie ermordet wurde. Genauer gesagt, sie wurde erwürgt. Aber es kommt noch dicker. Die Kollegen sagten mir, sie würden in einem weiteren Mordfall ermitteln. Ein vierzehnjähriges Mädchen aus Kirchzarten wurde an Christi Himmelfahrt ermordet. Sie wurde ebenfalls erwürgt. Und der Fundort der Leiche befand sich in unmittelbarer Nähe des Fundortes der sterblichen Überreste von Hanna Lorenz. Sie haben mir auch berichtet, dass sie die ganze Zeit einen Verdächtigen im Visier hatten, der wegen eines anderen Deliktes in

127

Untersuchungshaft sitzt, sie aber mittlerweile ernsthafte Zweifel daran hätten, dass es sich bei diesem Kerl um den Täter handelt. So viel zum Sachverhalt.«

»Schön und gut, Günther. Oder besser gesagt, es ist natürlich nicht schön, wenn zwei jungen Menschen das Leben genommen wird. Das hat mich früher in meiner aktiven Zeit bei der Kripo auch schon immer angewidert, wenn irgendwelche kranken Typen sich an Kindern oder Heranwachsenden vergriffen haben.«

»Ich weiß, Werner. Und einem fiesen Mörder bist du ja mal beim Verhör an die Gurgel gegangen, was dich dann kurz vor deiner Pensionierung den Job gekostet hat.«

»Das stimmt. Aber soll ich dir mal was sagen? Ich weiß, dass ich das als Hauptkommissar in Ausübung meines Berufs nie hätte tun dürfen. Aber andererseits habe ich es nie bereut, diesem Fiesling eine verpasst zu haben, als er mir grinsend bis ins schmutzigste Detail erzählt hat, wie er sein Opfer, eine zwölfjährige Schülerin, vergewaltigt und danach umgebracht hat. Und dass ich dann nach vierzig Dienstjahren frühzeitig in den Ruhestand geschickt worden bin, war im ersten Moment zwar bitter für mich, aber nach einiger Zeit konnte ich mein Rentnerdasein in vollen Zügen genießen. Und das bis heute. Apropos Rentnerdasein. Ich muss jetzt gleich los. Nachher bin ich mit dem Wanderverein Triberg unterwegs, und wer zu spät kommt, muss eine Runde ausgeben. Deshalb sag mir doch mal ganz kurz, warum du mir die Sache überhaupt erzählt hast und was das mit mir zu tun hat. Damals war ich doch schon aus dem Polizeidienst ausgeschieden und du hast mit Julia Krämer den Fall bearbeitet.«

Wellinger hörte ein lautes Luftholen am anderen Ende der Leitung. Dann antwortete Herzog:

»Tja, warum ich dir das alles erzählt habe. Ganz einfach. Du hast mir schon mal geholfen, einen Fall zu lösen. Vor gut einem Jahr bist du sogar nach Spanien an die Costa Blanca gereist, um einen Mörder zu stellen.«

»Ich weiß«, antwortete Wellinger. »Und ein Unschuldiger konnte aus dem Gefängnis entlassen werden.«

»Genau. Und deshalb dachte ich … Na ja, du wohnst in Triberg und Kirchzarten ist doch nur ein Katzensprung von dir entfernt.«

»Vergiss es, Günther. Erstens ist es von Triberg nach Kirchzarten kein Katzensprung. So klein ist der Schwarzwald nun auch wieder nicht. Mit dem Auto braucht man locker eine dreiviertel Stunde. Und zweitens werde ich demnächst siebenundsechzig. Zu alt, um einen Mörder zu jagen. Und warum soll ich mir das eigentlich antun? Und warum interessiert dich denn der Fall überhaupt. Du bist doch außen vor, denn du hast doch gesagt, dass jetzt die Freiburger Kollegen ermitteln.«

»Das erzähl ich dir noch. Aber das dauert länger. Wenn es für dich in Ordnung ist, ruf ich dich heute Abend nochmal an. Geh du jetzt erst mal schön wandern. Wo geht's denn überhaupt hin?«

»Wir machen eine Wanderung rund um Triberg. Treffpunkt ist der Parkplatz Adelheid oberhalb der Wasserfälle. Es geht über den Nußhurtweiher bis nach Schönwald. Das Ganze dauert circa sechs Stunden.«

»Oh Gott, das wär nichts für mich«, entgegnete Herzog mit einem gequält klingenden Unterton.

»Günther, in den sechs Stunden ist auch ein zünftiger

Hüttenaufenthalt im Wanderheim Stöcklewaldturm enthalten. Die Wanderung selbst geht vielleicht viereinhalb Stunden. Und das wäre doch auch für dich machbar, oder?«

»Kann sein, auch wenn mir die Namen der Ziele deiner Route nichts sagen. Wahrscheinlich würde mir die Einkehr in der Hütte noch am besten gefallen. Aber nochmal. Kann ich dich heute Abend anrufen? Und wirst du über die Sache nachdenken?«

»Wir können gerne nochmal telefonieren. Aber über die Sache nachdenken, wenn überhaupt, werde ich erst, wenn du mir die ganze Geschichte erzählt hast.«

»Okay, Werner, alte Düse. Dann wünsch ich dir mal viel Spaß beim Wandern. Und pass auf, wo du hintrittst. Ich brauch dich nämlich noch.«

«Tschüss, mein Lieber. Bis heut Abend«, erwiderte Wellinger und legte auf.

Um halb acht am Abend hatte sich Wellinger, müde von der Wanderung, auf sein Wohnzimmersofa gelegt und war eingenickt. Als das Telefon klingelte, zuckte er zusammen. Er riss die Augen auf und brauchte einen Moment, bis er realisierte, dass er nicht in seinem Bett lag und der Wecker geklingelt hatte, sondern dass es Abend war und ihn das Telefon aus dem Schlaf gerissen hatte. Schwerfällig stand er auf und begab sich in die Diele.

»Guten Abend, Günther«, sagte er, als er das Telefon abnahm.

»Hallo, alte Düse. Kannst du hellsehen, oder ruft sonst niemand bei dir an?«

»Vielleicht beides.«

»Hellsehen würde uns auf jeden Fall helfen«, entgegnete Herzog. »Ich hab dir ja heute Morgen schon gesagt, dass ich deine Hilfe brauche. Und einen Mordfall durch hellseherische Fähigkeiten zu lösen, das wär doch mal was.«

»Na dann schieß mal los«, sagte Wellinger, klemmte den Hörer zwischen Kopf und Schulter, zog die oberste Schublade der Kommode auf und nahm einen Stift heraus. »Ich höre?«

»Okay, Werner. Lass mich dir den Fall schildern und danach entscheide, ob du mir helfen willst oder nicht.« Er räusperte sich, holte hörbar Luft und begann zu erzählen.

Einige Minuten später saß der pensionierte Kriminalhauptkommissar Werner Wellinger wieder auf seiner Couch und dachte über das Gehörte nach. Zuvor hatte er seinem alten Freund zugesagt, sich der Sache anzunehmen. Da er an diesem Wochenende und die Tage darauf ohnehin nichts vorhatte, hatte er Herzog versprochen, am Samstag nach Kirchzarten zu fahren und ihm anschließend zu berichten.

Vor gut einem Jahr war es ihm schon einmal gelungen, einen Mörder zu stellen. Und er fragte sich, ob er jetzt wieder erfolgreich sein würde. *Schaun wir mal*, sagte er zu sich, holte die Allgäuer Latschenkiefersalbe aus dem Schrank und rieb sich seine müden Beine damit ein.

KAPITEL 22

Vor knapp zwei Wochen, am Pfingstmontag, war er das letzte Mal in der Region gewesen. Jetzt war er wieder hier, um seine Freundin in Freiburg zu besuchen. Doch zuvor wollte er unbedingt zu dem Waldstück nach Kirchzarten. Es war ein krankhafter Trieb, der ihn immer wieder zu diesem Ort zurückführte, und er konnte sich diese Manie nicht erklären, aber er konnte sich ihr auch nicht erwehren.

Wie üblich fuhr er um das Waldstück herum und stellte seinen VW-Bus etwa eineinhalb Kilometer entfernt auf einem Waldparkplatz ab. Zwar gab es auch eine kürzere Strecke, sein Ziel zu erreichen, aber er war wie immer vorsichtig. Er wollte nicht auf der anderen Seite des Wäldchens die Landstraße verlassen und sein Fahrzeug am Weg abstellen. Von dort hätte er nur wenige Meter zu Fuß gehabt. Aber dann würde sein VW-Bus in unmittelbarer Nähe eines früheren Tatortes parken und einem aufmerksamen Beobachter vielleicht auffallen. Und dieses Risiko wollte er nicht eingehen.

Er stieg aus und schaute sich um. Dann zog er seine Wanderschuhe an, setzte seinen Hut auf und nahm den Spazierstock von der Rückbank. Falls ihm jemand begegnen sollte, würde man ihn für einen gewöhnlichen

Fußgänger oder Wanderer halten und ihn nicht weiter beachten. Niemand würde Verdacht schöpfen. Niemand würde den wahren Grund und das schaurige Ziel seines Spaziergangs erahnen.

Bei jedem seiner Schritte knisterten die feinen Kieselsteine unter seinen Füßen. So unauffällig wie möglich schaute er immer mal wieder über die Schulter nach hinten, doch er konnte keine Menschenseele entdecken. Als er sich der Biegung des Waldwegs näherte, verlangsamte er seine Schritte. Dann blieb er stehen. Als er nach unten blickte, sah er ein rot-weißes Absperrband zerfleddert auf dem Boden liegen. Er lauschte in den Wald hinein. Außer melodischem Vogelgezwitscher, das aus dem Buschwerk links des Weges herauszukommen schien, konnte er keinen Laut hören, keinen Laut, der nicht hierhergehörte. Noch ein letztes Mal drehte er sich um. Dann verließ er den Weg und verschwand hinter einem bunt blühenden Waldstrauch.

Vorsichtig tastete er sich durch das Unterholz. Plötzlich nahm er ein Knirschen wahr. Ein Geräusch, als ob jemand auf einen heruntergefallenen Zweig getreten war. Abrupt blieb er stehen und hielt die Luft an. Er überlegte, wer sich hier aufhalten könnte, denn die Spurensicherung der Polizei müsste längst abgeschlossen sein. War es eine neugierige Person, die sich sensationslüstern einen Tatort aus der Nähe anschauen wollte?

Langsam ging er in die Hocke. Um in die Richtung sehen zu können, aus der der Laut gekommen war, schob er mit seiner rechten Hand das stachelige Geäst eines Schlehdornes zur Seite. Als sich ein Dorn in seinen Zeigefinger bohrte, musste er mit aller Macht den Schmerzlaut unterdrücken.

Er traute seinen Augen nicht, als plötzlich ein Mann hinter der etwa zwanzig Meter entfernten Brombeerhecke zum Vorschein kam und direkt auf ihn zulief. Vorsichtig schob er die Zweige wieder zurück und duckte sich, so weit er konnte, nach unten, bis sein Gesicht den vermoosten Waldboden berührte.

Der Fremde kam immer näher. Er blieb kurz stehen und lief schließlich nur zwei Meter von ihm entfernt an dem Schlehdornstrauch vorbei. Erleichtert atmete er tief durch. Er wartete noch einige Minuten, bis er es endlich wagte, sich wieder aufzurichten. Langsam drehte er sich um, der Mann war verschwunden.

Erst jetzt wurde ihm bewusst, dass man ihn fast entdeckt hätte. Übelkeit stieg in ihm hoch. *Das war knapp. Das nächste Mal muss ich noch vorsichtiger sein*, dachte er. *Aber hätte ich wirklich enttarnt werden können? Wie hätte der Mann reagiert, wenn er mich entdeckt hätte? Hätte er mich angesprochen und gefragt, was ich hier zu suchen hätte? Aber das Gleiche hätte ich ihn auch fragen können. Wie dem auch sei, es ist gerade noch mal gutgegangen.*

Er schaute zu der Brombeerhecke und überlegte, ob er sein Vorhaben nicht doch besser abbrechen sollte. Doch er konnte nicht widerstehen. Er musste diesen Ort aufsuchen.

Langsam bewegte er sich auf sein Ziel zu. Nach wenigen Metern blieb er stehen. Er erinnerte sich daran, wie er vor gut drei Wochen mit dem Auto in den Waldweg eingebogen war, dem ahnungslosen Mädchen seine Hände um den Hals gelegt und anschließend den toten Körper hinter der Brombeerhecke versteckt hatte. Sie hatte es ihm leicht gemacht, hatte sich nicht einmal gewehrt.

Anders als vor zwei Jahren, als er sein Opfer vergraben hatte, hatte er dafür dieses Mal keine Zeit gehabt, zumal er auch noch von einer Wandergruppe gestört worden war. Jetzt ärgerte er sich darüber, denn hätte er auch sie vergraben, dann hätte man sie nicht so schnell finden können.

Die Bilder der abscheulichen Tat spulten sich jetzt immer deutlicher in seinem Kopf ab, bis endlich Erregung in ihm aufkam und seine Atemzüge immer schneller wurden. Dann hielt er kurz die Luft an, kniff die Augen zusammen und legte seinen Kopf in den Nacken. Als sich wenig später seine Gesichtszüge entspannten, öffnete er seine Augen wieder und ein breites, zufriedenes Grinsen lag auf seinem Gesicht.

Aber er hatte noch nicht genug und ging zum zweiten Schauplatz weiter, der sich nur wenige Meter entfernt im Unterholz befand. Damals, im Mai 1991, hatte es ihm sein Opfer wesentlich schwerer gemacht.

Bedenkenlos war das Mädchen in seinen LKW eingestiegen. Sie wollte für ein paar Tage von zu Hause weg und er hatte ihr angeboten, sie mitzunehmen. Als er ihr auf einem Parkplatz die Hände um den Hals gelegt hatte, hatte sie sich mit Händen und Füßen gewehrt, mit ihren Fäusten auf seine Brust eingeschlagen, ihn gekratzt und sogar ein Haarbüschel auf seinem Kopf ausgerissen. Aber ihre Gegenwehr war letztlich umsonst gewesen. Seine kräftigen Hände hatten ihr so lange den Hals zugedrückt, bis sie ihn mit weit aufgerissenen Augen angestarrt hatte. Der ungleiche Kampf war beendet und er wusste, dass er ihr Leben für immer ausgelöscht hatte.

Später musste er auch noch den toten Körper in seinen VW-Bus umladen und die Gefahr war groß, dabei entdeckt zu werden. Doch er hatte es geschafft und hatte auch noch die Zeit gehabt, sie im Wald zu vergraben. Deshalb konnte sie erst jetzt gefunden werden.

Nach einigen Minuten des Innehaltens kam ein seltsames Glücksgefühl in ihm hoch. Ein Gefühl der Zufriedenheit, das er kannte und nicht zum ersten Mal durchlebte. Niemand außer ihm würde es verstehen, würde nachvollziehen können, wie er gerade empfand. Manchmal verstand er es selbst nicht.

Er schaute auf die Uhr, drehte sich um und machte sich auf den Weg zurück zu seinem Auto. Seine Freundin hatte bestimmt schon den Kaffeetisch gedeckt.

KAPITEL 23

Werner Wellinger saß im gemütlichen Frühstücksraum der kleinen Pension im Zentrum von Kirchzarten und genoss die Schwarzwälder Spezialitäten aus der hauseigenen Metzgerei und der Region. Nachdem er sich am reichhaltigen Frühstücksbuffet satt gegessen hatte, holte er sich noch eine Tasse Kaffee aus dem Automaten, räumte Teller und Besteck zur Seite und legte sein Notizbuch auf den Tisch. Nach dem Telefonat der vergangenen Woche, bei dem ihm sein alter Freund aus Mannheim, Kriminalhauptkommissar Günther Herzog, ausführlich über den Vermisstenfall Hanna Lorenz berichtet hatte, hatte er alle Informationen fein säuberlich zu Papier gebracht.

Er schaute auf die Uhr. Es war kurz nach neun und es blieb ihm noch etwas Zeit, denn er hatte sich erst für halb elf bei Veronika Esswein angekündigt. Vorher wollte er sich noch einmal seine Aufzeichnungen über die polizeilichen Ermittlungen anschauen. Er nahm sein Notizbuch in die Hand und begann zu lesen.

Die Mannheimerin Hanna Lorenz, siebzehn Jahre alt, stammte aus einer sozial schwachen Familie. Sie wohnte im Stadtteil Neckarstadt-West, einem Wohnbezirk, der nicht gerade zu den besten Wohnlagen Mannheims gehört. Da das Mädchen sehr eigenwillig war und in dubiosen Kreisen verkehrte, gab es im Elternhaus oft Streit. Als Hanna vor etwa zwei Jahren von heute auf morgen von der Bildfläche verschwunden war, war sich die Polizei nicht sicher, ob sie einfach nur abgehauen oder einem Verbrechen zum Opfer gefallen war. Der Fall konnte nicht abschließend gelöst werden, bis vor vier Wochen die sterblichen Überreste einer jungen Frau in einem Waldstück in der Nähe von Kirchzarten gefunden wurden und die halb skelettierte Leiche als Hanna Lorenz identifiziert werden konnte. Die kriminaltechnischen Untersuchungen ergaben, dass das Mädchen gewaltsam zu Tode gekommen war. Sie wurde erwürgt.

Die damals im Vermisstenfall ermittelnden Kriminalbeamten waren mein Freund Günther Herzog und dessen Partnerin, Kriminalkommissarin Julia Krämer. Die beiden hatten einen Verdächtigen im Visier. Es handelte sich um den zu diesem Zeitpunkt 42-jährigen Dieter Ruck, der weitläufig mit der Familie Lorenz befreundet war und dadurch das Mädchen kannte. Bei einer der vielen Befragungen hatte Hannas Mutter angedeutet, dass sich ihre Tochter nicht wohlfühlte, wenn Dieter zu Besuch war. Er würde sie immer so komisch anstarren, wenn er meinte, unbeobachtet zu sein. Aus den Augenwinkeln heraus hätte sie es jedes Mal bemerkt.

Als das Mädchen ihre Mutter darauf ansprach, tat diese es als Hirngespinst einer Teenagerin ab. Erst nach dem Verschwinden ihrer Tochter kam ihr die Sache wieder in Erinnerung. »Wenn meine Tochter nicht einfach abgehauen, sondern ihr etwas zugestoßen ist, dann steckt vielleicht Dieter dahinter.« Das waren damals ihre Worte.

Mein Freund Günther und Julia Krämer gingen dem Ver-
dacht nach und konfrontierten Dieter Ruck mit der Aussage
der Mutter. Je länger das Verhör dauerte, umso unsicherer
und nervöser wurde er und rutschte aufgeregt auf seinem
Stuhl herum. Aber er hatte ein Alibi. Rucks Freundin, Bar-
bara Haas, hatte ausgesagt, dass er zum Zeitpunkt des
Verschwindens des Mädchens bei ihr war und deshalb gar
nichts mit der Sache zu tun haben konnte. Aber weil Gün-
ther und Krämer der Überzeugung waren, auf eine heiße
Spur gestoßen zu sein, ließen sie nicht locker. Doch auch
nach weiteren intensiven Befragungen blieben Ruck und
seine Freundin hartnäckig bei ihrer Aussage und die bei-
den Kripobeamten mussten nach etwa einem halben Jahr
den Fall resigniert an die Cold-Case-Abteilung für Altfälle
abgeben.

Wellinger schlug sein Notizbuch zu und dachte nach. Sein
Freund hatte ihn eindringlich gebeten, sich der Sache
anzunehmen. Herzog hatte ihm geschildert, dass er ein
längeres Telefonat mit den Freiburger Kollegen Schreiner
und Köberlein geführt hatte. Dabei hatte er den Eindruck
gewonnen, dass die beiden nicht mit letzter Konsequenz
in Richtung Dieter Ruck ermitteln wollten. Sie trugen
vor, dass Rucks Alibi überprüft und nicht widerlegt worden sei und er daher zwangsläufig nicht als Mörder von
Hanna Lorenz in Frage komme. Dennoch versicherten
sie ihm, Ruck und seine damalige Freundin aufsuchen zu
wollen und insbesondere Ruck zu befragen, wo er sich an
Christi Himmelfahrt, am Tag der Ermordung von Martina Esswein, aufgehalten habe. Sollte Dieter Ruck auch
für diesen Tattag ein Alibi haben, würden sie ihn von der

Liste verdächtiger Personen streichen, und zwar für beide Mordfälle.

Wellinger trank seine Tasse leer und überlegte, wie er nun weiter vorgehen sollte. Schon einmal hatte er seinem Freund geholfen, einen Mörder zu stellen. Jetzt wollte er sich zumindest in der Gegend von Freiburg umhören und auch umschauen. Bereits gestern hatte er das besagte Waldstück bei Kirchzarten aufgesucht und die Fundorte der beiden Mädchenleichen inspiziert. Herzog hatte ihm den Weg dorthin beschrieben.

Er hätte schwören können, dass ihn jemand beobachtete, als er sich an den Leichenfundorten im Wald umsah. Vielleicht war es aber auch nur ein Reh oder ein Wildschwein, das ihn neugierig beäugte und sich über seine Anwesenheit im dichten Unterholz wunderte.

Als Nächstes musste er die aktuellen Adressen von Dieter Ruck und seiner damaligen Freundin, Barbara Haas, herausfinden und ihnen einen Besuch abstatten. Unabhängig davon, dass auch die Polizei in Freiburg beabsichtigte, die beiden zu befragen, wollte er persönlich mit ihnen sprechen. Er hatte vor, Barbara Haas nicht nur mit dem Mordfall Hanna Lorenz, sondern auch mit dem Mord an Martina Esswein zu konfrontieren. Er wollte ihr klarmachen, dass künftig weitere junge Mädchen dem Täter zum Opfer fallen könnten, falls ihr Freund mit den Mordfällen etwas zu tun hatte. Denn sollte sie ihm damals ein falsches Alibi verschafft haben, würde er unbehelligt bleiben und somit die Möglichkeit haben, weitere Gewalttaten zu begehen.

Weiterhin wollte Wellinger auch mit Veronika Esswein sprechen. Vor drei Tagen hatte er telefonischen Kontakt mit ihr aufgenommen. Zunächst hatte sie ein Treffen abgelehnt, ihn aber einen Tag später zurückgerufen und zugestimmt, dass er sie heute Vormittag gegen halb elf besuchen könnte. Ob etwas dabei herauskommen würde, wusste er nicht. Aber er wollte nichts unversucht lassen.

Dann wollte er abwarten, was die Freiburger Kripoleute bei ihren weiteren Ermittlungen herausfinden würden. Er hoffte, dass ihn Herzog darüber informieren könnte. Und dann würde er schließlich entscheiden, entweder den Fall weiter zu verfolgen oder sich zurückzuziehen.

Gedankenversunken schaute er aus dem Fenster und beobachtete eine Gruppe von Kindergartenkindern, die in Zweierreihen, von drei Erzieherinnen flankiert, händchenhaltend durch die Fußgängerzone marschierten. Die Jungen und Mädchen erinnerten ihn an seine eigene Kindheit. Er hatte gerne den Kindergarten besucht und einen Ausflug in den Wald oder in einen Park hatte er besonders gemocht.

Als die Pensionswirtin an den Tisch herantrat und ihn fragte, ob er noch einen Wunsch habe, wurde er aus seinen Gedanken gerissen.

»Nein danke, das Frühstück war perfekt. Ich muss jetzt gleich los«, antwortete er etwas verdattert. »Aber eines könnten Sie doch noch für mich tun. Können Sie mir bitte sagen, wie ich von hier aus zur Jakob-Saur-Straße komme?«

»Das ist ganz einfach«, erwiderte die Hausherrin.

»Am besten, Sie gehen zu Fuß. Sie laufen bis ans Ende der Fußgängerzone, dann biegen Sie links ab und gehen bis zur Höfener Straße. Dort geht es halb links in die Bahnhofstraße und nach den Bahnschienen biegen Sie die erste … nein, die zweite Straße links ab. Das ist dann die Jakob-Saur-Straße. Von hier aus zu Fuß sind es rund zehn Minuten.«

»Nehmen Sie sich doch vorne an der Rezeption einen Ortsplan mit«, schob sie schnell nach, als sie bemerkt hatte, dass ihr Gast sie ziemlich verdutzt anstarrte. Er bedankte sich, nahm sein Notizbuch und machte sich auf den Weg.

Etwa zehn Minuten später stand Wellinger vor der geschlossenen Schranke des Bahnübergangs. Kurz nachdem der Regionalzug vorbeigefahren war, fuhr die Schranke mit einem ächzenden Knarren wieder nach oben. Er überquerte die Gleise und bog die zweite Straße nach links in die Jakob-Saur-Straße ab.

Vor einem Mehrfamilienhaus mit hellgrauer Fassade und dunkelgrauen Kunststofffenstern blieb er stehen. Er ging den schmalen Weg zur Eingangstür, schaute auf das Namenstableau und klingelte. Als der elektrische Türöffner zu summen begann, drückte er die Tür auf und trat in den Hausflur.

»Herr Wellinger?«, rief eine weibliche Stimme von oben durch das Treppenhaus.

»Ja«, antwortete er.

»Kommen Sie bitte hoch. Zweiter Stock.«

Oben angekommen, reichte er Veronika Esswein zur Begrüßung die Hand. »Guten Morgen, Frau Esswein. Schön, dass ich kommen durfte.«

Nachdem sie seine Begrüßung erwidert hatte, bat sie ihn herein. Durch den schmalen Flur gelangte er in das Wohnzimmer und war überrascht, einen jungen Mann anzutreffen, der auf der Couch saß und ihn anlächelte. Der Fremde erhob sich.

»Guten Morgen, Herr Wellinger. Schön, Sie kennenzulernen. Mein Name ist Sebastian Ketterer. Ich bin ein guter Bekannter von Frau Esswein.« Sebastian reichte Wellinger die Hand. Erfreut nahm er den festen Händedruck des pensionierten Kriminalhauptkommissars wahr. *Der weiß, wo es lang geht*, dachte er.

Mit einer kurzen Handbewegung bat er den Gast, Platz zu nehmen. Wellinger rückte den Sessel etwas zur Seite, setzte sich und legte sein Notizbuch auf den Tisch. Sebastian nahm ihm gegenüber auf der Zweiercouch Platz.

»Darf ich Ihnen einen Kaffee bringen?«, fragte Veronika.

»Nein danke. Ich habe gerade ausgiebig gefrühstückt und schon mindestens drei Tassen getrunken«, erwiderte Wellinger.

»Aber zu einem Glas Wasser sage ich nicht nein.«

Veronika verschwand in der Küche und kam mit einem Glas Mineralwasser zurück, das sie vor ihrem Gast auf den Tisch stellte.

»Vielen Dank. Und danke nochmals, dass ich … dass ich in dieser für Sie so schweren Zeit kommen durfte.«

Für einen kurzen Moment presste Veronika ihre Lippen zusammen und ihr Blick wanderte nach unten auf den Boden. Sie wusste nicht, was sie antworten sollte. Doch dann schaute sie Wellinger an und nickte ihm zu.

»Ich muss mich auch bei Ihnen bedanken, Herr Wellinger. Dass Sie hierhergekommen sind und sich der Sache annehmen wollen«, sagte sie schließlich.

»Obwohl Sie das zunächst ja nicht wollten.«

»Das stimmt. Aber nachdem ich Sebastian, also Herrn Ketterer, von Ihrem Anruf berichtet habe und ihm sagte, dass ich ein Gespräch mit Ihnen abgelehnt habe, hat er mir geraten, Sie zurückzurufen und Sie doch noch herzubitten.«

Wellinger schaute Sebastian fragend an.

»Wissen Sie, Herr Wellinger, ich bin Polizist. Und im Rahmen meines Bachelorstudiums an der Polizeihochschule haben wir im Fach Justizirrtümer auch einen Fall durchgenommen, der sich vor gut einem Jahr in Mannheim ereignet hat. Eine Frau wurde in ihrer Wohnung ermordet und aufgrund von DNA-Spuren und manipulierten Beweismitteln wurde ein Obdachloser zu einer lebenslänglichen Freiheitsstrafe verurteilt. Zu Unrecht, wie sich später herausstellte, denn der wahre Mörder war sein Zwillingsbruder, von dem niemand etwas wusste. In Vorlesungen haben wir gelernt, dass eineiige Zwillinge genetisch identisch sind und über dieselbe DNA verfügen. Dies wurde dem Obdachlosen zum Verhängnis. Den Fall letztendlich gelöst hat dann ein pensionierter Kriminalhauptkommissar, nämlich Sie, Herr Wellinger.«

Wellinger nickte ihm zustimmend zu und Sebastian fuhr fort: »Damals sind Sie sogar an die spanische Costa Blanca gereist, um den Mörder zu stellen, der sich dann durch Freitod selbst richtete. Aber eines war noch wichtiger. Durch Ihren unermüdlichen Einsatz wurde ein Wiederaufnahmeverfahren des Strafprozesses durchgeführt und der unschuldig hinter Gittern sitzende Zwillingsbruder des Mörders kam wieder frei.«

»Ja, genau so war es«, pflichtete ihm Wellinger bei. Als er nachdenklich einen Schluck Wasser trank, merkten

Veronika und Sebastian ihm an, dass seine Gedanken in die Vergangenheit zurückschweiften.

»Als mir Veronika von Ihrem Anruf berichtete und dabei Ihren Namen erwähnte, habe ich ihr die Geschichte erzählt. Ich sagte ihr, es könne nicht schaden, wenn Sie sich in den Fall einschalten …«

»… und ihn lösen würden«, beendete Wellinger den Satz.

Veronika und Sebastian nickten synchron.

»Ich hoffe nur, dass ich Sie nicht enttäuschen werde.«

Dieses Mal schüttelten beide gleichzeitig den Kopf.

»Das werden Sie nicht«, sagte Veronika. »Ich denke, dass es von Vorteil ist, wenn nicht nur die Kripo in Freiburg ermittelt, sondern auch jemand von außerhalb, dem ich … dem wir vertrauen.« Sie blickte kurz zu Sebastian hinüber. »Und wir vertrauen Ihnen, Herr Wellinger. Im Grunde genommen ist es mir egal, wer den Fall löst. Hauptsache ist, dass der Mörder meiner Tochter gefasst wird und hinter Gitter kommt. Hoffentlich für immer«, ergänzte sie nach einer kurzen Atempause.

»Ja, das hoffe ich auch«, erwiderte Wellinger. »Frau Esswein, können wir über alles offen reden? Ich meine, im Beisein von Herrn Ketterer?«

Obwohl ihm eine gewisse Vertrautheit zwischen den beiden aufgefallen war, stellte er trotzdem diese Frage. Er wollte sichergehen, dass die Mutter des ermordeten Mädchens all seine Fragen bereitwillig beantworten und sich vor ihrem Bekannten nicht zurückhalten würde.

»Das können wir, Herr Wellinger. Ich habe keine Geheimnisse vor Sebastian.«

»Und wenn Sie nichts dagegen haben, würde ich Sie

gerne bei Ihren Ermittlungen unterstützen«, ergänzte Ketterer. »Zum einen möchte ich auch, dass Martinas Mörder so schnell wie möglich gefasst wird. Und zweitens kann ich bestimmt viel von Ihnen lernen, denn spätestens in einem Jahr möchte ich zur Kripo wechseln.«

Wellinger zog die Augenbrauen hoch. »Ich habe absolut nichts dagegen, wenn Sie mir helfen wollen. Im Gegenteil. Wissen Sie, Sie als Polizist können mir Türen öffnen, denn ich als Pensionär kann niemandem, den ich zu der Sache befragen möchte, einen Dienstausweis vorzeigen. Aber in Ihrer Begleitung würde das funktionieren. Gerne können Sie mich unterstützen, soweit es Ihre Zeit erlaubt.«

Mit einem Lächeln nickte ihm Sebastian zu.

»Ich bleibe noch bis Dienstag oder Mittwoch in Kirchzarten«, fuhr Wellinger fort. »Dann muss ich zurück nach Triberg, meine Mutter im Seniorenheim besuchen und ein paar Formalitäten mit der Heimleitung regeln. Bis dahin können Sie einige Dinge für mich herausfinden, falls Sie das wollen. Denn ich möchte auf keinen Fall, dass Sie auf Ihrer Dienststelle Schwierigkeiten bekommen.«

»Zunächst mal vielen Dank, Herr Wellinger, dass ich Sie unterstützen darf. Ich werde Ihnen bestimmt nicht im Wege stehen. Sagen Sie mir einfach, welche Informationen Sie von mir benötigen. Dann kann ich entscheiden, was ich an Sie weitergeben darf, ohne dass mir mein Chef einen Strick daraus dreht.«

Wellinger nickte Sebastian zu und schaute dann Veronika an. »Frau Esswein, nun zu Ihnen. Ich habe einige Fragen an Sie, was Ihre Tochter und deren Umfeld betrifft. Sind Sie bereit?«

»Ja, das bin ich«, antwortete Veronika und atmete tief durch.

Wellinger räusperte sich und schlug sein Notizbuch auf.

KAPITEL 24

Da er heute frei hatte und nicht zur Arbeit musste, hatte er eine weitere Nacht bei seiner Freundin verbracht. Sie hatten am Küchentisch gefrühstückt und während sie abzuräumen begann, schenkte er sich noch eine Tasse Kaffee nach.

»Wie lange bleibst du heute?«, fragte sie ihn.

»Mal sehen. Vielleicht können wir nachher in der Stadt noch eine Kleinigkeit essen gehen«, antwortete er achselzuckend.

»Da hab ich nichts dagegen. Und wann kommst du das nächste Mal wieder nach Freiburg?«

»Ich denke, übernächstes Wochenende, wenn es dir recht ist.«

»Du weißt, dass du jederzeit willkommen bist. Mir wäre es am liebsten, du würdest dir hier in der Umgebung eine Stelle suchen und dann zu mir ziehen. Dich immer nur an jedem zweiten oder dritten Wochenende um mich zu haben, das reicht mir vielleicht irgendwann nicht mehr. Was meinst du dazu?«

Er schaute sie an und durch seinen gleichgültigen Blick konnte sie seine Antwort erahnen.

»Ich lebe jetzt schon so lange allein. Und deshalb weiß

ich nicht, ob es eine gute Idee ist, zu dir zu ziehen. Vielleicht ist es besser, wenn wir uns nur alle zwei, drei Wochen sehen. Das klappt doch ganz gut. Wir kommen gut miteinander zurecht, aber ob das so bleiben würde, wenn wir zusammenwohnen und uns ständig auf der Pelle sitzen, das wissen wir beide nicht.« Er zuckte mit den Schultern, lehnte sich auf seinem Stuhl zurück und legte die Hände an den Hinterkopf.

»Das mag schon sein«, erwiderte sie. »Aber wenn wir es nicht ausprobieren, werden wir es nie erfahren. Und außerdem war ich noch nie bei dir. Ich weiß nicht mal, wo du genau wohnst und warum du nicht willst, dass ich dich besuchen komme.«

Als er genervt sein Gesicht verzog, wusste sie, dass es besser war, das Thema zu wechseln.

»Hast du eine Idee, wo wir heute Mittag essen gehen können? Vielleicht zum kleinen Italiener am Münsterplatz?«, fragte sie schnell. Er überlegte, doch bevor er antworten konnte, klingelte das Telefon. Sie ging in den Flur und nahm ab.

»Ja bitte?«

»Spreche ich mit Frau Barbara Haas?«, klang es durch den Hörer.

»Ja, die bin ich.«

»Mein Name ist Werner Wellinger. Sie kennen mich nicht, Frau Haas, aber meinen ehemaligen Kollegen, Kriminalhauptkommissar Günther Herzog, den kennen Sie. Er hat vor gut zwei Jahren in einem Vermisstenfall ermittelt und Sie damals nach Ihrem Freund, Dieter Ruck, befragt.«

Wellinger machte eine kurze Pause, um seine Worte wirken zu lassen.

»Frau Haas, sind Sie noch dran?«, fragte er schließlich, als es am anderen Ende der Leitung still blieb.

»Ja, ja, ich bin noch dran. Aber … aber warum rufen Sie mich denn überhaupt an? Die Sache … die Sache ist doch schon so lange her.«

»Das stimmt. Aber die Vermisste wurde erst kürzlich tot aufgefunden. An einem Ort, an dem man auch die Leiche eines weiteren Mädchens gefunden hat, das dieses Jahr an Christi Himmelfahrt ermordet wurde.«

»Und … und was habe ich damit zu tun?«

»Sie können mir helfen, Frau Haas. Oder besser gesagt, Sie können helfen, Leben zu retten. Ich hätte ein paar Fragen an Sie, aber nicht am Telefon. Und deshalb würde ich gerne zu Ihnen nach Freiburg kommen. Ihre Adresse habe ich. Momentan bin ich in Kirchzarten und könnte in einer dreiviertel Stunde bei Ihnen sein. Wäre Ihnen das recht?«

»Ich … ich weiß nicht. Das ist mir irgendwie unangenehm.«

»Frau Haas, das muss es nicht. Auf jeden Fall wären Sie mir eine große Hilfe und ich verspreche Ihnen, es dauert nicht lange, dann sind Sie mich auch schon wieder los.« Wellinger wartete.

»Frau Haas?«, wiederholte er, als er keine Antwort erhielt.

»Also gut«, sagte sie schließlich. Sie schaute auf die Uhr. »Kommen Sie um elf vorbei.«

»Vielen Dank, Frau Haas. Ich werde pünktlich da sein.«

Mit zittriger Hand legte Barbara Haas auf. Sie zog die unterste Schublade der Kommode auf und nahm eine Ausgabe der *Badischen Zeitung* heraus. Dann ging sie in die Küche zurück, setzte sich zu ihrem Freund, legte die

Zeitung vor ihm auf den Tisch und zündete sich eine Zigarette an.

Dieter Ruck sah seine Freundin mit offenem Mund an. Sie war kreidebleich. »Was ist los?«, wollte er wissen.

Haas zog kräftig an ihrer Zigarette, legte den Kopf ins Genick, spitzte die Lippen und blies formvollendete Rauchringe in die Luft, die langsam zur Zimmerdecke schwebten. Dann schaute sie ihrem Freund direkt in die Augen.

»Was los ist? Das frage ich dich auch«, antwortete sie schließlich in einem ihm unbekannten, barschen Ton. Sie schlug die Zeitung auf. »Hier, lies«, sagte sie nur und Ruck begann, den Artikel vom 9. Juni zu lesen.

DNA-Test identifiziert Leiche von Kirchzarten

Die vor zwei Wochen in einem Waldstück in der Nähe von Kirchzarten aufgefundene Leiche konnte jetzt identifiziert werden. Die Forensiker des Polizeipräsidiums Freiburg hatten das Gebiss mit zahnärztlichen Befunden vermisster Personen abgeglichen. Nach ersten positiven Ergebnissen wurde den Knochen DNA entnommen. Die DNA-Probe wies genügend Übereinstimmungen mit der DNA der Mutter der Toten auf. Zwangsläufig musste es sich bei dem Opfer um die seit Mai 1991 vermisste 17-jährige Hanna L. aus Mannheim handeln. Da die sterblichen Überreste der jungen Frau längere Zeit im Erdreich vergraben und stark verwest waren, war eine Identifizierung nicht sofort möglich. Laut Mitteilung der Staatsanwaltschaft wird die Leiche bis Ende der Woche zur Beerdigung freigegeben, damit sich die

Angehörigen offiziell verabschieden können. Die Kriminal-
polizei Freiburg wird nun prüfen, ob ein Zusammenhang
zwischen der vor zwei Jahren mutmaßlich gewaltsam zu
Tode gekommenen Mannheimerin und dem in unmittel-
barer Nähe des Leichenfundes tot aufgefundenen 14-jähri-
gen Mädchen aus Kirchzarten besteht.

Jetzt wurde auch Rucks Gesicht kreidebleich.

»Warum hast du mir nichts davon erzählt, als ich dich
vor zwei Tagen angerufen und dir meinen Besuch angekündigt habe?«, fragte er und schob die Zeitung zur
Seite.

»Weil ich hoffte, dass uns niemals mehr irgendjemand
wegen dieses vermissten Mädchens behelligen würde. Weil
ich hoffte, dass es noch eine andere Hanna L. aus Mannheim geben würde. Und weil ich hoffte, dass du nichts mit
der Sache, oder besser gesagt mit beiden Morden, zu tun
hast. Hast du?« Sie schaute ihn fragend an.

»Barbara, was soll ich denn mit diesen Fällen zu tun
haben?« Er rutschte unruhig auf seinem Stuhl herum.

»Sag du's mir.«

»Hältst du mich für einen Mörder? Traust du mir das
wirklich zu?«

Sie überlegte. »So, wie du dich mir gegenüber verhältst,
eigentlich nicht. Ich hatte noch nie den Eindruck, dass du
gewalttätig werden könntest. Aber …«

»Aber was?«, fiel er ihr ins Wort.

»Aber das Mädchen aus Mannheim wurde hier gefunden. Und unweit davon ein zweites Mädchen aus
Kirchzarten. Du warst früher oft in Mannheim und bis
heute besuchst du mich regelmäßig. Von Freiburg nach

Kirchzarten ist es nicht weit. Und … und ich musste damals die Polizei anlügen, musste denen sagen, dass du von Freitag bis Sonntag, als das Mädchen in Mannheim verschwunden ist, bei mir hier in Freiburg warst. Ich hab den Artikel aufgehoben, um dich irgendwann einmal darauf ansprechen zu können. Aber das hätte ich nicht getan, wenn sich die Polizei oder sonst wer nicht bei mir gemeldet hätte. Dann hätte ich die Zeitung weggeworfen und die Sache wäre für mich ein für alle Mal erledigt gewesen.«

Sie vergrub das Gesicht in ihren Händen. Er schaute sie an und versuchte, sich mit langen Atemzügen durch den offenen Mund zu beruhigen.

»Barbara …«, sagte er schließlich, so ruhig er nur konnte. »Barbara, du musst dich entscheiden. Wenn du willst, dass wir zusammenbleiben, von mir aus bis an unser Lebensende, dann glaub mir, dass ich nichts mit den Morden zu tun habe. Dann bleibe bei deiner Aussage und uns wird nichts passieren. Ja, sie haben mich damals verdächtigt, weil ich Hanna kannte. Und deshalb dachte ich, es sei besser, wenn du mir für den Tag ihres Verschwindens ein Alibi gibst. Dann lassen sie mich … dann lassen sie uns in Ruhe. Jetzt ist die Sache nur deshalb nochmal hochgekocht, weil ein weiteres Mädchen ermordet und fast an gleicher Stelle wie Hanna aufgefunden worden ist. Da ist es gut möglich, dass es sich um den gleichen Täter handelt. Aber ich bin es nicht gewesen. Das schwöre ich dir.«

Verlegen schaute Haas zu Boden. Sie wusste nicht, was sie erwidern sollte.

»War das vorhin die Polizei? Ich meine, am Telefon?«, wollte er wissen.

Haas schüttelte den Kopf. »Nein, das war ein Herr Wellinger. Er sagte, er sei ein alter Kollege von Günther Herzog. Das ist der Hauptkommissar, der damals ermittelt hat.«

»Ich weiß«, erwiderte Ruck.

Haas schaute auf die Uhr. »Der kommt in einer Viertelstunde vorbei.«

»Warum hast du ihn denn nicht einfach abgewimmelt?«, schnaubte er verärgert. »Unser gemeinsames Mittagessen in der Stadt können wir jetzt knicken, denn ich verschwinde lieber, bevor der hier eintrudelt.« Er erhob sich und auch Haas stand von ihrem Stuhl auf, umarmte ihn und legte ihren Kopf an seine Brust.

»Dieter, egal was passiert. Ich stehe zu dir.«

»Dann ist es besser, du erzählst ihm, dass du mich schon lange nicht mehr gesehen hast und nicht weißt, wo ich mich momentan aufhalten könnte.«

»Siehst du, es ist gar nicht so schlimm, dass du meine Adresse nicht kennst. Dann musst du auch nicht lügen«, schob er nach einer kurzen Pause nach. »Und wenn die Polizei auftaucht, erzählst du denen genau das Gleiche.«

»Verlass dich drauf.« Sie umarmte ihn und küsste ihn leidenschaftlich auf den Mund. Doch er erwiderte ihren Kuss nicht, sondern schob sie von sich und ging ins Schlafzimmer, um seine Sachen zusammenzupacken.

Barbara Haas ging in den Flur und legte den Zeitungsartikel wieder in die Kommode zurück. Dann räumte sie eiligst den Frühstückstisch in der Küche ab und wartete, bis ihr Freund aus dem Schlafzimmer trat. Wortlos schob er sich an ihr vorbei und während er zur Tür ging, spürte er ihren Blick wie ein Messer zwischen seinen Schultern.

»Bis übernächstes Wochenende. Falls nichts dazwischenkommt«, sagte er, und bevor sie etwas erwidern konnte, drehte er sich um und zog die Tür ins Schloss.

Vor wenigen Minuten hatte sich Christiane Emsland von den beiden Kriminalhauptkommissaren Köberlein und Schreiner mit den Worten »Ich wünsche Ihnen viel Erfolg« verabschiedet.

Nachdem sie am Wochenende aus dem Krankenhaus entlassen worden war, hatte sie sich am frühen Morgen umgehend bei Kriminalhauptkommissar Schreiner telefonisch gemeldet. Bereits am Telefon hatte sie ausgesagt, dass ihr in Untersuchungshaft sitzender Freund nichts mit dem Mord an Martina Esswein zu tun haben könne, da er am Tattag bei ihr übernachtet habe. Dennoch bestellte Schreiner sie ein. Er und sein Kollege Köberlein wollten sie noch ein letztes Mal befragen und sie ein schriftliches Protokoll unterschreiben lassen.

Sollten die beiden Kripomänner keine Zweifel an der Glaubwürdigkeit ihrer Aussage haben, würden sie Kolja Baumann endgültig als Tatverdächtigen streichen. Und so kam es auch. Emsland war auf das Polizeipräsidium gekommen und hatte den beiden Kriminalbeamten geschildert, bei der ersten Befragung im Krankenhaus verwirrt gewesen zu sein und dadurch ihren Freund versehentlich belastet zu haben. Deshalb wollte sie jetzt mit ihrer Aussage klarstellen, dass Kolja abends an Christi

Himmelfahrt bei ihr gewesen war und die Nacht mit ihr verbracht hatte.

Weiterhin hatte sie den beiden Polizisten mitgeteilt, dass sie ihrem Freund nicht verzeihen könne, was er ihr im Dietenbachpark angetan hatte. Sie hoffe, dass er eine gerechte Strafe erhalten würde, und war sich sicher, dass sie nie mehr etwas mit ihm zu tun haben wolle. »Er ist für mich gestorben«, sagte sie mit ernster Miene.

Köberlein und Schreiner klärten sie darüber auf, dass sie für diesen Fall nicht zuständig waren und es auch nicht in ihrer Hand liegen würde, über Kolja Baumann zu urteilen.

Nachdem Christiane Emsland das schriftliche Protokoll ihrer Aussage unterschrieben hatte, bedankten sich die beiden Polizisten und teilten ihr mit, dass die Sache für sie nun erledigt sei. Dann begleitete Schreiner sie zur Tür.

Zurück im Büro setzte er sich an den Schreibtisch und schaute auf die Uhr. »Marc, nachher müssen wir beim Chef antreten. Wir sollen ihn über den neuesten Stand der Ermittlungen in den Mordfällen Lorenz und Esswein informieren. Aber was in aller Welt sollen wir ihm denn berichten?«

»Das weiß ich auch nicht so genau«, erwiderte Köberlein. »Neu ist nur, dass wir uns von Kolja Baumann als Tatverdächtigen endgültig verabschieden können. Aber davon ging Meerfeld ohnehin schon aus. Nur wir zwei Deppen nicht. Wir haben uns mit Baumann vergaloppiert.«

»Aber so was von«, pflichtete Schreiner ihm bei, stützte die Ellbogen auf der Tischplatte auf, legte sein Kinn in die Hände und schaute sein Gegenüber mit ernster Miene an. Er konnte die Ratlosigkeit im Gesicht seines Kollegen ablesen. Doch auch er wusste momentan nicht weiter.

156

»Marc«, sagte er schließlich. »Wir müssen die Sache abhaken. Und wir dürfen gar nicht so sehr auf die bisherigen Ermittlungsergebnisse eingehen, die ohnehin nicht vorhanden sind. Wir sollten versuchen, das Gespräch beim Chef hauptsächlich auf die Schritte zu lenken, die wir als Nächstes zu tun gedenken. Wir haben uns ja schon Gedanken darüber gemacht. Und vielleicht können wir damit bei ihm punkten.«

»Uns wird nichts anderes übrigbleiben. Aber Thommy, wenn ich dich so reden höre, dann kommt es mir vor, dass es dir wichtiger ist, beim Chef gut dazustehen, als den Fall zu lösen.«

»Jetzt mach aber mal einen Punkt«, entgegnete Schreiner mit hochrotem Kopf und schlug mit der Faust auf den Tisch. »Ich will genau wie du den Fall so schnell wie möglich lösen. Und genau wie du will ich dieses Schwein finden, das zwei junge Mädchen bestialisch umgebracht hat. Nur das ist wichtig, nur das zählt. Den Mörder zu stellen. Und was Meerfeld von uns denkt, das spielt momentan überhaupt keine Rolle. Das kommt erst viel später.«

»Dann sind wir uns ja einig«, antwortete Köberlein. »Tut mir leid, Thommy«, sagte er jetzt wieder in einem ruhigen Ton. »Es ist einfach so, dass nach dem Fehlschuss mit Baumann bei mir die Nerven blank liegen und …«

»Meinst du, bei mir nicht?«, fiel ihm Schreiner ins Wort.

»… und erst recht, weil wir sonst nichts vorzuweisen haben«, beendete Köberlein den Satz. Er schaute auf die Uhr. »Wir müssen jetzt los. Meerfeld wird uns schon nicht den Kopf herunterreißen.«

Sie nickten sich zu, klemmten ihre Unterlagen unter den Arm und gingen zur Tür.

KAPITEL 25

Pünktlich um elf Uhr stand Wellinger vor der Haustür in der Sulzburger Straße, die sich im Freiburger Stadtteil Weingarten befand. Nachdem er festgestellt hatte, dass die Adresse, die ihm sein Freund Herzog aus der zwei Jahre alten Ermittlungsakte »Hanna Lorenz« hatte zukommen lassen, nicht mehr aktuell war, hatte er sich die Telefonnummer und die neue Anschrift von Barbara Haas aus dem örtlichen Telefonbuch herausgesucht.

Haas war vor einem halben Jahr vom Franz-Geiler-Platz im Stadtteil Stühlinger in den Stadtbezirk Weingarten umgezogen. Dies konnte Kriminalhauptkommissar Günther Herzog nicht wissen. Und er konnte auch nicht wissen, dass sich die Sulzburger Straße in unmittelbarer Nähe zur Bugginger Straße befand, in der sich Martina Esswein an einem Kiosk eine Flasche Wein gekauft hatte und das letzte Mal lebend gesehen worden war. Sollte Dieter Ruck immer noch mit Barbara Haas befreundet sein und sie regelmäßig in Freiburg besuchen, wäre es nicht unwahrscheinlich, dass er an Christi Himmelfahrt auf Martina Esswein getroffen und diese Begegnung dem Mädchen zum Verhängnis geworden war.

Zwar kannte Herzog noch alle Einzelheiten im Fall Hanna Lorenz, nicht aber im Mordfall Martina Esswein. Hierüber hatten ihm die Freiburger Kollegen nur am Rande berichtet und daher wusste er nur, dass beide Mädchenleichen in unmittelbarer Nähe zueinander aufgefunden worden waren. Weitere Hintergründe kannte er nicht und konnte sie somit auch nicht an seinen Freund Wellinger weitergeben.

Laut Ermittlungsakte hatte Dieter Ruck damals in Appenwihr, einer kleinen elsässischen Gemeinde in der Nähe von Colmar, gewohnt. Ob er sich dort immer noch aufhielt, hatte Wellinger noch nicht überprüft. Zunächst wollte er mit Barbara Haas sprechen.

Bevor er klingelte, schaute er sich um. Denn wie am Samstag im Waldstück bei Kirchzarten, hatte er wieder das Gefühl, beobachtet zu werden. Als er niemanden sah, schüttelte er den Kopf und drückte den Klingelknopf.

»Guten Morgen, Frau Haas«, begrüßte er die Frau, als sich die Tür geöffnet hatte. Er reichte ihr die Hand und sie bat ihn, einzutreten. Nachdem er Platz genommen hatte, musterte er sein Gegenüber. Dank der Informationen, die ihm Herzog hatte zukommen lassen, wusste er, dass sie dreiundvierzig Jahre alt und verwitwet war. Vor gut vier Jahren hatte ihr Mann einen tödlichen Arbeitsunfall gehabt. Seither bezog sie eine Hinterbliebenenrente. Da das Geld nicht ausreichte, arbeitete sie halbtags bei der Deutschen Bundespost im Bereich der Sendungsverteilung.

Barbara Haas trug schwarze Jeans, darüber eine beige Bluse. Sie hatte langes, dunkelblondes Haar, das ihr auf die Schultern fiel. In ihren dunkelbraunen Augen konnte Wellinger ein nervöses Zucken ausmachen.

Schon in seiner aktiven Zeit bei der Kripo in Mannheim galt er als Meister im Deuten der Körpersprache. Er hatte die seltene Gabe, bei Zeugen und Tatverdächtigen das kleinste Blinzeln, das winzigste Zittern oder das leichteste Zucken der Mundwinkel wahrzunehmen. Nichts blieb ihm verborgen.

»Frau Haas«, sagte er schließlich. »Nochmals vielen Dank, dass ich kommen durfte. Wie ich Ihnen am Telefon schon sagte, bin ich ein ehemaliger Kollege von Kriminalhauptkommissar Günther Herzog, der vor gut zwei Jahren in einem Vermisstenfall ermittelt hat. Es handelte sich um die siebzehnjährige Hanna Lorenz aus Mannheim. Da ihr damaliger Freund, Dieter Ruck, das Mädchen kannte, wurde er verdächtigt, mit dem Verschwinden etwas zu tun zu haben. Deshalb hat man Sie damals befragt und Sie hatten ausgesagt, dass sich ihr Freund zum Zeitpunkt des Verschwindens der jungen Frau bei Ihnen in Freiburg aufgehalten hatte und daher nichts damit zu tun haben konnte.«

Wellinger machte eine kurze Pause. Außer dem nervösen Zucken der Augenlider konnte er keine weitere Reaktion an Haas erkennen. Dann fuhr er fort.

»Die Vermisste wurde kürzlich in der Nähe von Kirchzarten tot aufgefunden. An einem Ort, an dem man auch die Leiche eines weiteren Mädchens vorgefunden hat. Beide sind einem Gewaltverbrechen zum Opfer gefallen. Frau Haas, nun stellt sich mir die Frage, ob Sie immer noch mit Dieter Ruck in Kontakt stehen, beziehungsweise ob er Sie noch regelmäßig in Freiburg besucht.«

»Mir stellt sich aber auch eine Frage, Herr Wellinger«, entgegnete Haas und war sichtlich bemüht, unbeeindruckt zu wirken.

»Und die wäre?«

»Warum wollen Sie das überhaupt wissen? Sie sagten,

Sie wären ein ehemaliger Kollege von Hauptkommissar Herzog. Das heißt doch, dass Sie nicht mehr bei der Polizei arbeiten. Und das heißt auch, dass Sie die Sache gar nichts angeht und ich Ihnen auch nicht antworten muss.«

»Da haben Sie vollkommen recht, Frau Haas. Sie müssen mir nicht antworten. Aber wenn Herr Ruck sich immer noch regelmäßig in Freiburg aufhält, dann ist es nicht auszuschließen, dass er mit den Mordfällen etwas zu tun hat. Dann können Sie Leben retten, dann können Sie weitere Taten verhindern. Deshalb frage ich Sie noch einmal. Stehen Sie mit ihm noch in Kontakt? Hält sich Dieter Ruck noch in der Gegend auf? Vor zwei Jahren war er in einer kleinen Gemeinde im Elsass gemeldet.«

»Ich weiß. Damals hat er in Appenwihr gewohnt. Aber kurze Zeit später ist er umgezogen. Wohin, weiß ich nicht, denn der Kontakt ist dann abgebrochen und seither habe ich ihn nicht mehr gesehen. Ich weiß nicht, was aus ihm geworden ist und wo er sich aufhält. Das ist mir auch egal. Und deshalb kann ich Ihnen nicht weiterhelfen.« Sie zuckte mit den Schultern.

Wellinger schaute ihr direkt in die Augen. Er konnte ihr ansehen, dass sie log. Deshalb versuchte er es noch einmal.

»Frau Haas, es mag sein, dass Dieter Ruck gar nichts mit den Morden zu tun hat. Dann ist die Sache ein für alle Mal erledigt. Aber wenn Sie mir nicht die Wahrheit sagen und es sich später herausstellen sollte, dass er doch die Mädchen umgebracht hat, dann haben Sie einen Mörder gedeckt, und das ist strafbar. Also frage ich Sie noch ein letztes Mal: Wissen Sie, wo er sich aufhält? Sind Sie noch mit ihm befreundet? Und besucht er Sie regelmäßig hier in Freiburg?«

Wieder begannen ihre Augenlider leicht zu zucken. Sie öffnete den Mund, holte tief Luft, dann antwortete sie:

»Ich habe ihn seit ... seit eineinhalb Jahren nicht mehr gesehen. Ich kann Ihnen nicht helfen. Bitte gehen Sie und lassen Sie mich in Ruhe.«

Wellinger schüttelte den Kopf. »Schade. Ich hatte gehofft, dass Sie mir helfen würden. Dass Sie eher mit mir reden wollen als mit der Polizei. Denn die wird sich bestimmt auch noch bei Ihnen melden. Da bin ich mir sicher.«

Er erhob sich, reichte ihr wortlos die Hand und ging zur Tür.

POLIZEIPRÄSIDIUM FREIBURG, ETWA ZUR GLEICHEN ZEIT

Köberlein und Schreiner standen vor dem Büro ihres Chefs und schauten sich an.

»Bereit?«, fragte Köberlein. Als ihm sein Kollege zunickte, klopfte er an die Tür. Nachdem ein lautes »Herein« ertönte, traten sie ein.

Meerfeld saß nicht an seinem Schreibtisch, sondern hatte am runden Besprechungstisch vor dem großen Fenster, das zur Bissierstraße hinausging, Platz genommen. Das war schon ungewöhnlich. Aber noch ungewöhnlicher war, dass Kriminalhauptkommissar Waldemar Gutmann mit am Tisch saß.

»Guten Morgen, die Herren. Nehmen Sie doch bitte Platz. Herrn Gutmann muss ich Ihnen wohl nicht vorstellen. Der gehört hier ja schon zum Inventar.«

Gutmann nickte den beiden zu, die ihn nur verdutzt anstarrten. »Guten Morgen, Herr Meerfeld, guten Morgen, Herr Kollege«, sagte schließlich Köberlein, während Schreiner einen Kloß im Hals zu haben schien, hörbar schluckte und dann nur ein kurzes »Moin« über die Lippen brachte. Sie nahmen Platz und legten ihre Unterlagen auf den Tisch.

Sie kannten Waldemar Gutmann nur zu gut. Er war ein erfahrener Hauptkommissar mit einer Verbrechensaufklärungsquote, die im Polizeipräsidium Freiburg ihres Gleichen suchte. Gutmann war einundsechzig Jahre alt, knapp einssiebzig groß, hatte graumeliertes Haar und eine untersetzte Figur mit Bauchansatz. Er hatte ein Faible für breite, stylische Hosenträger, die er auch heute trug und die in keinster Weise altbacken wirkten, sondern echte Hingucker waren.

Köberlein und Schreiner ahnten schon, was seine Anwesenheit zu bedeuten hatte. Waren sie doch zu einem Gespräch beim Chef geladen, um über die Mordfälle Lorenz und Esswein zu berichten. Und diese turnusmäßigen Besprechungen fanden normalerweise zu dritt statt. Doch heute war eine vierte Person dabei, die ihnen Kriminalrat Meerfeld, so vermuteten sie, vor die Nase setzen würde.

»So meine Herren, Sie ermitteln in den Mordfällen Lorenz und Esswein. Dann schießen Sie mal los und berichten uns, was es Neues gibt. Wer will?« Mit einer Handbewegung deutete Meerfeld zunächst auf Köberlein, dann auf dessen Kollegen.

»Das mache ich, Herr Meerfeld«, sagte Köberlein schließlich und begann mit seinem Bericht.

»Im Mordfall Esswein haben wir umfangreich recherchiert, und zwar nach ähnlichen Mordfällen und auch nach unaufgeklärten Mordfällen, in denen die Opfer erwürgt worden sind. Zudem haben wir nach Straftätern gesucht, oder besser gesagt nach Mördern junger Frauen, die ihre Zeit abgesessen haben und in den letzten Jahren wieder auf freien Fuß gesetzt worden sind, et cetera et cetera. Einige dieser Kandidaten schieden von vornherein aus. Entweder, sie sitzen schon wieder im Gefängnis oder sie leben ganz einfach nicht mehr. Und die wenigen, die übrig geblieben sind, haben wir überprüft. Leider mit dem Ergebnis, dass alle ein wasserdichtes Alibi haben und wir sie als Täter ausschließen können.«

Köberlein machte eine kurze Pause, um Meerfeld die Möglichkeit zu geben, eine Frage zu stellen. Doch die blieb aus und er fuhr fort.

»Ja, und Kolja Baumann, der wegen der Geschichte im Dietenbachpark in U-Haft sitzt, den können wir jetzt auch von der Liste streichen, denn heute Vormittag war seine Freundin da und hat glaubhaft ausgesagt, dass er zur Tatzeit bei ihr war. Ihre Aussage hat sich voll und ganz mit Baumanns Schilderungen vom Abend des Vatertags gedeckt. Deshalb haben wir keine Zweifel an der Richtigkeit, aber das wussten Sie ja schon lange vor uns.«

Meerfeld zog die Augenbrauen hoch und nickte ihm zu. »Tja, eine falsche Tür ist eben schnell geöffnet, aber dann haben Sie es versäumt, sie rechtzeitig wieder zuzumachen. Und deshalb stehen Sie jetzt immer noch mit leeren Händen da.«

»Ja, leider«, erwiderte Köberlein.

»Und wie sieht es im Fall Lorenz aus? Konnten Sie schon etwas herausfinden, eine Verbindung zum Mordfall Esswein herstellen?«, wollte Meerfeld wissen.

»Bisher noch nicht. Hauptkommissar Herzog aus Mannheim hat uns zwischenzeitlich die Ermittlungsakte zukommen lassen. Wir vermuten, dass beide Mädchen von ein und demselben Täter umgebracht worden sind. Aber wie gesagt, das ist momentan erst eine Vermutung. Als Nächstes wollen wir …«

»Was Sie als Nächstes unternehmen wollen …«, unterbrach ihn Meerfeld scharf, »… welche Schritte Sie als Nächstes einleiten wollen, das stimmen Sie künftig mit Hauptkommissar Gutmann ab. Denn ab sofort arbeiten Sie zu dritt. Und kommen Sie bloß nicht auf die Idee, gegen den Strom schwimmen zu wollen. Über Herrn Gutmann brauch ich Ihnen nichts zu erzählen. Er ist einer der Besten, den ich je im Morddezernat hatte. Sie beide können von seiner Erfahrung profitieren, können von ihm lernen. Sehen Sie es als Chance, mit ihm zusammenzuarbeiten. Immerhin haben wir zwei Mordfälle. Und bevor es noch einen dritten gibt, möchte ich, dass Sie … dass Sie gemeinsam den Kerl zur Strecke bringen. Dann können Sie den Erfolg auch ein Stück weit für sich verbuchen. Also, Herr Köberlein, Herr Schreiner, irgendwelche Einwände?«

»Nein«, antwortete Köberlein, und nachdem Meerfeld seinen Blick auf Schreiner gerichtet hatte, antwortete auch dieser mit einem kurzen »Nein«.

»Gut, dann sind wir uns ja einig.« Kriminalrat Meerfeld räusperte sich und gab damit zu verstehen, dass er die Besprechung für beendet ansah. Die drei Hauptkommissare erhoben sich und bei der Verabschiedung von ihrem Chef sagte Gutmann: »Kurt, wir werden dich nicht enttäuschen. Wir finden das Schwein.«

Draußen auf dem Flur reichte er Köberlein und

Schreiner mit den Worten »Meine Herren, auf eine gute Zusammenarbeit« die Hand. Er schaute auf die Uhr. »Wollen wir uns in zehn Minuten im kleinen Besprechungszimmer treffen?« Sie nickten ihm zu.

Bereits am Nachmittag suchten Köberlein und Schreiner Barbara Haas zu Hause auf. Wie bei Wellinger endete auch diese Befragung mit einer Lüge. Haas blieb dabei, mit dem Verdächtigen, Dieter Ruck, schon lange nicht mehr in Kontakt zu stehen. Sie verschwieg auch, dass sie bereits am Vormittag Besuch von einem ehemaligen Polizisten gehabt hatte.

»Thommy, wenn wir im Präsidium zurück sind, müssen wir uns als Erstes mit den französischen Kollegen in Verbindung setzen«, sagte Köberlein, als sie in ihren Dienstwagen eingestiegen waren. »Die können für uns rausfinden, ob Ruck innerhalb von Frankreich umgezogen ist. Und wenn ja, wo er jetzt gemeldet ist. Vielleicht wohnt er auch wieder in Deutschland. Und wenn wir ihn gefunden haben, dann laden wir ihn vor.«

»Genau, Marc«, stimmte Schreiner ihm zu und startete den Motor.

KAPITEL 26

Am Vormittag hatte Wellinger von seiner Pension aus mit Sebastian Ketterer telefoniert und ihn gefragt, ob er schon etwas herausfinden konnte. Bereits tags zuvor hatte Wellinger den Polizeikommissar gebeten, den momentanen Aufenthaltsort von Dieter Ruck ausfindig zu machen.

»Können wir uns treffen?«, fragte Wellinger, nachdem ihm Sebastian mitgeteilt hatte, mit den französischen Amtskollegen bereits gesprochen zu haben.

»Wir sollten uns unbedingt treffen«, antwortete Sebastian. »Ich hab heute Nachmittag um fünfzehn Uhr Dienstschluss. Dann gehe ich kurz heim, mich umziehen. Wie wär's um halb vier?«

»Das würde passen«, erwiderte Wellinger. »Und wo?«

»Sie wohnen doch in der Pension am Anfang der Fußgängerzone. Ein paar Hundert Meter weiter befindet sich auf der linken Seite ein kleines Bistro. Wäre das okay?«

»Perfekt. Bitte kommen Sie allein.«

»Das heißt, ich soll Frau Esswein nicht Bescheid geben?«

»Korrekt«, erwiderte Wellinger. »Ich erkläre es Ihnen heute Nachmittag. Bis dann, Herr Ketterer.«

Nach dem Mittagessen, das Wellinger in seiner Pension eingenommen hatte, packte er seinen kleinen Koffer und verfrachtete ihn ins Auto, denn er wollte gleich nach dem Treffen mit Ketterer nach Triberg zurückfahren. Danach zahlte er an der Rezeption die Zimmerrechnung und machte sich auf den Weg.

Er schlenderte durch die Kirchzartener Fußgängerzone und kam nach wenigen Minuten am Treffpunkt an. Er trat ein und setzte sich an einen kleinen Tisch im hinteren Bereich.

Sehr gemütlich, dachte er und sah sich im Bistro um. Die Tische und Stühle waren aus schlichtem dunklem Holz. Vor dem schweren Tresen standen sechs Barhocker, deren Sitzflächen mit weinrotem Kunstleder bezogen waren. Darüber befand sich ein an der Decke befestigtes Brett mit leeren Wein- und Biergläsern. An der Wand hinter der Theke stand ein mit bläulichem Licht beleuchtetes Regal, das von oben bis unten mit den verschiedensten Spirituosen bestückt war. Wellinger erkannte hauptsächlich französische Cocnacs und Liköre wie Remy Martin, Pierre Ferrand, Pastis und Pernod.

Vorne am Fenster saßen zwei junge Damen, die angeregt miteinander plauderten und dafür sorgten, dass ihr albernes Kichern die Stille im Schankraum in regelmäßigen Abständen unterbrach.

Zwei Tische weiter saß ein älterer Herr, der gedankenversunken aus dem Fenster sah und dabei den Stiel seines leeren Rotweinglases zwischen Zeigefinger und Daumen hin und her bewegte. Rechts neben Wellinger war die Tür zu den Toiletten, daneben hing ein großer Spiegel mit einem verschnörkelten, goldfarbenen Rahmen. Die

Ausstattung und die Atmosphäre erinnerten Wellinger an ein Pariser Straßencafé.

»Guten Tag, der Herr, was darf's sein?«, fragte der Kellner, als er an Wellingers Tisch trat.

»Nur ein Glas Wasser, danke.«

»Das Gleiche bitte für mich«, sagte plötzlich jemand, der hinter dem Kellner stand. Es war Sebastian, der von beiden unbemerkt das Bistro betreten und sich dem Tisch genähert hatte. Er reichte Wellinger die Hand und setzte sich neben ihn.

»Nett hier«, sagte Wellinger.

»In der Tat«, erwiderte Sebastian. »Nach Feierabend komme ich gelegentlich hierher, um mit einem Gläschen Wein den Kopf freizubekommen und einfach mal abzuschalten. Der Wirt ist Franzose und kommt ursprünglich aus Sète in Südfrankreich. Seine Frau ist von hier und hat ihn vor Jahren in dem Hotel, in dem er arbeitete, kennengelernt. Ein halbes Jahr später waren sie ein Paar, er zog zu ihr nach Kirchzarten und eröffnete dieses nette Bistro, das von den Einheimischen sehr gut angenommen wird.«

Zwischenzeitlich hatte der Kellner die Getränke auf den Tisch gestellt. Beide nahmen ihre Gläser in die Hand und prosteten sich zu.

»Herr Wellinger, warum haben Sie mich ausdrücklich darum gebeten, allein zu kommen?«, wollte Sebastian wissen, als er sein Glas wieder auf dem Tisch abgestellt hatte. »Immerhin saßen Frau Esswein, Sie und ich am Sonntag eine gute Stunde zusammen. Da hat es doch auch keine Geheimnisse gegeben.«

»Das stimmt schon. Aber am Sonntag ging es hauptsächlich darum, mir ein Bild über das Umfeld der Tochter von Frau Esswein machen zu können. Ich wollte ausschließen, dass jemand aus dem Freundeskreis, ein Mitschüler, ein Bekannter aus dem Sportverein, oder vielleicht ein abgewiesener Verehrer für den Mord in Frage kommen kann. Und nachdem, was mir Frau Esswein geschildert hat, war ich mir sicher, dass ich in diese Richtung nicht weiter zu ermitteln brauche.«

»Dafür aber in Richtung Dieter Ruck, dessen Adresse ich für Sie herausfinden sollte?«

»Sie haben es erfasst«, erwiderte Wellinger. »Und da ich Ihnen heute erzählen möchte, was es mit Dieter Ruck auf sich hat, wollte ich nicht, dass Frau Esswein dabei ist und mithört. Denn ich möchte nicht, dass sie als Mutter des Opfers den Namen der in meinen Augen hauptverdächtigen Person aufschnappt, bevor wir eine hundertprozentige Beweislage haben und Ruck verhaftet werden kann. Sie können ihr gerne berichten, dass ich einer heißen Spur nachgehe, aber bitte, ohne den Namen zu nennen. Kann ich mich da auf Sie verlassen?«

Sebastian überlegte kurz, bevor er antwortete. »Sie können sich auf mich verlassen. Ich werde Veronika nichts sagen, auch wenn es mir schwerfällt.«

»Dachte ich mir, dass es Ihnen schwerfällt. Sie beide wirkten so vertraut. Und, wenn ich das sagen darf, Sie geben ein schönes Paar ab.«

»Noch ist es nicht so weit.«

»Aber Sie sind auf einem guten Weg dorthin«, sagte Wellinger mit einem Schmunzeln. »Doch nun zurück zum Thema. Konnten Sie herausfinden, ob Ruck noch in diesem elsässischen Appenwihr wohnt?«

»Hm, ich konnte nur herausfinden, dass er nicht mehr

170

dort wohnt, denn er ist zwischenzeitlich umgezogen. Und das Schlimmste ist, dass die französischen Kollegen nicht wissen, wohin, und folglich auch nicht wissen, wo er sich momentan aufhält. Sie konnten keine neue Adresse ausfindig machen.«

Wellinger runzelte die Stirn. »Wieso das denn? Wieso können die diesen Kerl nicht finden?«

»Das liegt daran, dass es in Frankreich keine Einwohnermeldeämter wie bei uns gibt.«

»Verstehe.«

»Und dann hat sich mein Gesprächspartner auch noch gewundert, dass ich seitens der Polizei Kirchzarten nachgefragt habe, obwohl doch gerade eine Stunde zuvor ein Hauptkommissar aus Freiburg sich über Dieter Ruck erkundigt hatte. Um aus der Nummer rauszukommen, hab ich ihm gesagt, dass es wohl an der mangelnden Kommunikation gelegen hat und ich mich künftig besser mit der Kripo in Freiburg absprechen werde.«

»Hat er sich damit zufrieden gegeben?«

»Ja, hat er. Aber Herr Wellinger, jetzt sind Sie an der Reihe. Erzählen Sie mir bitte doch mal, warum die Kripo Freiburg und auch Sie herausfinden wollen, wo sich Dieter Ruck aufhält.« Sebastian trank einen Schluck, stellte das Glas wieder ab und sah Wellinger gespannt in die Augen.

»Ja, jetzt bin ich dran. Aber nochmal, Herr Ketterer. Was Sie jetzt hören, ist nur für Sie bestimmt.« Sebastian nickte und Wellinger begann zu erzählen.

»Vor etwa zwei Jahren ist die siebzehnjährige Hanna Lorenz aus Mannheim spurlos verschwunden. Damals war Dieter Ruck bei einer Sägemühle in der Nähe von Todtnau beschäftigt und pendelte als Kraftfahrer zwischen

Mannheim und dem Schwarzwald ständig hin und her. Fast wöchentlich belieferte er mit seinem Lastkraftwagen verschiedene Holzhändler in Mannheim und Umgebung. Dieter Ruck kannte das Mädchen, er war ein Bekannter der Familie. Deshalb wurde er befragt, aber seine damalige Freundin, Barbara Haas, sagte aus, ihr Freund hätte das Wochenende Freitag, 24., bis Sonntag, 26. Mai 1991 bei ihr in Freiburg verbracht. Da Hanna Lorenz erst am Samstag, den 25. Mai in Mannheim verschwunden war, konnte man ihn mit dem Verschwinden des Mädchens nicht in Verbindung bringen. Haas hatte ihm ein Alibi verschafft, das überprüft und nicht widerlegt werden konnte.«

»Ich verstehe«, sagte Sebastian. »Die Verbindung zwischen Mannheim und der Freiburger Umgebung, wo jetzt Hannas Leiche gefunden wurde, kann kein Zufall sein.«

»Genau. Und davon ging auch mein alter Kollege Kriminalhauptkommissar Günther Herzog aus, der in diesem Fall ermittelt hat. Ruck kannte die Familie Lorenz, pendelte zwischen Mannheim und dem Schwarzwald hin und her. Aber Herzog konnte ihm nichts nachweisen. Und jetzt wurden Hannas sterblichen Überreste in der Nähe von Kirchzarten gefunden. Und nicht nur die, sondern auch noch die Leiche von Martina Esswein. Gut möglich ...«

»... dass die beiden Mädchen ein und demselben Täter zum Opfer gefallen sind«, beendete Sebastian den Satz.

»So ist es. Und deshalb würde ich mir gerne Dieter Ruck vorknöpfen. Aber vorher müssen wir ihn erst einmal finden.«

»Gut, dann werde ich mal schauen, was mein Polizeicomputer über ihn ausspuckt, denn sollte er wieder in

Deutschland wohnen, dürfte es doch nicht so schwer sein, ihn ausfindig zu machen. Selbst wenn er irgendwo untergetaucht sein sollte, ohne sich beim Einwohnermeldeamt anzumelden, müssten doch Daten von ihm vorhanden sein, zum Beispiel bei der Sozialversicherung, beim Finanzamt oder beim Landratsamt, falls er ein Auto angemeldet hat. Schwieriger dürfte es werden, wenn ich nichts über ihn finden kann. Dann wird er sich höchstwahrscheinlich immer noch in Frankreich aufhalten. Und die französischen Kollegen waren bisher noch keine große Hilfe.«

»Gut«, sagte Wellinger. »Dann würde ich vorschlagen, Sie setzen sich als Erstes an Ihren Computer. Falls Sie nichts herausfinden, dann sollten wir uns als Nächstes mit seinem früheren Arbeitgeber in Verbindung setzen, und zwar mit diesem Sägewerk. Vielleicht weiß man dort, wo es Dieter Ruck hin verschlagen haben könnte. Am besten, wir statten denen einen Besuch ab.«

»Wie heißt denn die Firma, und wo befindet sie sich genau?«, fragte Sebastian. »Sie müssen wissen, dass es einige Sägemühlen hier in der Umgebung gibt.«

»Es sind die Todtnauer Holzwerke, demnach müsste sich die Firma in Todtnau befinden.«

»Ja, die kenne ich«, entgegnete Sebastian. »Das Werk liegt an der Landstraße zwischen Oberried und Todtnau. Also nur ein Katzensprung von hier entfernt.«

»Darf es noch etwas sein?«, fragte der nette Kellner, der unbemerkt an den Tisch getreten war. Wellinger schaute Sebastian an, der schüttelte den Kopf.

»Die Rechnung bitte.« Wellinger zog seinen Geldbeutel aus der Hosentasche. »Ich übernehme das.«

»Danke, Herr Wellinger, das nächste Mal bin ich dran. Und wie machen wir jetzt weiter?«

»Nachher fahre ich nach Triberg zurück. Aber am Wochenende würde ich gerne wiederkommen. Bis dahin können Sie Ihre Hausaufgaben machen und dann sehen wir weiter. Haben Sie eigentlich am Samstag schon etwas vor?«

»Oh«, erwiderte Sebastian. »Am Samstag wollten Frau Esswein und ich einen Ausflug an den Titisee machen. Spazieren gehen, bummeln, vielleicht eine Bootsfahrt machen und dann den Nachmittag bei Kaffee und Kuchen ausklingen lassen. Sie müssen wissen, in Kirchzarten ist es momentan nicht möglich, sich irgendwo gemütlich in ein Café oder Bistro, wie dieses hier, zu setzen. Da wird gleich getuschelt. Der Dorfpolizist und die Mutter, die ihr Kind verloren hat. Darauf hab ich keine Lust. Und Frau Esswein schon zweimal nicht.«

»Titisee würde auch für mich passen«, sagte Wellinger. »Ist doch perfekt für einen Kurzurlaub. Ich könnte drei, vier Tage dort bleiben und die Zeit neben der Suche nach dem Mörder mit Wandern verbringen. Ich denke, es würde ausreichen, wenn wir uns eine halbe oder dreiviertel Stunde zusammensetzen. Es sei denn, Sie möchten die Zweisamkeit mit Frau Esswein genießen, dann würde ich Sie ungern stören. Dann treffen wir uns eben später.«

»Von meiner Seite wäre ein Treffen kein Problem. Ich rede mit ihr, aber Sie können davon ausgehen, dass auch Frau Esswein nichts dagegen haben wird. Schließlich möchte Sie den Täter so schnell wie möglich hinter Schloss und Riegel sehen.«

»Gut, dann sind wir uns ja einig.« Wellinger kramte

einen Kugelschreiber aus seiner Jackentasche und schrieb eine Telefonnummer auf einen Bierdeckel. »Das ist meine Telefonnummer zu Hause in Triberg. Rufen Sie mich einfach an, wenn Sie wissen, wo und wann wir uns treffen können.«

»Ich freue mich, Sie bald wieder zu sehen«, sagte Sebastian und steckte den Bierfilz in seine Hosentasche. Dann standen die beiden auf, verabschiedeten sich herzlich und verließen das Lokal.

POLIZEIPRÄSIDIUM FREIBURG, ETWA ZUR GLEICHEN ZEIT

Es war erst zwei Tage her, seit Inspektionsleiter Meerfeld seinen in den Mordfällen Lorenz und Esswein ermittelnden Kriminalkommissaren Köberlein und Schreiner den erfahrenen Kriminalhauptkommissar Waldemar Gutmann zur Seite gestellt hatte. Da Gutmann bei den Ermittlungen so schnell wie möglich Fortschritte sehen wollte, hatte er seither pausenlos Aufgaben an seine Kollegen delegiert. Zunächst hatte er angeordnet, das soziale Umfeld von Martina Esswein noch einmal gründlich zu durchforsten, denn er wollte ausschließen, dass der Täter dort zu finden war, um sich anschließend auf die Suche nach Dieter Ruck konzentrieren zu können.

»Konnten Sie etwas herausfinden?«, fragte Gutmann die beiden, als sie sich mal wieder im kleinen Besprechungszimmer des Polizeipräsidiums zusammengefunden hatten.

»Konnten wir«, antwortete Köberlein. »Aber wie wir schon vermutet haben, können wir alle Bekannten,

Verwandten und Freunde von Martina Esswein als Mörder ausschließen und endgültig ad acta legen. Ein Schüler aus ihrer Klasse, der immer gegen sie gestichelt hat, hat sich fast in die Hose gemacht, als wir ihn befragten. Doch er hat ein Alibi. Er hat an Christi Himmelfahrt bei einem Freund am Bodensee übernachtet. Dann gab es noch einen sechzehnjährigen Verehrer, der ihr regelmäßig nachstellte. Da sie nichts von ihm wissen wollte, hat er sie mehrfach bedrängt und gedroht, ihr etwas anzutun, wenn sie ihn weiter abweisen sollte. Aber das war's dann auch schon. Die Bedrohungen waren nur heiße Luft. Am Tattag war er mit zwei Freunden im Kino.« Als Köberlein eine kurze Pause machte und in seinem Notizbuch nachschaute, wen er und sein Kollege noch befragt hatten, ergriff Schreiner das Wort.

»Als Drittes haben wir uns einen Jungen aus der Parallelklasse vorgeknöpft. Einen Schnösel aus reichem Haus, der sich immer über sie lustig gemacht und ihrem Fahrrad mal einen Platten gestochen hat. Aber auch der hat ein wasserdichtes Alibi. Und Dragan Kovacevic, der Exfreund der Mutter des Opfers, wurde bereits hinlänglich überprüft. So viel zu den Personen, die am ehesten mit dem Mord an Martina Esswein in Verbindung zu bringen waren.«

»Und was ist mit dem Rest?«, wollte Gutmann wissen.

»Alle weiteren Kandidaten aus dem Umfeld des Opfers, so groß war der Kreis ja nicht, konnten wir ebenfalls ausschließen«, antwortete Schreiner.

»Gut, dann können wir uns jetzt voll und ganz auf die Suche nach Dieter Ruck konzentrieren.« Gutmann lehnte sich auf seinem Stuhl zurück, schob seine Daumen unter seine Hosenträger und sah Schreiner fragend an, der prompt reagierte.

»Schon am Montag haben wir Rucks ehemalige Freundin aufgesucht. Aber die sagte uns, sie hätte ihn schon lange nicht mehr gesehen und wisse auch nicht, wo er sich aufhalte.«

»Glauben Sie ihr?«, fragte Gutmann.

»Wir glauben ihr schon, aber ob sie uns nicht doch angeflunkert hat, können wir nicht zu hundert Prozent ausschließen. Dann haben wir bei den französischen Kollegen in Appenwihr nachgefragt. Ruck wohnt dort nicht mehr, aber wo er sich jetzt aufhält, konnten sie uns nicht sagen. Wahrscheinlich hat er seine neue Adresse bei der zuständigen Behörde, das kann ein Rathaus oder eine Polizeistelle sein, nicht angegeben. Er ist einfach von der Bildfläche verschwunden.«

»Mist«, sagte Gutmann und presste seine Lippen aufeinander. »Dann müssen wir jetzt alle Hebel in Bewegung setzen, um diesen Kerl zu finden. Bei Behörden nachfragen, sein früheres soziales Umfeld durchforsten, wo hat er gearbeitet, leben seine Eltern noch, hat er Geschwister und so weiter. Tragen Sie das bitte alles zusammen und lassen Sie sich von allen zur Verfügung stehenden Kriminalassistenten und -assistentinnen dabei helfen. Ich selbst werde nochmal in Frankreich recherchieren. Dann sehen wir weiter.«

Gutmann erhob sich von seinem Stuhl und reichte den beiden die Hand. »Meine Herren, zusammen schaffen wir das.«

»So schlimm ist der doch gar nicht«, sagte Köberlein zu seinem Kollegen, als sie sich wieder in ihrem Büro gegenübersaßen.

»Stimmt. Aber wehe, wir können ihm nichts liefern. Bin mal gespannt, wie er dann reagiert, ob er dann immer noch so freundlich ist oder uns dann seine albernen Hosenträger um die Ohren sausen lässt. Also machen wir uns an die Arbeit.«

KAPITEL 27

Der Wetterbericht sollte recht behalten. Schon den ganzen Vormittag war nicht eine Wolke am Himmel zu sehen gewesen und gegen Mittag war das Thermometer auf warme siebenundzwanzig Grad geklettert. Pünktlich um elf Uhr hatte Sebastian an Veronikas Tür geklingelt und nachdem sie eine Tasse Kaffee getrunken hatten, hatten sie sich in Sebastians Auto gesetzt und auf den Weg nach Titisee-Neustadt gemacht. Sie wollten einen schönen Tag am See verbringen und sich auch noch mit Werner Wellinger treffen.

Nachdem sie dort angekommen waren, stellte Sebastian seinen Golf GTI auf dem Parkplatz des Kurhauses ab, der noch viele freie Plätze aufwies, da um diese Uhrzeit die Scharen von Touristen aus aller Welt noch nicht eingetroffen waren. Händchenhaltend schlenderten sie am Seeweg entlang in Richtung der Fußgängerzone, einer Einkaufs- und Erlebnismeile, die sich bestens auf den Tourismus eingestellt hatte. Wie an jedem Wochenende bereiteten sich die Kellner, Inhaber und Angestellten der vielen Geschäfte, Souvenirläden und Restaurants auf den Ansturm der Besucher vor. Sonnenschirme wurden aufgestellt, Markisen heruntergekurbelt, Tische abgewischt,

Auslagentische, Kleider- und Postkartenständer hinausgestellt.

Veronika und Sebastian beobachteten eine Gruppe asiatischer Touristen, die staunend vor einem Souvenirladen angehalten hatten und ihre Augen nicht von den vielen Kuckucksuhren lassen konnten, die in allen Größen an der Wand hingen und deren Zeiger im Takt hin und her schwangen.

Daneben befand sich ein Feinkostgeschäft, aus dem es köstlich nach Wurst und Käse duftete. Auch hier waren die ersten Touristen eingetroffen und bestaunten die vielen Schwarzwälder Spezialitäten wie Hönigschnäpsle und Schokoladen-Chili-Likör in Bügelflaschen, Quittengelee, Weißtannenhonig, Bergkäse, Bauernspeck, Schwarzwälder Schinken und vieles mehr.

Gemütlich gingen sie weiter und kamen an einem Geschäft mit Schmuck und Trachten vorbei. Als Sebastian schon weiterlaufen wollte, zog ihn Veronika kurz an der Hand.

»Schau mal, das ist doch traumhaft«, sagte sie und deutete auf ein Dirndl mit weißer Bluse, dunklem Mieder mit altgoldenen Knöpfen, hellblauer Schürze und dunkelblauem Rock. Veronika nahm das Kleid von der Stange und hob es an sich.

»Das könnte niemandem besser stehen als dir«, sagte Sebastian mit einem Lächeln.

»Ach, so schön ist es auch wieder nicht«, meinte Veronika, nachdem sie einen Blick auf das Preisschild geworfen hatte. Sie hängte es wieder zurück und schnappte Sebastians Hand. »Komm, lass uns weitergehen.«

Unten angekommen, blieben sie am Ufer stehen und schauten auf den See hinaus. Ein frischer Wind wehte vom See her und die Luft roch nach Fisch und modrigem Waldboden. Das kristallklare Wasser, das in der Sonne glitzerte, die hügelige Landschaft dahinter und die waldigen Berge strahlten eine sanfte Ruhe und Idylle aus.

»Warst du schon mal hier?«, wollte Sebastian wissen.

»Natürlich. Sogar schon öfter. Ist doch normal, wenn man nicht einmal eine halbe Stunde von hier entfernt aufgewachsen ist. Das letzte Mal mit … mit Martina. Aber das ist schon lange her, denn da … da war sie noch klein.«

Veronika schaute zu Boden. Sie wollte nicht, dass Sebastian sah, wie sich ihre Augen mit Tränen füllten. Sie wollte ihm nicht die gute Laune verderben, die er seit heute Morgen versprühte, denn schließlich hatten sie sich beide auf einen unbeschwerten Tag zu zweit gefreut. Aber so sehr sie sich auch bemühte, sich nichts anmerken zu lassen, entging Sebastian ihr Gefühlsausbruch nicht. Behutsam legte er seinen Arm um ihre Schultern und drückte sie sanft an sich.

»Du musst deine Tränen nicht vor mir verbergen. Und wenn es dir guttut, dann lass sie zu, lass deine Trauer zu. Ich werde dir alle Zeit der Welt geben, möchte für dich da sein und dir helfen, deinen Schmerz zu überwinden. Und ich hoffe, dass die Zeit deine Wunden heilen kann, auch wenn Narben zurückbleiben werden.«

Veronika schaute ihn mit zusammengepressten Lippen an. Eine Träne lief ihr übers Gesicht. Dann sagte sie nur ein Wort: »Danke.«

»Wollen wir einen Rundgang um den See machen?«, fragte Sebastian. »Das dauert etwa eine Stunde.

Anschließend haben wir noch genügend Zeit, um gemütlich eine Tasse Kaffee zu trinken, bevor wir uns mit Herrn Wellinger treffen.«

»Ja«, antwortete Veronika, die jetzt wieder etwas gefasster wirkte. »Aber nur, wenn du mir zum Kaffee noch ein Stück Schwarzwälder Kirsch spendierst.«

Er lächelte sie an und nickte. Veronika schmiegte sich an ihn und legte ihren Kopf an seine Schulter. Und so gingen sie eng umschlungen am See entlang.

»Es ist wunderschön hier«, sagte sie und sah ihn mit großen Augen an. Für einen Moment wünschte sie sich, dass dieser zärtliche Augenblick der Vertrautheit andauern und alle anderen Gedanken verdrängen könnte.

Gut eine Stunde später kehrten sie an die Promenade des nördlichen Seeufers zurück. Sie suchten ein gemütliches Café auf, das sich direkt am Ufer befand und dessen Sonnenterrasse seinen Besuchern einen wunderschönen Blick auf den See gewährte. Nachdem sie an einem Tisch direkt am Wasser Platz genommen hatten, bestellte Sebastian zwei Tassen Kaffee und zwei Stück Schwarzwälder Kirschtorte.

»Das haben wir uns jetzt verdient«, sagte er, als die Kellnerin den Kaffee und den Kuchen auf dem Tisch abgestellt hatte.

»Das denke ich auch. Immerhin haben wir auf dem Rundweg einige Kalorien verbrannt. Lass es dir schmecken. Und danke für die Einladung. Wann treffen wir nochmal Herrn Wellinger?«

»Er wollte um halb vier hier sein. Hier in diesem Café. Wir können also gemütlich sitzen bleiben und uns noch so lange unterhalten.«

Nachdem die beiden ihren Kuchen genüsslich aufgegessen und ihren Kaffee leergetrunken hatten, schauten sie eine Weile wortlos auf den See hinaus. Sie beobachteten, wie sich das Umfeld mit Touristen füllte. Unten am Bootsanlegeplatz kam ein Ausflugsschiff angefahren, dessen Bugwelle eine Entenfamilie, die in Ufernähe im Wasser schwamm, zum Tanz aufforderte. Als sich ein Hund von der Leine seines Frauchens losriss und auf die Enten zurannte, stoben sie in den blauen Himmel davon.

Nachdem das Schiff angelegt hatte, stiegen die Passagiere eilig ein, um sich einen Platz oben auf dem Sonnendeck zu sichern.

Etwas entfernt stand ein Graureiher mit seinen langen Stelzen regungslos auf einem kleinen Felsen, der am Ufer aus dem Wasser ragte, und beobachtete die Wasseroberfläche, bereit, mit seinem Schnabel zuzustoßen, sobald sich ein unvorsichtiger Fisch ihm nähern sollte.

»Ich könnte den ganzen Tag hier sitzen bleiben und einfach nur die Menschen, Tiere und die Umgebung beobachten«, sagte Veronika nach einer Weile. »Einfach an nichts denken. Einfach runterkommen. Das fühlt sich für mich so an, als würde ich mich in einem Kokon befinden und nichts und niemand auf der Welt könnte mir etwas anhaben.«

»Da ist was dran«, erwiderte Sebastian. »Aber ich hoffe, du würdest mich hereinbitten, wenn ich an deinen Kokon anklopfen würde. Oder bliebe der auch für mich verschlossen?«

»Natürlich nicht. Aber zuerst müsste ich wissen, ob du mir schon alles über dich erzählt hast. Oder ob es Dinge gibt, die ich noch nicht von dir weiß. Vielleicht dunkle Geheimnisse?« Sie zwinkerte ihm zu.

»Hm, lass mich mal überlegen. Eigentlich weißt du schon sehr viel über mich und ich wüsste nicht, dass ich jemals zuvor innerhalb so kurzer Zeit einem anderen Menschen so viel über mich preisgegeben habe.« Sebastian legte seine Hand ans Kinn und überlegte.

»Eine Sache weißt du noch nicht«, sagte er schließlich. »Ein sehr wichtiges Detail aus meiner Jugendzeit. Ein dunkles Geheimnis.« Er machte eine Pause und seine Miene verfinsterte sich. Entsetzt schaute ihn Veronika an.

»Nun sag schon.«

»Meine Freunde nannten mich alle Basti.« Sebastian grinste sie an, während Veronika die Augen verdrehte.

Doch dann antwortete sie trocken: »Das passt ja perfekt, denn mich nannte man in der Schule Vroni.«

»Basti und Vroni. Ich glaub's nicht«, erwiderte Sebastian. Dann mussten beide laut lachen.

Sie unterhielten sich noch eine ganze Weile, tranken noch eine zweite Tasse Kaffee und genossen das schöne Wetter, die traumhafte Umgebung und die unbeschwert wirkende gemeinsame Zeit, als ein Mann an den Tisch herantrat und sie in die Realität zurückholte.

»Guten Tag zusammen.«

Sie schauten gleichzeitig auf.

»Guten Tag, Herr Wellinger«, erwiderte Sebastian schließlich. »Wir haben gar nicht bemerkt, dass es schon so spät ist«, schob er nach, als er einen Blick auf seine Uhr geworfen hatte. »Bitte nehmen Sie doch Platz.«

Der pensionierte Kriminalhauptkommissar bedankte sich und setzte sich an den Tisch.

»Schön, dass es mit dem Treffen geklappt hat«, sagte er,

nachdem er bei der Kellnerin ein Glas Orangensaft bestellt hatte. »Wie geht es Ihnen, Frau Esswein?«

»So weit gut. Aber das ist ja kein Wunder bei so einer traumhaften Umgebung und so einem tollen Wetter.«

»… und bei einem so netten Gesprächspartner«, ergänzte Wellinger und deutete mit einer Kopfbewegung auf Sebastian. »Und damit Sie den Tag weiter genießen können, möchte ich Sie auch gar nicht lange aufhalten. Ich möchte nur ein paar Dinge mit Ihnen besprechen, dann bin ich auch schon wieder weg. Deshalb fangen wir am besten gleich an.«

Er nahm einen Schluck aus seinem Glas und räusperte sich. »Herr Ketterer, konnten Sie etwas über … über die Person aus dem Umfeld der ermordeten Mannheimerin herausfinden?«

Wellinger druckste herum. Er wollte im Beisein von Veronika Esswein den Namen Dieter Ruck nicht aussprechen. Und jetzt bereute er, dass er ein Treffen am Titisee vorgeschlagen hatte, obwohl er wusste, dass er Sebastian Ketterer nicht allein antreffen würde.

»Sie vermuten also, dass der Mörder des anderen Mädchens auch Martinas Mörder ist?«, fragte Veronika, bevor Sebastian auf Wellingers Frage eingehen konnte.

Dann sagte Sebastian: »Veronika, die Vermutung liegt nah, dass es sich um ein und denselben Täter handelt. Deshalb hat mich Herr Wellinger gebeten, im Umfeld der ermordeten jungen Frau aus Mannheim zu recherchieren, um eventuell eine Verbindung zu … zu Martina herstellen zu können. Also, Herr Wellinger. Ja, ich habe recherchiert, aber leider ohne Ergebnis. Die Person, die das Mädchen und deren Familie gekannt hat, ist in

Deutschland nicht gemeldet. Ob Geschwister, Eltern et cetera existieren, da bin ich dran. Immerhin konnte ich für Montag einen Termin bei den Todtnauer Holzwerken vereinbaren.«

»Was wollt ihr denn dort herausfinden?«, wollte Veronika wissen, die aufmerksam jedes Wort der beiden verfolgte.

»Das hat auch mit der Vergangenheit der verdächtigen Person aus dem Umfeld des ermordeten Mädchens aus Mannheim zu tun. Momentan wissen wir nicht, wo sich diese Person aufhält, und wir hoffen, dass man uns dort weiterhelfen kann.«

»Und hat diese Person auch einen Namen?«, fragte Veronika.

Wellinger und Sebastian schauten sich an. Dann antwortete Wellinger: »Frau Esswein, bitte verstehen Sie, dass ich Ihnen keine Namen nennen darf. Dass ich hier als pensionierter Kripobeamter privat ermittle, wäre der Kripo in Freiburg sicherlich ein Dorn im Auge. Und wenn dann auch noch Namen in Umlauf gebracht werden würden, dann hätte nicht nur ich ein Problem, sondern auch Herr Ketterer. Er ist Polizist, will zur Kripo wechseln. Wenn er jetzt mit mir mehr oder weniger privat ermittelt, könnte er sich schnell Ärger einhandeln und müsste eventuell sogar seine Karriere an den Nagel hängen, noch bevor sie so richtig begonnen hat. Deshalb bitte ich Sie, auch im Interesse von Herrn Ketterer, uns mit Fragen nach konkreten Ermittlungsergebnissen, nach Namen von Verdächtigen nicht in die Bredouille zu bringen. Können Sie das verstehen?«

Veronika überlegte kurz. »Das kann ich schon verstehen,

aber Sie müssen auch verstehen, dass ich darauf brenne, etwas über einen möglichen Mörder meiner Tochter zu erfahren, weil …«

»Das werden Sie«, unterbrach sie Wellinger. »Herr Ketterer und ich werden Sie über jeden unserer Schritte immer auf dem Laufenden halten, das verspreche ich … das versprechen wir Ihnen. Aber wir werden Ihnen keine Namen nennen.«

Veronika schaute Wellinger direkt in die Augen. Dann biss sie sich verlegen auf die Unterlippe und schaute zu Sebastian hinüber, der ihr aufmunternd zunickte.

»Also gut«, erwiderte sie schließlich. »Auch wenn es mir schwerfallen wird, nicht alles erfahren zu dürfen. Ich werde Sie beide nicht in die Bredouille bringen.«

»Vielen Dank für Ihr Verständnis, Frau Esswein. Herr Ketterer, wann genau ist der Termin bei den Todtnauer Holzwerken?«

»Montag um fünfzehn Uhr. Nächste Woche habe ich Frühschicht. Dienstschluss ist um vierzehn Uhr. Wollen wir uns direkt im Sägewerk treffen oder soll ich Sie irgendwo abholen? Wohnen Sie vielleicht wieder in der kleinen Pension in Kirchzarten?«

»Nein. Dieses Mal habe ich mich in einem Landgasthof hier am Titisee einquartiert. Besser gesagt, etwas außerhalb, etwa zwei Kilometer von hier. Ich bleibe bis Mittwoch. Und da ich für mein Leben gerne wandere, möchte ich einige Wanderungen unternehmen, soweit es meine Zeit erlaubt. Denn hauptsächlich bin ich hier, um mit Ihnen zu ermitteln. Ich würde vorschlagen, wir treffen uns dort. Die Anschrift haben Sie mir ja bereits gegeben. Ich werde kurz vor drei da sein.«

»Perfekt. Gibt es sonst noch etwas, was ich bis dahin tun kann?«

»Ich denke nicht.« Wellinger trank sein Glas aus und wollte die Kellnerin zu sich winken. Doch Sebastian legte seine Hand auf seinen Arm.

»Lassen Sie mal, Herr Wellinger. Heute bin ich dran. Ich übernehme das.«

»Gut, dann sag ich mal danke.« Wellinger erhob sich und verabschiedete sich von den beiden.

Als er gegangen war, fragte Veronika: »Wollen wir den Tag bei mir zu Hause ausklingen lassen? Ich habe eine Flasche Rotwein eingekauft. Die wartet nur darauf, entkorkt zu werden. Weißbrot, Käse und Trauben habe ich auch.«

»Das klingt hervorragend. Auf was warten wir noch?« Sebastian winkte der Kellnerin und zückte sein Portemonnaie.

Zurück in Kirchzarten verbrachten die beiden noch einen gemütlichen Abend. Nachdem sie gegessen hatten, erzählten sie über Gott und die Welt. Obwohl es ihr schwerfiel, vermied Veronika, Sebastian über den bevorstehenden Termin bei den Todtnauer Holzwerken auszufragen. Denn sie wollte ihn nicht in Verlegenheit bringen. Sie war dankbar, dass er in der für sie so schwierigen Zeit für sie da war, und das Letzte, was sie wollte, war, dass er durch sie Schwierigkeiten auf seiner Dienststelle bekommen würde.

Gegen dreiundzwanzig Uhr schlug sie vor, dass er mal wieder bei ihr im Wohnzimmer auf der Couch übernachten könne. Und wie vor zwei Wochen willigte Sebastian nur unter der Bedingung ein, am nächsten Morgen Brötchen holen zu dürfen.

»Das darfst du gerne«, sagte sie und holte das Bettzeug.

KAPITEL 28

Eigentlich hatte er vorgehabt, sich gar nicht mehr bei ihr zu melden. Er dachte, dass es so am besten sei. Für ihn. Unentdeckt zu bleiben. Einfach den Kontakt abbrechen. Dann würden sie ihn nicht finden.

Vor gut einer Woche hatte er seine Freundin in Freiburg besucht. Davor hatte er einen Mann beobachtet, als er im Wald gewesen war. Und den gleichen Mann hatte er auch wieder gesehen, nachdem er die Wohnung seiner Freundin verlassen hatte. Es musste sich um diesen … wie sagte Barbara … um diesen Wellinger handeln. Und er fragte sich, warum dieser ehemalige Kollege des damaligen Ermittlers Herzog nach ihm suchte. Wenn schon er seine Freundin nach ihm befragte, dann dürfte es nur eine Frage der Zeit sein, bis auch die Freiburger Polizei bei Barbara auftauchte.

Ja, er wollte sich nicht mehr melden. Einfach abgetaucht bleiben. Keiner wusste, wo er zwischenzeitlich wohnte, nicht einmal seine Freundin. Doch die Neugierde hatte gesiegt und er griff zum Telefonhörer.

»Hallo, ich bin's«, sagte er nur, als sich Barbara meldete.

»Das ist aber eine Überraschung. Ich dachte, du würdest dich erst nächstes Wochenende wieder bei mir melden.

Rufst du mich an, weil du mir mitteilen willst, dass du schon an diesem Samstag nach Freiburg kommst?«, wollte sie wissen und hoffte, dass er ja sagen würde.

»Mal sehen. Aber zuerst musst du mir erzählen, was dieser Wellinger von dir wollte. Und hat sich außerdem auch die Polizei bei dir gemeldet?«

»Also, Wellinger hat nach dir gefragt. Er wollte wissen, ob wir noch Kontakt haben und wo du dich momentan aufhältst. Aber ich hab ihm gesagt, dass ich dich schon eine Ewigkeit nicht mehr gesehen hätte und ich ihm nicht helfen könne. Ja, und die Polizei war auch da. Wellinger und zwei Kripobeamte haben sich fast die Türklinke in die Hand gegeben. Denen hab ich das Gleiche erzählt. Ich sagte dir doch, dass du dich auf mich verlassen kannst.«

»Ich weiß. Und du weißt, dass ich nichts mit den Morden zu tun habe. Aber wenn rauskommt, dass du mir damals ein falsches Alibi gegeben hast, dann werden die nicht lockerlassen. Vielleicht stecken die mich sogar ins Gefängnis, denn immerhin kannte ich die Familie Lorenz und daher auch Hanna. Und wenn die rausfinden, dass ich am Tag ihres Verschwindens nicht bei dir in Freiburg war, sondern mich noch in Mannheim aufgehalten habe, dann haben die mich am Wickel. Wäre nicht das erste Mal, dass ein Unschuldiger hinter Gitter muss.«

Ruck machte eine kurze Pause. Dann fuhr er fort:

»Deshalb weiß ich auch nicht, ob es eine gute Idee ist, dich am Wochenende zu besuchen. Vielleicht warte ich erstmal ab, bis die den richtigen Mörder gefunden haben. Dann bin ich aus dem Schneider und kann mich auch wieder in Freiburg blicken lassen. Und wenn alles vorbei ist, dann überlege ich es mir vielleicht nochmal, ob wir beide nicht doch zusammenziehen.«

»Das wäre toll«, antwortete Haas. »Ich würde mich wahnsinnig darüber freuen.«

Sie konnte nicht wissen, dass ihr Freund ihr nur etwas vorgaukelte. Dieter Ruck wollte sie bei Laune halten. Er wollte vermeiden, dass sie doch noch schwach werden, und der Polizei oder diesem Wellinger erzählen würde, dass sie damals gelogen hatte. Ihm ein falsches Alibi verschafft hatte.

»Aber sag mal, dass die Polizei bei dir aufgetaucht ist, das kann ich noch verstehen. Aber warum hat dich dieser Wellinger angerufen und dann auch noch zu Hause besucht?«, wollte Ruck wissen.

»Warum der bei mir aufgetaucht ist, weiß ich auch nicht genau. Er sagte nur, dass Kriminalhauptkommissar Herzog ein alter Kollege von ihm sei. Zwei Mädchen wären ermordet worden. Und er würde dich verdächtigen. Er wollte mich warnen.«

»Wovor wollte er dich warnen?«

»Ich sollte lieber die Wahrheit sagen, bevor … bevor weitere Morde geschehen. Dieter, bitte sag mir, dass du nichts mit diesen scheußlichen Verbrechen zu tun hast. Ich will dir so gerne glauben.«

Ruck räusperte sich. »Ich schwöre dir, dass ich nichts mit diesen Morden zu tun habe.« Dann wechselte er schnell das Thema.

»Aber was viel wichtiger ist. Wie geht es dir denn? Am letzten Wochenende hast du doch über Schmerzen im Unterleib geklagt.«

»Die sind sogar noch schlimmer geworden. Und abgenommen habe ich in den letzten Wochen auch. Das ist mir erst jetzt aufgefallen, als ich für meine Lieblingsjeans plötzlich einen Gürtel gebraucht und mich deshalb auf die Waage gestellt habe. Am Freitag war ich bei meinem Hausarzt. Der hat mich zum Frauenarzt geschickt. Übermorgen hab ich einen Termin. Mal sehen, was dabei rauskommt.«

»Dann drück ich dir mal ganz fest die Daumen, dass es nichts Schlimmes ist.«

»Das hoffe ich auch«, antwortete Haas. »Rufst du mich am Wochenende wenigstens mal an, wenn du mich schon nicht besuchen kommst?«

»Das mach ich auf jeden Fall. Tschüss, bis dann.« Und das war ausnahmsweise nicht gelogen. Er würde Barbara auf jeden Fall am Wochenende anrufen. Nicht etwa, weil er sich Sorgen um ihr Wohlbefinden machte, sondern weil er befürchtete, sie würde der Polizei die Wahrheit sagen, falls sie bemerken würde, dass er dabei war, das Interesse an ihr zu verlieren.

ETWA ZUR GLEICHEN ZEIT
ZWISCHEN OBERRIED UND TODTNAU

Da er sich in der Gegend nicht auskannte, war er zu früh losgefahren und daher schon zwanzig Minuten vor dem vereinbarten Termin bei den Todtnauer Holzwerken angekommen.

Tags zuvor hatte Wellinger seinen alten Freund, den Mannheimer Kriminalhauptkommissar Günther Herzog, angerufen und ihm über den Stand der Dinge in den Mordfällen Hanna Lorenz und Martina Esswein berichtet.

Er erzählte ihm von den Besuchen bei Barbara Haas und Veronika Esswein und von seiner Zusammenarbeit mit Polizeikommissar Sebastian Ketterer. Sie waren sich einig, dass es einen Zusammenhang zwischen den beiden Gewaltverbrechen geben musste und Dieter Ruck als Hauptverdächtiger so schnell wie möglich gefunden werden musste.

Als Wellinger das Schild der Todtnauer Holzwerke am Straßenrand sah, bog er von der Landstraße auf den mit Kieselsteinen befestigten Weg ein. Er stellte sein Auto auf dem Besucherparkplatz ab, stieg aus und schaute sich um. Das Sägewerk war eingebettet inmitten von Wald und Wiesen. An der Zufahrt waren einige bedrohlich wirkende Hinweisschilder wie »Betreten für Unbefugte verboten« oder »Achtung! Betreten auf eigene Gefahr!« aufgestellt, die nicht zu der idyllischen Umgebung passen wollten.

Er hatte sich bereits über die Todtnauer Holzwerke erkundigt und so wusste er, dass es sich um einen Familienbetrieb in vierter Generation handelte, der sich in den letzten Jahren zum größten Sägewerk im Schwarzwald gemausert hatte.

Ein LKW mit Tiefladeranhänger fuhr an ihm vorbei und bog auf den Holzplatz ein. Kaum hatte der Fahrer den Motor abgestellt, kam ein Bagger mit Rundholzgreifern angerauscht, um die auf dem Anhänger gestapelten Baumstämme zu entladen.

Neben dem Holzplatz gab es noch eine weitere Freifläche, auf der bereits zu Dielen, Brettern, Latten und Balken verarbeitetes Holz gelagert war. Ein großer LKW wurde gerade beladen. Wellinger stellte sich vor, dass hier einst auch Dieter Ruck seinen LKW abgestellt hatte und seinen Anhänger beladen ließ, um Holzhandlungen in ganz Baden-Württemberg zu beliefern.

Neben der Freifläche befand sich eine Halle mit grauem Wellblechdach. Da die Halle über keine Seitenwände verfügte, konnte Wellinger einen Blick ins Innere werfen. Er sah Arbeiter, die blaue Overalls und Schutzbrillen trugen und mit ihren Kreis- und Bandsägen angeliefertes Rundholz zu Brettern, Kanthölzern und Balken verarbeiteten. Ein Gabelstapler sauste zwischen den Säge- und Hobelmaschinen hin und her. Rechts neben der Fertigungshalle befand sich ein etwas in die Jahre gekommenes, zweigeschossiges Bürogebäude.

Wellinger schaute auf die Uhr. Es war kurz vor drei. Im gleichen Moment kam ein VW-Golf angefahren und der Fahrzeuglenker stellte seinen Wagen direkt neben Wellingers Auto ab.

»Guten Tag, Herr Wellinger«, grüßte Sebastian, nachdem er ausgestiegen war.

»Guten Tag, Herr Ketterer«, erwiderte Wellinger. »Ich sehe, Sie tragen sicherheitshalber Ihre Uniform.«

»Ja, ich dachte, das würde bei der Befragung mehr Eindruck machen.«

»Da haben Sie wahrscheinlich recht. Wollen wir? Dort drüben ist das Werksbüro.«

Sie betraten das Gebäude und meldeten sich am Empfang an.

»Nehmen Sie bitte einen Moment Platz. Ich gebe Herrn Lichtlein Bescheid, dass Sie da sind«, sagte die junge Frau, die hinter dem aus anthrazitfarbenem Edelholz und Glas bestehenden Tresen saß und zum Telefon griff.

Wellinger und Sebastian setzten sich auf die mit

schwarzem Leder bezogene Besuchercouch. Vor ihnen stand ein runder Tisch, dessen Glasplatte auf einem futuristisch anmutenden Kreuzgestell aus Edelstahl befestigt war. Daneben befand sich ein Prospektständer mit Firmenprospekten und Informationsbroschüren der Todtnauer Holzwerke. Der gesamte Empfangsbereich war topmodern eingerichtet und, dem Anschein nach, erst vor kurzem renoviert worden. Der Bodenbelag bestand aus dunkelgrau glänzendem Naturstein. An den weiß gestrichenen Wänden hingen große, rahmenlose Leinwände mit abstrakten Bildern.

Wellinger erinnerte sich an eine junge Kollegin, die einmal zu ihm gesagt hatte, dass, wenn man ein abstraktes Bild immer wieder aufs Neue betrachtete, man jedes Mal auch etwas Neues und Interessantes entdecken könne. Er probierte es aus, schaute im Wechsel immer mal wieder zum Fenster hinaus und dann wieder zu einem der Bilder. Schließlich schüttelte er nur den Kopf. Er konnte nichts Neues und Interessantes entdecken. Abstrakte Kunst war einfach nicht sein Ding.

Auch Sebastian war über die hochmoderne Ausstattung des Besucherbereichs überrascht, zumal die schäbige Außenfassade des Gebäudes nicht erahnen ließ, was sich im Inneren verbarg.

Nachdem zwanzig Minuten vergangen waren, ohne dass sich die Tür zum Büro von Georg Lichtlein, dem Geschäftsführer der Holzwerke, geöffnet hatte und die beiden Besucher hereingebeten worden waren, wurde Wellinger ungeduldig.

»Der lässt uns ganz schön schmoren«, schnaubte er

verärgert. »Um fünfzehn Uhr hatten wir den Termin und jetzt sitzen wir da wie bestellt und nicht abgeholt.«

»Sie haben recht«, stimmte Sebastian ihm zu. »Ich geh mal zu der Empfangsdame und frag nach.«

»Er hat gleich Zeit für uns«, sagte er, als er an den Besuchertisch zurückgekommen war.

»Na gut. Aber das ist alles andere als höflich, jemanden so lange warten zu lassen. Wir hatten einen Termin und er weiß, worum es geht.«

Kurz nach halb vier kam ein gutaussehender, gertenschlanker Mann mit pechschwarzem Haar auf sie zu. Er war gut einsachtzig groß, trug eine schwarze Jeanshose mit braunem Gürtel, der farblich exakt zu seinen Designerschuhen passte. Als Oberteil trug er ein weißes Hemd und einen dunkelblauen Trachtenjanker mit auffallend großen braunen Knöpfen.

Eine extravagante Person. Mit diesem Schnösel werden wir Spaß haben, dachte Wellinger. Zu diesem Zeitpunkt konnte er noch nicht wissen, dass er recht behalten sollte.

»Guten Tag, die Herren.« Georg Lichtlein stellte sich kurz vor und reichte ihnen die Hand.

»Polizeikommissar Sebastian Ketterer und das ist … das ist Kriminalhauptkommissar Werner Wellinger«, erwiderte Sebastian etwas zögerlich. Wellinger schaute ihn kurz an, doch er zog es vor, es dabei zu belassen.

»Folgen Sie mir«, sagte Lichtlein in einer Art, die einem Befehlston glich. Schnellen Schrittes ging er voraus. Wellinger und Sebastian hatten Mühe, hinterherzukommen.

Zwar vermisste Wellinger ein Wort der Entschuldigung, dass er und Ketterer so lange hatten warten müssen, aber er wunderte sich nicht darüber, dass eine entsprechende kurze Erklärung Lichtleins ausgeblieben war. Vom ersten Moment an hatte er den Chef der Holzwerke, ohne ihn zu kennen, richtig eingeschätzt. Er war definitiv eine arrogante Person.

»Bitte nehmen Sie Platz«, sagte Lichtlein, als sie in sein Büro eingetreten waren. »Darf ich Ihnen etwas zu trinken anbieten? Wasser, Kaffee?«

Sebastian und Wellinger lehnten dankend ab und setzten sich an den runden Besprechungstisch. Auch das Büro des Geschäftsführers war topmodern ausgestattet. Es war mindestens vierzig Quadratmeter groß. Vor dem Fenster stand ein Schreibtisch, komplett aus Glas. Daneben eine Glasvitrine, in der sich ein antikes Tintenfass aus Bronze, eine Schreibfeder in einem dazugehörigen Stiftständer, eine Gorilla-Skulptur aus Holz und einige Bücher befanden. Auf dem Natursteinboden lag ein flauschiger, hellgrauer Teppich und an der Wand hing ein großes Bild von James Rizzi. Wellinger vermutete, dass es sich bei dem Kunstwerk um ein Original handelte.

»Sie haben Fragen zu einem meiner früheren Mitarbeiter«, sagte Lichtlein.

»Genau«, antwortete Wellinger. »Wir wissen, dass Dieter Ruck bis vor rund eineinhalb Jahren als Fahrer bei Ihnen beschäftigt war. Damals wohnte er im elsässischen Appenwihr. Doch dann ist er weggezogen und wir wissen nicht, wohin. Da er einige Jahre für Ihre Firma gearbeitet hat, wissen Sie möglicherweise mehr über ihn als das, was aus unseren Unterlagen über ihn bekannt ist. Über Freunde, Bekannte und so weiter, bei denen er untergetaucht sein könnte.«

»Nun«, erwiderte Lichtlein süffisant. »Sie sind doch

Polizisten. Und für Sie dürfte es doch ein Leichtes sein, Rucks aktuelle Adresse herauszufinden, selbst wenn er noch in Frankreich wohnen sollte. Auch dort dürften Sie über entsprechende Kontakte verfügen. Deshalb frage ich mich, warum Sie überhaupt auf mich zugekommen sind.«

Sebastian schaute Wellinger von der Seite an. Er konnte dem pensionierten Kriminalhauptkommissar anmerken, dass er versuchte, ruhig zu bleiben, und sich nicht auf ein Wortgefecht mit Lichtlein einlassen wollte. Aber eine spitze Antwort konnte sich Wellinger dennoch nicht verkneifen.

»Ich bin zwar schon etwas älter, aber nicht von gestern«, erwiderte er trocken. »Wenn es so leicht wäre, wie Sie sagen, dann hätten wir ihn schon gefunden. Und ja, wir haben auch Kontakte zu unseren französischen Kollegen. Aber die wissen auch nicht mehr als wir. Momentan scheint es, als hätte er sich in Luft aufgelöst. Als suchten wir ein Phantom.«

Lichtlein grinste ihn an. »Und jetzt soll ich ihn herbeizaubern? Dieses Phantom?«

»Das müssen Sie nicht, aber wie ich schon erwähnt habe, können Sie uns vielleicht einen Tipp über frühere Freunde oder Bekannte von ihm geben, bei denen er untergetaucht sein könnte«, erwiderte Wellinger in ruhigem Ton. Er wollte sich nicht provozieren lassen, was ohnehin zu nichts führen würde.

Trotz seiner zur Schau gestellten Überheblichkeit wirkte Lichtlein auf seltsame Weise nervös. Wellinger fragte sich, ob er etwas zu verbergen hatte, ob er durch seine Arroganz und mit schnippischen Antworten seine Unsicherheit überspielen wollte. Schon zu Beginn des Gesprächs, als er Rucks

Namen erwähnt hatte, meinte er, ein nervöses Blinzeln in den Augen des Geschäftsführers ausgemacht zu haben.

Beide schauten sich einen Moment lang in die Augen, bis Lichtlein seinen Blick zu Boden senkte. Dann antwortete er:

»Wissen Sie, was ich mich die ganze Zeit frage? Heute Vormittag waren schon zwei Kriminalbeamte des Polizeipräsidiums Freiburg bei mir. Die kamen einfach so reingeschneit. Unangemeldet. Und jetzt erscheinen Sie und stellen die gleichen Fragen. Weiß bei der Polizei die rechte Hand nicht, was die linke tut? Ich habe denen heute Morgen schon alles erzählt, was ich über Dieter Ruck weiß. Und wenn Sie jetzt meinen, offene Türen bei mir einrennen zu können, dann haben Sie sich getäuscht.«

»Gut, dann werden wir das nächste Mal anklopfen«, antwortete Wellinger spitz.

Sebastian legte seine Hand auf Wellingers Schulter. Er spürte, dass die Chemie zwischen Lichtlein und Wellinger nicht stimmte und dass es unmöglich war, dem Geschäftsführer eine Information zu entlocken. Da es keinen Sinn machte, weitere Fragen zu stellen, sagte er in ruhigem Ton: »Vielen Dank, Herr Lichtlein, dass Sie sich Zeit für uns genommen haben, auch wenn Sie uns nicht weiterhelfen konnten.«

»Oder vielleicht nicht weiterhelfen wollten«, ergänzte Wellinger.

Lichtlein grinste nur und zog die Augenbrauen hoch. »Meine Herren, Ihre Zeit ist um. Schließlich habe ich heute noch wichtigere Dinge zu tun, als einem Phantom hinterherzujagen. Meine Sekretärin wird Sie nach draußen begleiten.«

»Nicht nötig«, erwiderte Wellinger. »Wir finden selbst hinaus. Auf Wiedersehen.«

Sebastian und Wellinger erhoben sich von ihren Plätzen und gingen zur Tür.

»Ich werde mich über Sie beschweren«, rief Lichtlein den beiden hinterher.

Draußen auf dem Parkplatz unterhielten sich Wellinger und Sebastian noch eine Weile. Sie konnten sich keinen Reim auf das einerseits schnippische, andererseits unsichere Verhalten des Geschäftsführers machen. Zwar konnten sie nachvollziehen, dass er über ihren Besuch genervt war, da ihn bereits am Vormittag Kriminalbeamte aus Freiburg in gleicher Sache befragt hatten. Aber trotzdem waren sie der Ansicht, dass irgendetwas nicht stimmte.

»Wir behalten ihn auf dem Schirm«, sagte Wellinger. Sebastian nickte zustimmend. Sie verabschiedeten sich voneinander und stiegen in ihre Autos. Im Rückspiegel sah Wellinger Lichtlein am Fenster stehen. Beim Ausparken schaute er durch das heruntergelassene Seitenfenster nach oben und im gleichen Moment verschwand Lichtlein fluchtartig hinter dem Vorhang.

KAPITEL 29

Inspektionsleiter Kurt Meerfeld war schlecht gelaunt. Nicht nur Kripochef Axel Bäumler saß ihm im Genick, sondern auch der Staatsanwalt. Beide wollten in den Mordfällen Lorenz und Esswein Fortschritte in den Ermittlungen sehen, die es schlichtweg nicht gab. Jetzt hatte auch noch der Geschäftsführer der Todtnauer Holzwerke, Georg Lichtlein, bei ihm angerufen und sich darüber beschwert, dass am Montagvormittag zunächst die beiden Kriminalhauptkommissare Köberlein und Schreiner bei ihm erschienen waren und in gleicher Sache am Nachmittag nochmals zwei Polizisten, und zwar Polizeikommissar Sebastian Ketterer in Begleitung eines Kriminalhauptkommissars Werner Wellinger.

Lichtlein schäumte vor Wut. Schließlich habe er einen großen und in ganz Deutschland angesehenen Betrieb zu führen und dadurch viel mehr um die Ohren, als sich ein Polizeibeamter vorstellen könne. Deshalb habe er auch keine Zeit, Fragen doppelt beantworten zu müssen. Außerdem sei Wellinger ein unangenehmer Zeitgenosse und er wünsche, von dieser Person künftig nicht mehr belästigt zu werden. Bei besserer Koordination innerhalb der Polizei hätte man den Besuch am Nachmittag vermeiden können und dann wäre es gar nicht zu dem Aufeinander-treffen mit diesem Wellinger gekommen.

Meerfeld hatte sich bei Lichtlein für die Unannehm-lichkeiten entschuldigt und ihm mitgeteilt, der Sache auf den Grund zu gehen. Auf jeden Fall würde eine Doppel-befragung nicht mehr vorkommen.

Nachdem Meerfeld aufgelegt hatte, rief er einen Kriminalassistenten zu sich und wies ihn an, die Dienst-stellen von Kriminalhauptkommissar Werner Wellinger und Polizeikommissar Sebastian Ketterer in Erfahrung zu bringen.

Er wusste, dass Köberlein und Schreiner in Dieter Rucks Vergangenheit recherchierten, denn erst gestern war er mit den beiden Kripoleuten zusammengesessen und sie hatten ihm von der Befragung Georg Lichtleins berichtet. Aber er konnte sich nicht erklären, warum ein im Polizeipräsidium Freiburg unbekannter Kriminal-hauptkommissar gemeinsam mit einem Polizeikommissar plötzlich in Erscheinung getreten war. Er musste schnells-tens herausfinden, was dahintersteckte.

Eine Stunde später klingelte bei Meerfeld das Tele-fon. Der Kriminalassistent berichtete ihm, dass Polizei-kommissar Sebastian Ketterer im Polizeiposten Kirch-zarten beschäftigt sei, er aber über einen Kriminalhaupt-kommissar Werner Wellinger nichts herausfinden konnte.

»Dann geben Sie mir bitte die Telefonnummer vom Polizeiposten Kirchzarten. Ich werde dort selbst anrufen und mit Polizeikommissar Ketterer sprechen. Er wird mir wohl auch sagen können, mit wem er bei den Todtnauer Holzwerken war«, sagte Meerfeld und notierte sich die Nummer.

Nachdem er aufgelegt hatte, rief er umgehend beim Polizeiposten Kirchzarten an und verlangte nach Polizeikommissar Ketterer.

»Guten Tag, Herr Kollege«, sagte Meerfeld in ruhigem Ton, nachdem sich Sebastian mit Dienstgrad, Vor- und Zuname gemeldet hatte. »Mein Name ist Kurt Meerfeld. Ich bin Kriminalrat und Leiter der Kriminalinspektion für Kapital-, Sexual- und Amtsdelikte im Polizeipräsidium Freiburg. Zurzeit ermitteln wir in zwei Mordfällen und in diesem Zusammenhang fand Anfang der Woche eine Befragung in den Todtnauer Holzwerken statt.« Meerfeld machte eine Pause. Als keine Reaktion kam, fuhr er fort.

»Herr Ketterer, ich bin überrascht, dass auch Sie dort aufgetaucht sind und den Geschäftsführer befragt haben. Jetzt erklären Sie mir bitte mal, wie Sie dazu kommen und was das soll.«

Sebastian räusperte sich. »Das ist eine lange Geschichte.«

»Ich habe Zeit«, erwiderte Meerfeld.

Sebastian wusste nicht so recht, wie er anfangen sollte. Schließlich sagte er: »Herr Meerfeld, in einem der Fälle wurde die Tochter einer … einer Bekannten von mir ermordet. Ich wollte …«

»Um wen handelt es sich?«, unterbrach ihn Meerfeld.

»Um Veronika Esswein. Ihre Tochter Martina wurde ermordet. Und ich wollte auf eigene Faust recherchieren und etwas in Erfahrung bringen.«

»Ja meinen Sie, dass wir hier im Polizeipräsidium unfähig sind?«, schnaubte Meerfeld in den Hörer. Seine Stimme war jetzt nicht mehr so ruhig wie am Anfang und

Sebastian merkte, dass der Freiburger Kriminalrat innerlich kochte.

Meerfeld wurde lauter. »Und meinen Sie, dass ich große Lust darauf habe, mich neben dem Tagesgeschäft auch noch mit einer Beschwerde herumplagen zu müssen? Nur weil Sie die Mutter des Opfers kennen, heißt das noch lange nicht, dass Sie sich in den Fall einmischen dürfen. Wo kämen wir denn da hin, wenn das jeder machen würde? Haben Sie in Ihrem Polizeiposten so wenig zu tun, dass Sie auch noch als Kripobeamter tätig werden müssen?«

»Nein«, antwortete Sebastian. »Die Todtnauer Holzwerke habe ich während meiner Freizeit besucht. Es tut mir …«

»Und zu guter Letzt«, fuhr ihm Meerfeld ins Wort. »Wissen Sie überhaupt, dass Sie sich selbst in Schwierigkeiten bringen? Dass Ihr Fehlverhalten ernsthafte Konsequenzen nach sich ziehen kann? Ihnen eine Abmahnung droht oder im schlimmsten Fall ein Disziplinarverfahren? Sie sind Polizeikommissar, das heißt, Sie haben studiert und ich gehe davon aus, dass Sie bei der Polizei noch einiges erreichen wollen. Wollen Sie sich das alles kaputt machen?«

Sebastian schluckte. *Verdammt, da hab ich mir ja was eingebrockt*, dachte er und wäre am liebsten im Erdboden versunken. »Herr Meerfeld, es tut mir wahnsinnig leid. Ich hätte mich nicht einmischen dürfen. Ich entschuldige mich in aller Form. Es wird nicht wieder vorkommen.«

»Das würde ich Ihnen auch dringend raten. Halten Sie sich künftig aus der Sache raus.« Meerfeld machte eine kurze Pause.

»Na wenigstens haben Sie Ihr Fehlverhalten ein-
gesehen«, schob er besänftigend nach. »Aber Ihren un-
mittelbaren Vorgesetzten muss ich trotzdem informieren.
Er wird dann entscheiden, wie in der Sache gegen Sie weiter verfahren wird. Eines müssen Sie mir noch verraten.
Wer war denn Ihr Begleiter? Er hat sich als Kriminalhauptkommissar Werner Wellinger ausgegeben.«

Sebastian zögerte. Er wusste nicht so recht, was er preisgeben sollte.

Als die Gesprächspause Meerfeld zu lang wurde, sagte
er: »Herr Ketterer, machen Sie es nicht noch schlimmer.
Sie sagen mir jetzt sofort, wer Ihr Begleiter war und wie
ich ihn erreichen kann.«

»Also gut. Herr Wellinger ist pensionierter Kriminalhauptkommissar. Und er hat mich bei der Ermittlung
unterstützt.«

»Das ist ja interessant.«

»Ich habe seine Telefonnummer nicht griffbereit, werde
sie aber heraussuchen und Ihnen anschließend gleich
durchgeben«, schwindelte Sebastian. Er hatte die Telefonnummer in seinem Geldbeutel, wollte sie aber nicht
nennen. Zunächst wollte er Wellinger über das Gespräch
mit Meerfeld informieren.

»Nicht nötig«, erwiderte Meerfeld. »Sagen Sie mir einfach, wo er wohnt. Dann kann ich mir die Nummer selbst
raussuchen.«

Sebastian gab sich geschlagen und nannte Wellingers
Wohnort. Er entschuldigte sich nochmals für sein Fehlverhalten, wünschte Meerfeld bei den Ermittlungen viel
Erfolg und legte auf. Dann schlug er die Hände vors Gesicht und schüttelte immer wieder den Kopf.

»Probleme?«, fragte die junge Kollegin, die ihm gegenüber saß.

»Das kann man wohl sagen«, antwortete er und sah mit
sorgenvollem Blick zum Fenster hinaus.

KAPITEL 30

Barbara Haas saß mit verheulten Augen am Küchentisch und zündete sich die nächste Zigarette an. Die dritte innerhalb der letzten halben Stunde. Sie wusste nicht, wie sie sich sonst beruhigen sollte. Vor ihr stand eine volle Tasse Kaffee, die bereits kalt geworden war. Zwar hatte sie schon daran genippt, doch es wollte ihr nicht schmecken. Sie schob die Tasse zur Seite, stützte die Ellbogen auf die Tischplatte und legte ihr Gesicht in die Hände.

Ihr Frauenarzt hatte ihr am Mittwoch noch Mut zugesprochen und ihr die berechtigte Hoffnung gemacht, den Krebs besiegen zu können. Doch nachdem ihr heute der Radiologe den Befund der Untersuchung mitgeteilt hatte, war sie geschockt. Fluchtartig war sie aus der Arztpraxis gerannt, als wäre der Teufel persönlich hinter ihr her. Draußen musste sie sich mit der Hand an der Hauswand abstützen, da sie das Gefühl hatte, im nächsten Moment den Boden unter ihren Füßen zu verlieren. Dann war sie wie eine Betrunkene nach Hause geschwankt und hatte sich zunächst aufs Sofa gelegt, um etwas Ruhe zu finden. Doch es gelang ihr nicht. Sie war zu aufgewühlt.

Immer und immer wieder hallten die Worte des Arztes in ihren Ohren wider und sie wusste nicht, wie sie in dem

Zustand, in dem sie sich gerade befand, den restlichen Tag überstehen sollte.

Wie ein Häufchen Elend saß sie nun in der Küche und verstand die Welt nicht mehr. Als das Telefon klingelte, überlegte sie kurz, es einfach läuten zu lassen, aber dann fiel ihr ein, dass sich Dieter bei ihr melden wollte. Sie stand auf, ging in den Flur und nahm den Hörer ab.

»Ja bitte?«, sagte sie mit krächzender Stimme.

»Ich bin's. Dieter. Aber sag mal, wie klingst du denn? Bist du krank?«

»Leider ja.«

»Hast du dich etwa erkältet?«

»Nein, Dieter. Viel … viel schlimmer«, wimmerte Haas in den Hörer. »Kannst du dieses Wochenende zu mir nach Freiburg kommen? Es würde mir … es würde mir sehr helfen.«

»Willst du mir nicht erst mal erzählen, was los ist?«

Im gleichen Moment, in dem er die Frage gestellt hatte, fiel ihm wieder ein, dass seine Freundin wegen ihrer Schmerzen im Unterleib den Hausarzt aufgesucht und dieser sie zur weiteren Untersuchung zum Gynäkologen geschickt hatte. Ihm schwante nichts Gutes.

»Also gut«, sagte sie mit weinerlicher Stimme. »Am Mittwoch war ich bei meinem Frauenarzt. Er … er hat Gewebeproben entnommen und ins Labor geschickt. Gleich am nächsten Tag hat er mich angerufen. Ich hab … ich hab Gebährmutterhalskrebs.«

»Oh mein Gott«, sagte Ruck. »Wie schlimm ist es denn? Und ist das heilbar?«

»Normalerweise ist das schon heilbar. Aber mein Arzt hat für mich dann gleich auch noch einen Termin beim

Radiologen vereinbart, um eine Skelettszintigraphie durchzuführen. Und …«

»Eine was?«

»Eine Skelettszintigraphie. Das ist so eine Art Röntgen. Zunächst wird dir eine radioaktive Substanz gespritzt, um anschließend mit einer Kamera das Skelett auf bösartige Veränderungen untersuchen zu können. Es wird also ein Skelettszintigramm erstellt. Und … und bei mir wurde festgestellt, dass dieser blöde Krebs bereits gestreut hat. Ich … ich habe Metastasen in den Knochen.«

»Und was bedeutet das? Kann man da noch …?«

Haas schluchzte. »Nein, man … man kann nichts mehr machen. Es … es ist zu spät. Wäre ich doch bloß früher zum Arzt gegangen, ich dumme Kuh. Wenn ich Glück habe, dann habe ich noch … dann habe ich noch vier, oder … oder vielleicht sechs Monate.«

Am anderen Ende der Leitung blieb es still. Dann fragte Haas: »Dieter, bist du noch dran?«

»Natürlich bin ich noch dran. Aber sag mal, gibt's da wirklich keine Möglichkeit mehr? Vielleicht eine Chemotherapie oder sonst irgendwas?«

»Nein, Dieter. Das Einzige, was ich machen kann, ist, mich … mich auf meinen Tod vorzubereiten. Einige Dinge erledigen und … und vielleicht mein Gewissen erleichtern.«

Wieder herrschte einen Moment Stille. Dann fragte Ruck: »Du wirst doch nicht etwa …?«

Die Klangfarbe seiner Stimme hatte sich verändert. Barbara Haas merkte, dass ihr Freund besorgt war. Nicht etwa um sie, sondern eher um sich selbst.

»Doch, Dieter. Ich glaube schon. Ich werde diesen

Wellinger anrufen und ihm beichten, dass ich dir damals ein falsches Alibi gegeben habe. Die ganze Sache lässt mir keine Ruhe. Wenn ich nicht diese … diese bittere Diagnose erhalten hätte, hätte ich wahrscheinlich Gras darüber wachsen lassen können. Und irgendwann hätte ich vielleicht gar nicht mehr daran gedacht. Aber jetzt …«

»Das kannst du mir doch nicht antun«, zischte er ins Telefon.

»Doch, Dieter. Das kann ich. Was Wellinger mit dieser Information machen wird, weiß ich nicht. Das wissen wir beide nicht. Aber ich weiß, dass ich es tun muss. Und wenn du unschuldig bist, dann wird sich das sicherlich herausstellen. Und wenn nicht …«

»Was dann?«, unterbrach Ruck sie schroff.

»Dann kann ich zwar nicht mehr mein eigenes Leben retten, aber das Leben anderer. Oder du stellst dich und stehst für deine Taten ein.«

»Barbara, ich bitte dich um alles in der Welt«, sagte Ruck. Haas konnte ihm seine Nervosität anhören, denn seine Stimme zitterte.

»Ich werde mich gleich in mein Auto setzen und zu dir kommen. Dann können wir über alles in Ruhe reden. Und ich werde bei dir bleiben, bis … bis es …«

»Bis es mit mir zu Ende geht?«, ergänzte Haas.

»Ja, das verspreche ich dir.«

Haas wusste nicht, ob sie ihm glauben konnte. Schließlich hatte er in der Vergangenheit immer abweisend reagiert, wenn sie ihm vorgeschlagen hatte, in eine gemeinsame Wohnung zusammenzuziehen. Jetzt plötzlich wollte er nichts mehr dagegen haben? Auch wenn es nur für maximal ein halbes Jahr wäre? Sie zweifelte an seiner

Aufrichtigkeit. »Dieter, du kannst gerne kommen. Und ob ich etwas unternehmen werde, das überlege ich mir noch.«

»Gut«, sagte Ruck hörbar erleichtert. »Ich setz mich gleich ins Auto. Bis dann, Barbara. Und glaub mir. Wir kriegen das hin.«

Nachdem Barbara Haas den Hörer auf die Gabel gelegt hatte, überlegte sie, was sie tun sollte. Aber eigentlich hatte sie sich schon entschieden. Sie wollte reinen Tisch machen. Und das, bevor ihr Freund hier auftauchte und sie vielleicht doch noch überreden konnte, es sein zu lassen. Sie wusste, dass Ruck dazu in der Lage war, denn schon oft war es ihm gelungen, ihr seine Meinung aufzudrücken, sie zu manipulieren. Letztendlich tat sie immer nur das, was *er* wollte.

Dann dachte sie auch darüber nach, ob er sie die ganze Zeit nur benutzt hatte. Und es fiel ihr wie Schuppen von den Augen. Natürlich. Es konnte gar nicht anders sein. Schon damals, als sie ihm auf sein Drängen hin ein falsches Alibi verschaffen musste. Dann sein Umzug, weg von Appenwihr. Aber wohin bloß? Das hatte er ihr nie verraten. Das konnte nur einen Grund gehabt haben. Nämlich, ihn nicht finden, ihn nicht verraten zu können.

Mein Gott, dachte sie. *Warum war ich nur so blöd und hab das alles mit mir machen lassen? Schon komisch. Jetzt, wo es mit mir zu Ende geht, kann ich mich ihm endlich einmal widersetzen.* Trotz der bitteren Diagnose, die sie heute erhalten hatte, machte sie diese Erkenntnis auf eine seltsame Weise glücklich. Und auch der Gedanke, endlich die Wahrheit zu sagen und ihr Gewissen zu erleichtern, konnte ihr sogar ein kleines Lächeln aufs Gesicht zaubern.

Fest entschlossen nahm sie den Hörer ab, wählte die Nummer der Telefonauskunft und ließ sich mit dem Polizeipräsidium in Mannheim verbinden. Dort verlangte sie nach Kriminalhauptkommissar Günther Herzog.

»Guten Tag, Herr Herzog«, sagte sie, als der Kripomann abgenommen hatte. »Mein Name ist Barbara Haas. Sie dürften mich noch kennen. Es geht um den Fall Hanna Lorenz. Und um … um Dieter Ruck, meinen Freund.«

»Klar kenne ich Sie noch, Frau Haas. Wie kann ich Ihnen helfen? Möchten Sie eine Aussage machen?«

Herzog schaltete das Aufnahmegerät ein.

»Ich möchte Sie bitten, mir die Telefonnummer von Ihrem ehemaligen Kollegen, Werner Wellinger, zu geben. Vor knapp zwei Wochen hat er mich besucht, es aber versäumt, mir seine Kontaktdaten zu hinterlassen.«

»Frau Haas, wenn es um Ihre damalige Aussage geht, dann können Sie auch mit mir sprechen. Oder besser noch, Sie rufen die zuständigen Ermittler bei der Kripo Freiburg an. Die werden …«

»Herr Herzog«, unterbrach ihn Haas. »Bitte lassen Sie mich persönlich mit Herrn Wellinger sprechen. Erstens fällt es mir schwer, am Telefon darüber zu reden, und zweitens habe ich … wie will ich sagen, habe ich zu Herrn Wellinger größtes Vertrauen. Warum das so ist, weiß ich selbst nicht. Immerhin hatte ich erst ein einziges Mal Kontakt zu ihm, und das war, wie gesagt, vorletzte Woche.«

»Frau Haas, ich bitte Sie …«

»Herr Herzog, Sie werden mich nicht umstimmen können. Bitte geben Sie mir seine Nummer.«

Als Herzog gemerkt hatte, dass Haas ihm gegenüber nichts preisgeben würde, hatte er ihr die Telefonnummer seines Freundes gegeben.

Gleich danach wollte er Wellinger über das Gespräch informieren, aber er konnte ihn nicht erreichen. So war ihm nichts anderes übriggeblieben, als auf den Anrufbeantworter zu sprechen und Wellinger um dringenden Rückruf zu bitten.

Unmittelbar danach rief er auch Sebastian Ketterer auf dessen Dienststelle in Kirchzarten an. Er hatte Glück, denn Ketterer hatte schon Dienstschluss und wollte sich gerade auf den Nachhauseweg machen. Herzog berichtete ihm, dass Wellinger nicht ans Telefon ging.

»Herr Ketterer«, sagte er. »Ich bitte Sie um alles in der Welt. Fahren Sie nach Freiburg und sprechen Sie mit Frau Haas. Ich bin mir sicher, dass sie ihre Aussage von damals widerrufen will. Und dies würde bedeuten, dass sie Dieter Ruck ein falsches Alibi verschafft hat. Dann haben wir ihn, denn dann wird der Staatsanwalt Haftbefehl erlassen. Und dadurch hätte die Kripo auch weitaus mehr Möglichkeiten, ihn ausfindig zu machen.«

»Herr Herzog«, antwortete Sebastian. »So leid es mir tut, aber ich kann Ihnen da nicht helfen.«

»Und warum?«

»Weil vorgestern der Inspektionsleiter des Morddezernats in Freiburg erst bei mir angerufen und mich zurückgepfiffen hat und sich dann auch noch bei meinem Vorgesetzten über mich beschwert hat.«

»Und worüber hat er sich beschwert? Werner, also Herr Wellinger, ruft mich gelegentlich an und informiert mich dann über den Stand der Dinge. Aber dass es Probleme gegeben hat, hat er mir noch nicht erzählt.«

»Hm, dann haben Sie die letzten zwei Tage wohl nicht mit ihm gesprochen.«

»Genau.«

»Gut, dann erzähl ich Ihnen, was passiert ist. Herr Wellinger und ich waren am Montag bei den Todtnauer Holzwerken und wollten uns Informationen über Ruck beschaffen. Doch der Geschäftsführer, Rucks früherer Chef, hat nichts herausgerückt. Irgendwie hat der sich seltsam verhalten. Und die Chemie zwischen ihm und Herrn Wellinger hat auch nicht gestimmt. Er ist richtig grantig geworden.«

»Wer? Herr Wellinger oder der frühere Chef?«

»Beide«, antwortete Sebastian.

»So, so. Dann muss der Geschäftsführer wohl ein außerordentlich unsympathischer Mensch sein, denn Werner ist normalerweise die Ruhe in Person.«

»Ja schon«, stimmte ihm Sebastian zu. »Er hat sich nicht provozieren lassen und ist ruhig geblieben, obwohl ich ihm angemerkt habe, dass es ihm schwergefallen ist. Es war nur so, dass wir den Eindruck hatten, dass Lichtlein, so heißt der Chef der Holzwerke, etwas zu verbergen hat. Und da er bereits vormittags Besuch von Kripobeamten aus Freiburg hatte, hat er dort angerufen und sich beschwert. Anschließend musste ich bei meinem Vorgesetzten antreten. Und das Gespräch mit ihm war alles andere als angenehm. Er hat mir unmissverständlich zu verstehen gegeben, dass ich mich künftig aus den Ermittlungen heraushalten soll. Ansonsten würde es nicht bei der Abmahnung, die ich erhalten habe, bleiben.«

»Okay, dann verstehe ich, warum Sie mir nicht helfen können. Dann sind Sie also raus und werden Herrn Wellinger nicht mehr unterstützen?«

»Zumindest nicht mehr an vorderster Front. Vielleicht helfe ich noch ein bisschen im Hintergrund mit. Aber selbst das muss ich mir gut überlegen.«

KAPITEL 31

Er hatte rund dreiundzwanzig Kilometer Wegstrecke und achthundert Höhenmeter zurückgelegt. Da die Wanderung mit dem Schwierigkeitsgrad »schwer« eingestuft war, war es nicht verwunderlich, dass sich neben ihm nur noch sieben der insgesamt knapp vierzig Mitglieder des Wandervereins Triberg zur Teilnahme angemeldet hatten.

Wellinger war stolz darauf, dass er teilgenommen und diesen gewaltigen Fußmarsch, für den eine sehr gute Kondition erforderlich war, ohne größere Probleme bewältigt hatte.

Von Triberg aus war es zunächst nach Schönwald gegangen, von dort in einem großen Bogen durch das Naturschutzgebiet Blindensee und dann wieder zurück nach Triberg, wo ein Restaurant aufgesucht und ein gemeinsamer Nachmittagssnack eingenommen worden war.

Es war kurz nach fünf am Abend, als Wellinger nach Hause kam. Zunächst ging er ins Bad und nahm eine erfrischende Dusche. Danach ging er ins Wohnzimmer, setzte sich auf die Couch und rieb seine müden Beine mit Allgäuer Latschenkiefersalbe ein.

Als er wieder aufstand, um den Fernseher anzuschalten, sah er die Kontrollleuchte des Anrufbeantworters blinken.

Er drückte auf die Wiedergabetaste und war erstaunt, dass ihm drei neue Nachrichten angezeigt wurden.

Der erste Anruf war von seinem Freund Günther Herzog, der ihn um dringenden Rückruf bat. *Ich muss ihn nur um Sekunden verpasst haben, oder ich stand gerade unter der Dusche, als Günther anrief,* dachte Wellinger. Der zweite Anruf war von Barbara Haas, die ihn ebenfalls um Rückruf bat, da sie ihm etwas Wichtiges mitzuteilen habe. *Meine Güte*, dachte er. *Auch die hab ich nur knapp verpasst. Bekommt sie etwa kalte Füße?*

Die dritte Nachricht war wieder von Herzog. Jetzt klang seine Stimme anders als bei seinem ersten Anruf. Besorgter, unruhiger. Und diese Unruhe übertrug sich auch auf Wellinger. Ihm war klar, dass keine Zeit zu verlieren war und er schnell handeln musste.

Er entschloss sich, zunächst seinen Freund anzurufen und wählte Herzogs Nummer.

»Guten Abend, Günther«, sagte er, nachdem Herzog abgenommen hatte.

»Mensch, alte Düse«, erwiderte Herzog. »Schön, dass du mich zurückrufst. Wo hast du denn gesteckt? Mal wieder mit deinen Wanderkameraden unterwegs gewesen?«

»Genau, du kennst mich eben gut. Heute Morgen hab ich meine Mutter im Seniorenheim besucht und gegen Mittag meine Wanderstiefel geschnürt. Ich bin eben erst nach Hause gekommen und hab dich gleich angerufen. Übrigens, Barbara Haas hat mich auch um Rückruf gebeten.«

»Womit wir beim Thema wären.« Herzog räusperte sich. »Vorhin rief mich Frau Haas an und bat mich, ihr deine Telefonnummer zu geben. Warum sie mit dir sprechen will, wollte sie mir nicht verraten. Ich vermute, dass sie ihre damalige Aussage revidieren will. Und wenn dem so wäre, dann hätte Dieter Ruck kein Alibi. Kein Alibi für die Zeit, in der Hanna Lorenz verschwunden und dann ermordet worden ist.«

»Hast du ihr nicht vorgeschlagen, dass es besser wäre, sich mit der Kripo Freiburg in Verbindung zu setzen?«

»Ich hab's versucht. Aber anscheinend hat sie einen Narren an dir gefressen. Sie wollte nur mit dir sprechen. Also hab ich ihr deine Nummer gegeben und wollte dich darüber informieren. Und da ich dich nicht erreichen konnte, war mir klar, dass es Haas ebenso ergehen würde. Deshalb hab ich auch noch deinen Kompagnon Ketterer angerufen und ihn gebeten, bei Haas vorbeizuschauen. Aber er wollte nicht. Er erzählte mir, er habe Ärger auf seiner Dienststelle bekommen, da eine Beschwerde vorliegen würde. Der Leiter des Morddezernats in Freiburg habe angerufen und ihn ausdrücklich davor gewarnt, sich weiter in die Ermittlungen einzumischen.«

»Nicht nur er wurde zurückgepfiffen«, warf Wellinger ein. »Kriminalrat Kurt Meerfeld hat auch mich angerufen. Er hat mich in aller Deutlichkeit aufgefordert, mich aus der Sache rauszuhalten. Und ich könne von Glück reden, dass er mich nicht wegen Amtsanmaßung anzeigt.«

»Wieso das denn?«

»Ketterer hat mich bei den Todtnauer Holzwerken als Kriminalhauptkommissar vorgestellt. Im Gespräch mit Meerfeld habe ich das auf meine Kappe genommen, denn Ketterer, der junge Kerl, hat weitaus mehr zu verlieren als ich. Ich habe Meerfeld angeflunkert und ihm gesagt, dass ich es war, der sich als Kripobeamter ausgegeben hat.«

»Na ja, so schlimm finde ich das gar nicht«, witzelte Herzog. »Denn Ketterer hat doch nur versäumt, den Zusatz ›außer Dienst‹ hinter deiner Amtsbezeichnung zu erwähnen. Kriminalhauptkommissar außer Dienst wäre doch korrekt gewesen. Aber Spaß bei Seite. Werner, ich mach mir Sorgen. Sorgen um Frau Haas. Offensichtlich steht sie immer noch mit Dieter Ruck in Kontakt. Und wenn er erfahren sollte, dass sie auspacken will, wovon auszugehen ist, dann ist sie in großer Gefahr.«

»Ich weiß. Und deshalb machen wir beide jetzt Schluss, damit ich sie gleich anrufen kann.«

»Nur anrufen?«, fragte Herzog. »Werner, ich habe Angst, dass ihr etwas zustoßen könnte.«

»Ich ruf sie an und dann wird sie mir schon erzählen, was sie auf dem Herzen hat. Meinetwegen fahr ich heute Abend auch noch nach Freiburg, falls sie mir das, was sie zu sagen hat, nicht am Telefon sagen möchte.«

»Also heißt das, dass du die guten Ratschläge des Freiburger Inspektionsleiters in den Wind schießt und weitermachst, weiterermittelst?«

»Sagen wir mal so. Das Gespräch mit Barbara Haas werde ich auf jeden Fall noch führen. Das muss sein. Danach werde ich die Sache weiter beobachten. Wenn ich den Eindruck habe, dass die Kripo Freiburg bei der Suche nach Ruck und bei den weiteren Ermittlungen gut vorankommt, kann ich mich zurücklehnen. Andernfalls bin ich nicht aus der Welt und kann dann immer noch eingreifen. Ich denke, das ist das, was du hören wolltest, oder?«

»Danke, alte Düse. Ich wusste, dass ich mich auf dich verlassen kann. Dass ich diesen Mistkerl schon damals in Verdacht hatte, ihm aber nichts nachweisen konnte, das wurmt mich bis heute. Und wenn ich könnte, würde ich ihm selbst hinterherjagen. Aber das geht leider nicht. In Mannheim gibt es auch böse Jungs, denen jemand das Handwerk legen muss.«

»Ich weiß, Günther. Deshalb bist du ja auf mich zugekommen.«

»Genau. Hältst du mich auf dem Laufenden?«, fragte Herzog.

»Klar, mach ich. Ich bleib dran.«

»Okay, bis bald. Tschüss, Werner.«

»Tschüss, und Günther, das wird schon gutgehen. Ich melde mich, sobald es etwas Neues gibt.«

Nachdem Wellinger aufgelegt hatte, wählte er die Nummer von Barbara Haas, doch sie nahm nicht ab. Und plötzlich war er nicht mehr so sicher, wie er sich zuvor seinem Freund gegenüber gegeben hatte. Er überlegte, was sein könnte. *Vielleicht ist sie nur kurz aus dem Haus. Vielleicht steht sie gerade unter der Dusche, so wie ich vorhin, und hört das Telefon nicht läuten. Vielleicht ist sie im Keller, um Getränke oder die Marmelade für das morgige Frühstück hochzuholen. Oder vielleicht … vielleicht ist Dieter Ruck bei ihr und hindert sie daran, den Hörer abzunehmen. Oder noch schlimmer ….* Aber daran wollte er nicht denken.

Nur zehn Minuten später versuchte er erneut, Haas zu erreichen. Und wieder hatte er keinen Erfolg. Jetzt machte er sich ernsthafte Sorgen. Vor nicht einmal einer halben Stunde hatte die Frau versucht, ihn anzurufen. Und falls sie danach etwas vorgehabt hätte, dann hätte sie es ihm auf dem Anrufbeantworter mitgeteilt. Sie hätte eine Uhrzeit angegeben, bis wann sie erreichbar sein würde. Zumindest hätte er im umgekehrten Fall so gehandelt.

Wellinger war beunruhigt und musste etwas tun. Sollte er die Polizei anrufen? Doch zunächst probierte er es bei Sebastian Ketterer. Der war schließlich auch Polizist.

»Hallo, Herr Ketterer«, sagte er, als Sebastian abgenommen hatte. »Ich weiß, dass Sie Schwierigkeiten auf Ihrer Dienststelle haben. Trotzdem möchte ich Sie um einen Gefallen bitten …«

»Den gleichen Gefallen, den ich auch Ihrem ehemaligen Kollegen tun sollte? Kriminalhauptkommissar Herzog hat mich gegen Abend auch schon angerufen«, erwiderte Sebastian.

»Ich weiß. Er hat es mir erzählt. Es geht darum, dass ich Barbara Haas nicht erreichen kann und ich befürchte, dass vielleicht Ruck bei ihr ist und sie daran hindert, ans Telefon zu gehen. Dass er sie bedroht, oder dass …«

»…dass er ihr etwas antun will«, vervollständigte Sebastian den Satz.«

»Exakt. Und deshalb benötige ich Ihre Hilfe.«

»Tut mir leid, Herr Wellinger. Aber für mich ist in der Sache Schluss. Mein Kumpel bei der Kripo Freiburg wird mich nach wie vor auf dem Laufenden halten. Und zwar nicht nur im Fall Martina Esswein, sondern auch in der Mordsache Hanna Lorenz. Denn wir alle können mittlerweile davon ausgehen, dass für die Ermordung der beiden Mädchen ein und derselbe Täter verantwortlich ist. Und deshalb werden die Ermittlungen miteinander verschmelzen. Vielleicht werde ich Ihnen auch künftig noch die eine oder andere Information zukommen lassen, soweit ich das mit meinem Gewissen vereinbaren kann, oder besser gesagt, sofern ich keine Grenze überschreite, die mir mein Chef gesetzt hat. Aber aktiv werde ich auf keinen

Fall noch irgendetwas unternehmen. Und ich bitte Sie, dies zu respektieren.«

»Das werde ich. Ich kann Sie voll und ganz verstehen.« Wellinger räusperte sich und Sebastian konnte seine Enttäuschung förmlich spüren.

»Aber eines werde ich tun. Ich werde bei der Polizei in Freiburg anrufen und darum bitten, eine Streife bei Haas vorbeizuschicken. Wie ich denen das erklären soll, weiß ich auch noch nicht. Aber mir wird schon was einfallen.«

»Gute Idee, Herr Ketterer. Ich hoffe nur, dass dort Ihr Hilferuf ernst genommen wird. Bis dann. Wir bleiben in Kontakt.«

Unmittelbar nach dem Gespräch wählte Sebastian die Nummer der Polizei in Freiburg.

KAPITEL 32

Nachdem Ruck aufgelegt hatte, machte er sich gleich auf den Weg. Er konnte es nicht fassen, dass seine Freundin nach all den Jahren, in denen er sie kontrolliert und stets die Richtung vorgegeben hatte, plötzlich rebellierte und sich ihm widersetzen wollte. Würde sie tatsächlich auspacken? Ihn verraten?

Er hatte immer darauf geachtet, in der Öffentlichkeit unauffällig zu bleiben, nach außen hin ein einfaches, normales Leben zu führen. Und das war ihm bisher stets gut gelungen.

Ursprünglich aufgewachsen war er in Auggen, einer beschaulichen Gemeinde im Markgräflerland. Nach seinem Hauptschulabschluss hatte er dort eine Lehre als Elektriker absolviert und arbeitete anschließend zunächst als Hausmeister für eine Baugenossenschaft.

Mit Anfang zwanzig merkte er zum ersten Mal, dass etwas mit ihm nicht stimmte, dass er anders war als seine gleichaltrigen Freunde. Denn immer dann, wenn er Mädchen im Teenageralter sah, die ängstlich oder hilflos auf ihn wirkten, kam eine seltsame Erregung in ihm auf. Dann stellte er sich vor, über diese jungen Wesen irgendwie Macht und Kontrolle auszuüben. Doch er wusste noch nicht, wie er seinen Trieb ausleben sollte. Das kam erst später, und zwar auf eine brutale, grausame Art, die jedes Mal seinen Opfern das Leben kostete.

Mit dreiunddreißig hatte er im elsässischen Mulhouse, einer Stadt am Dreiländereck Frankreich-Deutschland-Schweiz, geheiratet. Damals kündigte er seinen Hausmeisterjob und nahm eine Stelle als Fahrer bei einer hiesigen Spedition an. Jetzt hatte sich ausgezahlt, dass er während seines Wehrdienstes bei der Bundeswehr den LKW-Führerschein gemacht hatte.

Fast fünf Jahre wohnte er mit seiner französischen Frau, die er zwei Jahre zuvor auf dem Auggener Winzerfest kennengelernt hatte, in der Stadt im Osten Frankreichs zusammen. In all der Zeit, in der er mit Monique zusammen war, verspürte er nie ein gefährliches Verlangen, einen finsteren Trieb in sich aufkommen, denn Monique war eine starke, selbstbewusste Frau. Doch im Laufe der Zeit konnte er es nicht mehr ertragen, sich ihr gegenüber unterlegen zu fühlen, keine Macht und Kontrolle über sie ausüben zu können. Und so kam es, dass er sich während seiner Fahrten mit seinem Zwölf-Tonnen-Transporter nach jungen Mädchen umschaute, die verlassen, schwach oder bedrückt zu sein schienen. An ihren verzweifelten Gesichtern, an ihren traurigen Augen, die ins Leere blickten, konnte er sich ergötzen. Ihnen gegenüber fühlte er sich stark und überlegen. In ihrer Gegenwart kam diese seltsame Erregung, dieser für ihn unerklärliche Trieb in ihm auf, gegen den er sich vergeblich zu wehren versuchte. Er wusste, dass er sie für ihre Schwäche bestrafen musste.

Dieses Gefühl von Macht und Kontrolle, dieses Gefühl, über diese armen Geschöpfe richten zu können, bedeutete

Glück für ihn. Und dieses Glücksgefühl vermisste er im Alltag mit seiner Frau. Er wollte nicht mehr die zweite Geige in seiner Ehe spielen.

Da er und Monique ohnehin schon lange Zeit nur noch eine Ehe auf dem Papier führten, zog er einen Schlussstrich.

Nach der Scheidung zog er in das rund vierzig Kilometer entfernte Appenwihr. Wieder wechselte er den Arbeitgeber und war von nun an als LKW-Fahrer bei den Todtnauer Holzwerken beschäftigt. Während dieser Zeit lernte er eines Abends Barbara in Freiburg kennen. Sie war ihm aufgefallen, weil sie regungslos an einem Tisch in der hintersten Ecke einer kleinen Kneipe saß und mit traurigen Augen minutenlang aus dem Fenster schaute. Er sprach sie an und nach dem zweiten oder dritten Treffen erzählte sie ihm vom frühen Unfalltod ihres Mannes, den sie immer noch schmerzlich vermisste. Sie erzählte und er hörte einfach nur zu. Barbara gefiel das, doch sie konnte nicht ahnen, dass hinter diesem aufmerksamen Zuhören etwas anderes steckte. Ruck labte sich an ihren verzweifelten Versuchen, loslassen zu können und wieder in die Spur zurückzufinden.

Heute wohnte Dieter Ruck wieder in Deutschland, in Bad Krozingen, rund siebzehn Kilometer von Freiburg entfernt.

Da er es leid war, ständig auf überfüllten Straßen und Autobahnen unterwegs zu sein und von einem in den nächsten Stau zu geraten, hatte er bei den Todtnauer Holzwerken gekündigt, zog um und nahm eine Anstellung bei einem kleinen Elektrobetrieb in seinem neuen Wohnort an.

Während seiner Fahrt von Bad Krozingen nach Freiburg dachte er darüber nach, wie er seine Freundin am besten davon abbringen könnte, sich an die Polizei zu wenden. Sollte er doch mit ihr zusammenziehen und das halbe Jahr, das sie höchstwahrscheinlich nur noch hatte, einfach aussitzen? Dann würde sich die Sache von selbst erledigen.

Doch er wusste nicht, ob er es würde ertragen können, Barbara Tag für Tag um sich zu haben. Vielleicht müsste er sie in naher Zukunft sogar noch pflegen und das würde er bestimmt nicht aushalten. Und selbst wenn er die Zeit, die ihr noch blieb, mit ihr verbringen würde, konnte er nicht sicher sein, dass sie ihn nicht doch noch verraten würde.

Bisher konnte er Barbara stets lenken und kontrollieren und sie tat immer nur das, was er wollte. Doch seit dem Telefonat von vorhin zweifelte er daran, dass ihm das auch künftig noch gelingen würde.

Aber was würde er tun, wenn es nur noch die eine, die ultimative Möglichkeit gab, Barbara loszuwerden? Wo sollte er untertauchen, wenn die Polizei doch noch auf seine Spur kommen sollte? Er dachte nach und hoffte, dass ihm noch etwas einfallen würde.

Nicht einmal zwanzig Minuten nach dem Telefonat mit seiner Freundin kam er im Freiburger Stadtteil Weingarten an. Wie üblich parkte er seinen VW-Bus nicht direkt in der Sulzburger Straße, sondern stellte sein Fahrzeug in einer Parklücke in einer Seitenstraße ab. Bevor er ausstieg, atmete er tief durch. Es war anders als sonst. Er war nervös und seine Hände zitterten. Als er um die Ecke bog und den Gehweg entlanglief, schaute er zum Fenster im zweiten Stock des Mehrfamilienhauses hoch. Doch dieses Mal stand Barbara nicht oben, um ihm zuzuwinken.

Nachdem er geläutet und Barbara Haas ihm die Haustür geöffnet hatte, ging er die Treppen hoch und nahm seine Freundin noch am Wohnungseingang sofort in den Arm. Eine ungewöhnliche Geste, über die sich Haas wunderte, denn normalerweise fiel seine Begrüßung wesentlich nüchterner aus.

»Komm erst mal rein«, sagte sie. Ruck ging an ihr vorbei und setzte sich auf die Couch. Mit einer Handbewegung deutete er ihr an, sich neben ihn zu setzen, doch Haas zog es vor, auf dem Sessel ihm gegenüber Platz zu nehmen. Einen Augenblick lang schauten sie sich wortlos in die Augen. Dann ergriff Haas das Wort.

»Tja, so ist es im Leben. Wenn die Uhr abgelaufen ist, dann ist es vorbei.« Ihre Augen füllten sich mit Tränen. »Und wenn man dann zurückblickt, dann wünscht man sich, bewusster, intensiver gelebt zu haben. Und man würde … man würde das eine oder andere anders machen.«

»Barbara, was hättest du denn anders gemacht?«, wollte er wissen.

Sie überlegte einige Sekunden, ob sie ihm das antworten sollte, was ihr auf dem Herzen lag. Dann dachte sie sich: *Was hab ich schon zu verlieren?* »Ich hätte nicht immer nur nach deiner Pfeife tanzen sollen. Ich hätte nicht immer nur das machen sollen, was *du* wolltest. Immer ging es … immer ging es nach dir, ging es um *dich*. Meine Wünsche, meine Bedürfnisse blieben auf der Strecke. Nur komisch, dass ich erst jetzt zu der Einsicht gelangt bin. Jetzt, wo ich nicht mehr lange zu leben habe, und …«

»Aber Barbara«, fuhr er dazwischen, doch sie ließ ihn nicht zu Wort kommen. Erschrocken sah er sie an, als sie ihn energisch unterbrach. Er war es nicht gewohnt und zuckte regelrecht zusammen.

»… und ich hätte damals für dich nicht lügen dürfen«, fuhr sie unbeirrt und mit erhobener Stimme fort. »Dieter, sag mir jetzt endlich die Wahrheit. Hast du etwas mit den Morden zu tun? Wenn ja, dann stell dich der Polizei. Stell dich deiner Verantwortung. Mach reinen Tisch, so wie ich es tun werde. Und wenn du unschuldig bist, dann wird sich das herausstellen. Dann hast du nichts zu befürchten.«

Ruck meinte, sich verhört zu haben. Was hatte sie eben gesagt? *Mach reinen Tisch, so wie ich es tun werde.* Wie ein Blitz schlugen diese Worte bei ihm ein. Er musste handeln.

»Also doch«, sagte er. »Du wirst mich verraten.«

Seine Stimme klang plötzlich ganz anders. Bedrohlich. Abgründig. Er schaute sie mit einem finsteren Blick an, der ihr Herz gefrieren ließ. Als Haas erkannte, dass irgendetwas in ihm vorging, begann das Blut durch ihre Adern zu rasen. Sie wollte etwas sagen, brachte aber keinen Laut hervor. Von einem auf den anderen Moment waren ihr Selbstvertrauen und ihre Entschlossenheit verschwunden.

Als er sich von der Couch erhob, erwachte sie aus ihrer Benommenheit. Sie schoss aus ihrem Sessel, griff nach dem Aschenbecher, der auf dem Wohnzimmertisch stand, holte blitzschnell aus und schlug nach ihm. Er wich zurück und das Glasgefäß streifte nur leicht sein Kinn. Sie holte nochmal aus, aber er packte sie am Handgelenk. Mit der anderen Hand griff er ihr an den Hals. Verzweifelt nach Luft schnappend schwankte sie nach hinten. Gleichzeitig machte er zwei Schritte nach vorne und presste sie mit dem

Rücken an den Wohnzimmerschrank. Durch das Gewicht ihres Körpers zerbarst das Glas der Vitrine. Sie begann zu röcheln. Der Aschenbecher glitt ihr aus der Hand. Mit letzter Kraft versuchte sie, sich aus seiner Umklammerung zu lösen, doch nun drückte er ihr mit beiden Händen die Kehle zu und ließ ihr keine Chance.

Barbaras Augen wurden schwer und sie erinnerte sich plötzlich daran, einmal gelesen zu haben, dass sich im Angesicht des Todes das Leben im Zeitraffer nochmal abspulte. Sie sah sich als Kind, das auf einer bunten Wiese kniete, gelbe Butterblumen pflückte, eiligst nach Hause rannte und den Blumenstrauß freudestrahlend ihrer Mutter entgegenstreckte. Sie sah sich als Teenager auf dem Schulhof stehen, die erste Zigarette rauchend, sah das Gesicht ihres ersten Freundes vor sich, der ihr ihren ersten Kuss zart auf ihre Lippen drückte, und sie sah, wie sie vor dem Traualtar stand und ihr Mann ihr den Ring über den Finger streifte. Doch dann wurde es dunkel.

Als Ruck bemerkte, dass ihr Körper erschlaffte, ihre Arme nach unten sackten und Barbara ihn mit weit aufgerissenen, leblosen Augen ansah, wusste er, dass es vorbei war. Er bückte sich und ließ sie auf den Boden gleiten. Von oben herab schaute er sie an. Wieder hatte er ein Leben ausgelöscht, doch dieses Mal war es anders gewesen. Er hatte weder Erregung verspürt, noch hatte er sich an ihrer Angst weiden oder diese seltsame Zufriedenheit empfinden können, die er bei seinen früheren Taten verspürt hatte.

Auch wusste er nicht, wie er seine Spuren verwischen sollte, wie es ihm bisher immer gelungen war. Er konnte sie nicht einfach in einen Teppich wickeln, den Gehweg mit dem toten Körper auf der Schulter entlanglaufen, sie in sein Auto laden und davonfahren. Was hätte das gebracht?

Er musste verschwinden. Weg von hier, so schnell wie möglich diesen Ort verlassen. Doch zuvor wollte er noch herausfinden, ob Barbara schon die Polizei angerufen hatte, denn sie hatte gesagt, sie wolle reinen Tisch machen. Oder hatte sie es vielleicht schon getan?

Als plötzlich das Telefon klingelte, zuckte er vor Schreck zusammen. Sein Herz raste. Im Stakkato bewegte sich sein Brustkorb auf und ab. Dann atmete er tief ein und ließ die Luft langsam wieder zwischen den Lippen entweichen.

Er ging in den Flur und wartete, bis es zu klingeln aufhörte. Dann nahm er den Hörer ab und rief die ausgehenden Telefonverbindungen auf. Er fand drei Nummern vor, die Barbara an diesem Nachmittag angerufen hatte. Die erste war ihm bekannt. Es war die Nummer der Telefonauskunft. Die beiden anderen kannte er nicht. Er zog die Schublade der Kommode auf, holte Stift und Notizzettel heraus und notierte sich die gewählten Rufnummern. Danach löschte er die Liste und ging zur Tür.

Vorsichtig schaute er in den Hausflur hinaus. Als er niemanden sah, zog er leise die Tür hinter sich zu und lief die Treppen hinunter. Draußen angekommen, sah er einen Streifenwagen der Polizei, der gerade in die Straße einbog. So unauffällig wie möglich entfernte er sich langsamen Schrittes vom Tatort.

Nachdem er um die Ecke gebogen war, atmete er tief durch und stieg in seinen VW-Bus. In dem Moment, in dem er den Zündschlüssel umdrehte, fiel ihm plötzlich ein, an wen er sich wenden, wer ihm bei seiner Flucht helfen würde. Ein Grinsen erschien auf seinem Gesicht und er fuhr davon.

KAPITEL 33

Als Kriminalhauptkommissar Waldemar Gutmann in der Sulzburger Straße ankam, waren seine beiden Kollegen Köberlein und Schreiner schon da. Die Beamten der Spurensicherung in ihren weißen Overalls und Überschuhen untersuchten schon seit einer Weile den Tatort. Da die Dämmerung bereits eingetreten war und die Wohnzimmerbeleuchtung nicht ausreichend Licht spendete, waren mehrere Scheinwerfer aufgestellt, um den düsteren Raum auszuleuchten. Offenbar war bereits alles fotografiert, denn Gutmann sah diverse Messstäbe auf dem Boden liegen. Dann sah er den leblosen Körper. Um ihn herum war der Teppich mit unzähligen kleinen Glassplittern übersät, die von der geborstenen Glasvitrine stammen mussten.

»Guten Abend, Herr Gutmann«, begrüßte Köberlein seinen Kollegen. »Schön, dass Sie kommen konnten. Marc und ich dachten, dass es ganz gut wäre, wenn Sie zu uns stoßen würden, denn wie es aussieht, haben wir hier einen Mord, der höchstwahrscheinlich mit den Mordfällen Lorenz und Esswein zusammenhängt. Anscheinend hat unser Freund Dieter Ruck wieder zugeschlagen.«

»Mal ganz langsam, Herr Kollege. Bringen Sie mich

bitte erst mal auf Ihren Wissensstand. Anscheinend haben Sie einen kleinen Vorsprung, denn wie Sie wissen, war ich heute nicht im Büro.« Gutmann schob seine Daumen unter die Hosenträger und wartete gespannt auf Köberleins Antwort.

»Thommy, kannst du das bitte übernehmen. Schließlich hast du das Telefonat angenommen und dir alles fein säuberlich notiert.«

»Okay«, antwortete Schreiner. »Dann fang ich mal von ganz vorne an. Heute am späten Nachmittag erhielten wir einen Anruf von Polizeikommissar Sebastian Ketterer aus Kirchzarten. Er hat darum gebeten, eine Polizeistreife hier in der Sulzburger Straße vorbeizuschicken. Er befürchtete, dass Barbara Haas, die ehemalige oder noch Freundin von Dieter Ruck, in Gefahr sei.«

»Wie kam er zu der Ansicht?«, wollte Gutmann wissen.

»Er sagte, Haas habe zuvor bei Günther Herzog von der Kripo Mannheim angerufen. Sie wollte mit Werner Wellinger Kontakt aufnehmen und hat nach seiner Telefonnummer gefragt. Wellinger ist der …«

»Ich weiß, wer das ist. Meerfeld hat mich über die Sache informiert. Und weiter?«

»Also, nachdem Wellinger seinen Anrufbeantworter abgehört hatte, versuchte er vergeblich, Haas zu erreichen. Dann bat er wohl Polizeikommissar Ketterer um Hilfe und der hat, wie schon erwähnt, sich mit uns in Verbindung gesetzt. Danach haben wir gleich den Polizeiposten Freiburg-Weingarten verständigt. Die haben eine Streife losgeschickt. Da nach mehrmaligem Klingeln den Beamten niemand geöffnet hat, haben sie es bei der Wohnungsnachbarin probiert. Und die sagte aus, dass es kurz vor dem Eintreffen der Polizisten nebenan ziemlich laut geworden sei. Irgendwas habe gescheppert, aber als es dann wieder still geworden war, habe sie der Sache keine Aufmerksamkeit mehr geschenkt. Doch den Beamten kam die Angelegenheit verdächtig vor, zumal ihnen niemand öffnen wollte, obwohl die Nachbarin kurz zuvor laute Geräusche aus der Wohnung vernommen hatte. Daraufhin haben sie richtig gehandelt und einen Schlüsseldienst angerufen, um in die Wohnung zu gelangen. Leider hat es fast eine halbe Stunde gedauert, bis die da waren. Ja, und als die Tür endlich auf war, fanden sie die Tote und haben uns verständigt.«

»Also war das Türschloss zuvor nicht beschädigt? Es gab keine Spur eines gewaltsamen Eindringens in die Wohnung?«

»Korrekt«, antwortete Schreiner. »Demnach muss das Opfer dem Täter die Tür geöffnet haben.«

»Dann hatte dieser Wellinger wohl den richtigen Riecher«, sagte Gutmann mit hochgezogenen Augenbrauen. »Nur genutzt hat es der Dame nichts. Ich hoffe nur, dass er oder Polizeikommissar Ketterer nicht zu viel Zeit verplempert haben und Haas noch zu retten gewesen wäre. Denn dann haben die beiden ein Problem. Aber Sie haben recht, Herr Kollege. Das Opfer hat den Täter in die Wohnung gelassen. Und es liegt nahe, dass es sich um Dieter Ruck handelte. Aber wo verdammt steckt er? Wir suchen ihn ja schon eine Weile.«

Gutmann richtete seinen Blick auf den Gerichtsmediziner, der die ganze Zeit neben der Leiche in der Hocke saß und sich Notizen machte.

»Guten Abend, Herr Doktor Goldbach. Vom Urlaub

zurück?«, fragte der Kripomann mit einem Augen-
zwinkern.

Der Facharzt für Pathologie schaute auf und rollte die
Augen. »Schon lange. Eigentlich bin ich schon wieder
urlaubsreif. Sie wollen sicherlich wissen, wie und wann
das Opfer zu Tode gekommen ist?«

Gutmann nickte.

»Das Opfer wurde erwürgt. Und so wie es aussieht, mit
einer derart brachialen Gewalt, wie ich es nur selten gesehen habe.«

»Haben Sie Ähnliches eventuell in jüngster Vergangenheit gesehen?«

»Ich weiß, auf was Sie hinauswollen. Der Fall Esswein
ist noch nicht lange her. Und ja. Soweit ich das momentan
beurteilen kann, liegen ähnliche Merkmale vor. Zum Beispiel die extrem starken Würgemale und die Einblutungen
in den Bindehäuten. Zudem dürften der Kehlkopf und das
Zungenbein gebrochen sein, aber das kann ich Ihnen erst
nach der Obduktion zweifelsfrei sagen. Sicher ist nur, dass
der Täter über eine enorme Kraft verfügen muss, die er
auch vollends eingesetzt hat.«

»Können Sie etwas über den Tatzeitpunkt sagen?«,
fragte Gutmann.

Der Gerichtsmediziner schaute auf seine Uhr. »Wir
haben jetzt Viertel vor neun. Ich denke, so vor drei bis
vier Stunden.«

»Das würde sich auch gut mit der Aussage der Nachbarin decken«, warf Köberlein ein. »Sie sagte, um zehn nach
fünf sei es laut geworden. Sie konnte sich die Uhrzeit deshalb gut merken, weil zu dieser Zeit ihre Lieblingssendung
anfängt und sie gerade den Fernsehapparat einschalten

wollte. Da habe es nebenan plötzlich einen Schlag getan. Ich denke, das war der Moment, als die Glasvitrine zu Bruch gegangen ist, der Moment, in dem er sie angegriffen und erwürgt hat.«

»Dann stellt sich nur noch die Frage, warum er sie ermordet hat, sofern es Ruck war. Aber das werden wir herausfinden. Und Vorsicht, meine Herren«, sagte Gutmann an Köberlein und Schreiner gerichtet. »Wir dürfen uns keinesfalls zu schnell festlegen, trotz aller Anzeichen, die für Ruck als Täter sprechen.«

»Den Fehler machen wir sicher nicht noch einmal«, erwiderte Köberlein, während Schreiner nur mit dem Kopf nickte.

»Gut so. Ich weiß, dass das Wochenende vor der Tür steht. Aber es liegt jede Menge Arbeit vor uns. Sie, Herr Köberlein, setzen sich mit Sebastian Ketterer und dem Mannheimer Kriminalhauptkommissar Herzog in Verbindung. Finden Sie heraus, was es mit den Telefonaten untereinander und mit dem Anruf von Barbara Haas auf sich hat. Lassen Sie auch die Telefonverbindungen des Opfers überprüfen. Wenn Ruck der Täter ist, wird er wohl auch in der Liste auftauchen. Sie, Herr Schreiner, schauen sich hier im Umfeld der Sulzburger Straße um. Vielleicht hat irgendjemand etwas beobachtet. Prüfen Sie, ob es Überwachungskameras in der Umgebung gibt und so weiter. Und ich werde mir nochmal das Umfeld von Dieter Ruck vornehmen, mit diesem Wellinger Kontakt aufnehmen und Kurt Meerfeld informieren, dass wir noch einen Mord aufzuklären haben. Bis Montagvormittag müssen wir irgendetwas vorweisen können, sonst dreht unser Inspektionsleiter noch durch, denn Bäumler macht ihm mächtig Druck. Dem wiederum hängt der Staatsanwalt im Genick. Ja und dann haben wir auch noch die Presse. Die wird sich mit Wonne auf diesen neuen Mord stürzen und spätestens am Montag mit großen Lettern darüber berichten.«

»Herr Gutmann, wenn wir schon beim Thema sind«, warf Schreiner ein. »Draußen vor der Tür stehen Leute von der *Badischen Zeitung* und den *Freiburger Nachrichten*. Soll ich die abwimmeln?«

»Nein, lassen Sie mal. Die übernehme ich. Wir stehen bei den Zeitungsfritzen im Fokus und jeder kleinste Fehler landet sofort auf den Titelseiten. Ich werde denen etwas Futter geben, damit die auch nur das schreiben, was wir momentan preisgeben wollen. Und wir müssen vermeiden, dass die uns als unfähig hinstellen. Also, meine Herren, machen Sie sich an die Arbeit. Ich denke, Meerfeld wird am Montag eine Lagebesprechung einberufen. Sobald ich mit ihm gesprochen habe, und er mir einen konkreten Termin genannt hat, werde ich Sie informieren. Viel Erfolg und bis dann.«

KAPITEL 34

Er fuhr mit seinem alten zweihunderter Mercedes auf der vielbefahrenen Bundesstraße und konnte sich kaum auf den Verkehr konzentrieren. Immer und immer wieder musste er an die gestrigen Telefonate denken. Zuerst hatte ihn Kriminalhauptkommissar Gutmann von der Kripo Freiburg angerufen und ihn über den Mord an Barbara Haas informiert. Wellinger hatte nicht lange drumherum geredet, sondern dem Kripomann wahrheitsgemäß und ohne Umschweife berichtet, wie er auf den Anruf von seinem Freund Günther Herzog reagierte, den er auf seinem Anrufbeantworter vorgefunden hatte. Auch hatte er ihm von seinen schlimmsten Befürchtungen berichtet, dass Barbara Haas in Gefahr sein und ihr etwas zustoßen könne. Und obwohl Polizeikommissar Ketterer bei der Polizei in Freiburg Alarm geschlagen hatte, wurden seine Befürchtungen leider wahr. KHK Gutmann beendete das Gespräch mit den Worten »Sie hören noch von mir«.

Unmittelbar nach diesem Gespräch hatte sich Wellinger mit Sebastian Ketterer in Verbindung gesetzt. Nach dem Telefonat war Sebastian am Boden zerstört. Er erzählte Wellinger, dass auch er einen Anruf erhalten habe, und zwar von Kriminalhauptkommissar Marc Köberlein. Und nun dachte Sebastian darüber nach, ob das Opfer zu retten gewesen wäre, wenn er gleich nach Herzogs Anruf reagiert hätte. Er war untröstlich und Wellinger schlug ihm vor, ihn zu besuchen und gemeinsam die Sache Revue passieren zu lassen. Sebastian sagte ihm, er würde ihn bei Veronika Esswein antreffen, die er am Nachmittag besuchen würde.

Jetzt befand sich der pensionierte Hauptkommissar in seinem Auto auf dem Weg nach Kirchzarten und viele Dinge geisterten in seinem Kopf herum. Er sah Barbara Haas vor sich, die ihn um Hilfe anflehte. Im nächsten Moment sah er ein schreckliches Bild, wie sie ihn mit weit aufgerissenen, toten Augen anstarrte und ihm mahnend den Zeigefinger entgegenstreckte.

Und obwohl er die Frau nur ein einziges Mal gesehen hatte, als er sie vor etwa zwei Wochen besucht und nach Ruck befragt hatte, sah er sie ganz deutlich mit ihren schwarzen Jeans, der beigen Bluse und ihrem langen, dunkelblonden Haar, das ihr auf die Schultern fiel, vor sich. Nur ihre toten Augen passten nicht ins Bild.

Eine Rotte Wildschweine, die ungefähr hundertfünfzig Meter von ihm entfernt die Fahrbahn überquerte, holte ihn in die Gegenwart zurück. Er bremste ab, schüttelte sich und zwang sich, sich von nun an auf die Straße und den Verkehr zu konzentrieren und die bösen Geister aus seinem Kopf zu vertreiben.

Gegen sechzehn Uhr kam er in Kirchzarten an. Er bog in die Jakob-Saur-Straße ein und parkte seinen Wagen direkt vor dem Mehrfamilienhaus, in dem Veronika wohnte.

Als er oben das Wohnzimmer betrat, sah er Sebastian wie ein Häufchen Elend auf der Couch sitzen. Wortlos nahm er auf dem Sessel ihm gegenüber Platz.

»Darf ich Ihnen eine Tasse Kaffee bringen?«, fragte Veronika. Wellinger nickte und sie verschwand in der Küche. Nachdem sie zurückgekommen war, stellte sie die Kaffeetasse vor ihm auf den Tisch und setzte sich neben Sebastian auf die Couch. Wellinger rührte seinen Kaffee mit einem Löffel um und beobachtete, wie Sebastian nach Veronikas Hand suchte, sie nach seiner Hand griff und sie fest an ihre Brust drückte.

»Herr Ketterer, es bringt jetzt nichts, wenn Sie sich Vorwürfe machen«, sagte Wellinger, nachdem er einen Schluck aus seiner Tasse genommen hatte. »Das bringt die Tote auch nicht zurück. Und außerdem wissen wir nicht, ob wir sie überhaupt hätten retten können. Das werden erst die Ermittlungen der Kripo Freiburg ergeben. Aber bis dahin dürfen Sie sich nicht in Ihr Schneckenhaus verkriechen.«

»Mag sein, dass Sie recht haben«, erwiderte Sebastian. »Aber solange noch nicht feststeht, ob ich nicht doch den Mord hätte verhindern können, solange lässt mir das einfach keine Ruhe. Und außerdem weiß ich nicht, ob die Sache für mich Konsequenzen haben wird. Immerhin wurde ich von Kriminalrat Kurt Meerfeld und auch von meinem Vorgesetzten eindringlich darauf hingewiesen, mich aus der Sache herauszuhalten und auf eigene Faust nichts mehr zu unternehmen.«

»Aber genau das haben Sie doch getan. Sie haben die Anweisungen befolgt und haben auf eigene Faust nichts unternommen, sondern die Polizei in Freiburg informiert und darum gebeten, eine Streife bei Barbara Haas vorbeizuschicken. Demnach war Ihr Verhalten aus meiner Sicht von A bis Z korrekt.«

»Das schon, aber mir liegt die Sache trotzdem schwer im Magen. Hätte ich schneller reagieren sollen? Und zwar gleich, nachdem mich Ihr ehemaliger Kollege aus Mannheim angerufen hat? Hätte ich mich sofort ins Auto setzen sollen, um bei Barbara Haas nach dem Rechten zu sehen? Diese Fragen quälen mich und lassen mir keine Ruhe.«

Auch Sebastian hatte eine Tasse Kaffee vor sich stehen. Als er sie zum Mund geführt und einen Schluck genommen hatte, verzog er sein Gesicht und stellte die Tasse wieder ab.

»Soll ich dir eine neue bringen?«, fragte Veronika. »Immerhin steht die schon eine halbe Stunde unberührt vor deiner Nase.«

Sebastian schüttelte den Kopf. »Nein, lass mal. Ein Schnaps wär mir jetzt lieber. Vielleicht kann der mich auf andere Gedanken bringen.«

»Wenn Sie einen nehmen, dann trink ich einen mit«, warf Wellinger mit einem sanften Lächeln ein. »Sie müssen wissen, mir geht es auch nicht viel besser als Ihnen. Auch ich mache mir so meine Gedanken.«

»Gut«, sagte Veronika. »Dann bringe ich euch beiden mal so einen Seelentröster. Ich bleibe lieber beim Kaffee.«

Sie stand auf, ging zum Wohnzimmerschrank, schenkte ihnen einen Mirabellenschnaps ein und stellte die Gläser auf den Tisch. Wellinger und Sebastian prosteten sich zu und leerten ihre Gläser in einem Zug. Als sie die leeren Gläschen wieder abgestellt hatten, schauten sie sich einen Moment lang schweigend an. Wellinger konnte seinem Gegenüber deutlich ansehen, dass es ihm nicht gut ging, und daran konnte auch der Seelentröster, wie Veronika das hochprozentige Getränk bezeichnet hatte, nichts ändern.

»Herr Ketterer, ich sage es Ihnen jetzt noch einmal. Machen Sie sich keine Vorwürfe, sondern warten Sie die weiteren Ermittlungen der Polizei ab. Dann sind wir alle schlauer.«

Sebastian presste seine Lippen aufeinander, dann sagte er: »Mir wird wohl nichts anderes übrigbleiben.«

»Genau. Und Sie können davon ausgehen, dass die Kripo Freiburg nicht nur unsere Rolle im Mordfall Barbara Haas prüfen wird. Sie wird jetzt auch noch intensiver als bisher nach Dieter Ruck fahnden. Er ist Hauptverdächtiger, denn es ist naheliegend, dass er Haas umgebracht hat. Vielleicht wegen des alten Grundsatzes: Ein Geheimnis kann nur dann von zwei Menschen bewahrt werden, wenn eine der beiden Personen tot ist. Vermutlich wollte Haas ihre Aussage revidieren, die sie vor rund zwei Jahren gemacht hat. Dann wäre er aufgeflogen. Und höchstwahrscheinlich ist er nicht nur für den Mord an Barbara Haas verantwortlich.«

Wellinger machte eine kleine Pause und sah zu Veronika hinüber. Sie nickte ihm kurz zu, doch im nächsten Moment schloss sie gedankenverloren ihre Augen und senkte den Kopf zu Boden.

»Es wird eng für ihn«, fuhr Wellinger fort. »Und ich denke, dass es nur noch eine Frage der Zeit ist, bis er geschnappt wird. Soweit es mir möglich ist, werde ich die Sache weiter beobachten. Herr Ketterer, wir bleiben auf jeden Fall in Kontakt. Vielen Dank für den Kaffee, Frau Esswein. Und natürlich auch für den Schnaps.« Wellinger erhob sich aus seinem Sessel.

»Fahren Sie heute wieder zurück nach Triberg?«, wollte Veronika wissen.

»Nein. Ich habe mich wieder in der Nähe des Titisees einquartiert und bleibe für ein paar Tage hier in der
Gegend. Vielleicht sogar eine ganze Woche. Es gibt jede
Menge Wanderwege, die ich noch erkunden möchte. Falls
irgendetwas sein sollte, können Sie mich im Landgasthof
Zum Goldenen Hirschen, oberhalb von Titisee-Neustadt,
erreichen.«

Nachdem sie sich von Wellinger verabschiedet hatten,
setzten sie sich wieder auf die Wohnzimmercouch. Veronika merkte, dass es Sebastian immer noch miserabel ging,
dass ihn die ganze Sache immer noch sehr beschäftigte.
Und dieses Mal war *sie* es, die *ihn* trösten musste.

Sie dachte an die vielen Stunden, die er nach Martinas
Tod mit ihr verbracht hatte, wie er die ganze Zeit für sie
da war, ihr Trost spendete und sie sich an seiner Schulter
ausweinen konnte. Er tat ihr einfach gut und half ihr, über
die schwere Zeit hinwegzukommen.

Sie nahm seine Hand und lehnte sich an ihn. Und so
saßen sie noch eine ganze Weile aneinandergeschmiegt
da. Bis sich Sebastian räusperte und fragte: »Was machen
eigentlich deine Bewerbungen? Du hast mir doch mal erzählt, dass du wieder in deinen alten Beruf zurück möch-
test und du dich hier und da beworben hast.«

Veronika nahm diesen Themawechsel dankend an, wo-
durch Sebastian wohl versuchte, auf andere Gedanken zu
kommen.

»Am Dienstag hab ich ein erstes Vorstellungsgespräch
bei einer Firma in Freiburg, die Fertighäuser herstellt.«

»Das klingt doch gut. Und weiter?«

»Dann gab es noch drei Absagen, aber die Winzergenossenschaft Wolfenweiler hat mir mitgeteilt, dass ich in der engeren Auswahl sei und sie in den nächsten Tagen noch auf mich zukommen würden. Die suchen auch jemanden fürs Büro.«

»Das klingt ja noch besser. Wenn das bei denen klappt, wirst du künftig immer Wein zu Hause haben. Und günstiger ist der dann auch noch für dich.«

»Warten wir erst mal ab, was dabei rauskommt. Die Fertighausfirma wäre mir eigentlich lieber. Vielleicht erhalte ich demnächst die Zusage. Das wäre ein tolles Geburtstagsgeschenk für mich.«

»Wann hast du denn? Ich schätze mal, du wirst siebenundzwanzig?«, sagte Sebastian augenzwinkernd.

»Scherzkeks. Du weißt doch genau, wie alt ich bin.«

»Woher soll ich das denn wissen?« Er grinste sie an.

»Als ich … als ich die Vermisstenanzeige aufgegeben habe. Da habe ich dir alle Daten genannt.«

»Ertappt. Du wirst am 11. Juli vierunddreißig. Und … tut mir leid Veronika, dass ich dich so plump an diesen Tag erinnern musste.« Sebastian biss sich auf die Unterlippe. *Wie konnte ich nur so blöd, so unsensibel sein*, dachte er. Dann strich er mit seinem Handrücken über Veronikas Wange.

»Geht schon wieder«, sagte sie. »Aber sag mal, wann hast du denn Geburtstag, und wie alt bist du überhaupt?«

»Na ja«, druckste Sebastian herum.

»Nun sag schon.«

»Am 17. April bin ich achtundzwanzig geworden.«

Veronika zog die Augenbrauen hoch. »Ich dachte mir schon, dass du jünger bist als ich. Aber fast sechs Jahre?«

»Wenn es dich nicht stört. Mich stört es auf jeden Fall nicht«, sagte Sebastian.

Veronika nickte ihm zu. »Wir reden schon so, als wären wir ein Paar.«

»Hättest du was dagegen?«

»Nein, Sebastian. Sicher nicht. Aber … aber ich brauche noch etwas Zeit.«

Er nahm sie in den Arm und küsste sie auf die Stirn. Dann hauchte er ihr zärtlich ins Ohr: »Ich lass dir alle Zeit der Welt.«

KAPITEL 35

Das war verdammt knapp, ging es ihm durch den Kopf, als er an den vergangenen Samstag zurückdachte. Hätte er sich nur zwei Minuten länger in Barbaras Wohnung aufgehalten, wäre er den Streifenpolizisten direkt in die Arme gelaufen. Also hatte sie sich doch schon, wie er richtig vermutet hatte, mit der Polizei in Verbindung gesetzt. Aber er wollte es genau wissen. Wollte wissen, mit wem sie gesprochen hatte. Zwei Telefonnummern hatte sie am Samstagnachmittag gewählt, aber es waren keine Anschlüsse mit Freiburger Vorwahl, und das kam ihm merkwürdig vor.

Er schaute sich um, dann öffnete er die Kabinentür der Telefonzelle, die quietschend hinter ihm zufiel. Er dachte sich, dass es besser wäre, Anrufe nach wie vor von einem öffentlichen Fernsprecher zu tätigen. Er musste vorsichtig sein. Jetzt erst recht.

Er warf eine Münze ein, schaute auf den kleinen Zettel, den er mitgebracht hatte, und wählte die erste der beiden Nummern, die er sich am Samstag in Barbaras Wohnung notiert hatte.

Als sich die Telefonzentrale des Polizeipräsidiums in Mannheim meldete, legte er gleich wieder auf. Er musste nicht lange überlegen.

Also hat sich dieses Miststück tatsächlich mit Kriminal-hauptkommissar Herzog in Verbindung gesetzt, dachte er. Dann wählte er die zweite Nummer und zu seiner Überraschung meldete sich der Anrufbeantworter eines gewissen Werner Wellinger. Wieder legte er schnell auf.

Dass sie die Kripo in Mannheim angerufen hatte, das konnte er noch nachvollziehen. Aber warum Wellinger? Von Barbara wusste er nur, dass es sich um einen ehemaligen Kollegen von Hauptkommissar Herzog handelte, und er wusste auch, dass er sie bereits besucht hatte.

Was in aller Welt spielt dieser Typ für eine Rolle?, fragte er sich, aber er wusste keine Antwort.

Dann wählte er noch eine dritte Nummer, die ihm bis heute im Gedächtnis geblieben war. Als die Sekretärin im Vorzimmer des Geschäftsführers den Hörer abnahm und sich meldete, verstellte er seine Stimme und gab einen falschen Namen an.

»Frank Müller, guten Tag. Ich möchte gerne Herrn Lichtlein sprechen.«

»Worum geht es denn, Herr Müller?«, fragte die Dame.

»Ich bin ein alter Schulfreund von Georg und befinde mich gerade in der Nähe von Todtnau«, log er. »Es ist privat.«

»Einen Augenblick.« Es knackte in der Leitung. Dann meldete sich wieder die Sekretärin.

»Herr Lichtlein sagte mir, er kenne keinen Frank Müller. Tut mir leid.« Doch Ruck blieb hartnäckig.

»Hören Sie, es ist sehr wichtig«, sagte er, darum bemüht, so freundlich wie möglich zu klingen. »Georg kennt mich garantiert. Vielleicht kann er sich nur nicht mehr so richtig an mich erinnern. Bitte stellen Sie mich durch. Sie werden sehen, dass er mit mir sprechen wird. Es ist auch für ihn sehr wichtig.«

Einen Moment lang blieb es still. Dann antwortete die Dame: »Na gut. Ich probiere es noch einmal.« Wieder knackte es in der Leitung und nach einigen Sekunden hatte Ruck tatsächlich Georg Lichtlein am Apparat.

»Guten Tag, Herr Lichtlein. Hier ist Dieter Ruck. Erinnern Sie sich an mich?«, fragte er, nachdem sich Lichtlein gemeldet hatte.

»Mensch Ruck«, antwortete er barsch. »So schnell werde ich dich nicht vergessen. Leider. Was willst du von mir? Vor einer Woche hatte ich Besuch von der Polizei. Sie haben nach dir gefragt. Hast du was ausgefressen?«

»Nicht dass ich wüsste. Aber ich bräuchte Geld …«

»… und da fällt dir nichts Besseres ein, als mich anzurufen?«, fiel ihm Lichtlein ins Wort.

»Hätten Sie eine bessere Idee? Ich hab kein Geld, oder nicht genug, um von hier zu verschwinden.«

»Also hast du doch was ausgefressen.« Als Ruck nichts erwiderte, fuhr Lichtlein fort: »Als ich dich zum letzten Mal gesehen habe, sagtest du mir, du würdest aus meinem Leben verschwinden. Und nachdem du gekündigt hattest, dachte ich, dass du dich daran halten würdest. Und jetzt tauchst du plötzlich wieder auf und willst nochmal Geld von mir?«

»Herr Lichtlein, wie gesagt. Ich brauche Geld. Und wenn Ihnen Ihre Frau und Ihre Familie lieb sind, dann geben Sie mir welches. Sonst …«

»Sonst was?«, schnaubte Lichtlein.

»Sie sind doch nicht auf den Kopf gefallen. Sie wissen ganz genau, was sonst passiert. Und weil ich auch nicht so dumm bin, wie Sie denken, hab ich noch einige Fotos mehr, als die, die ich Ihnen damals nach unserem Deal ausgehändigt habe.«

»Deal nennst du das, du Schweinehund? Ich würde es Erpressung nennen.«

»Vorsicht, Lichtlein.« Jetzt wurde auch Rucks Tonfall schärfer. »Das mit dem Schweinehund will ich mal überhört haben. Und wenn Sie meinen, ich würde Sie erpressen, dann gehen Sie doch zur Polizei. Dann werden Sie sehen, was Sie davon haben. Glauben Sie nicht, dass eine Scheidung für Sie wesentlich teurer wird als ein gewisses Schweigegeld, das Sie an mich zahlen? Ich an Ihrer Stelle würde abwägen, womit man günstiger fährt. Überlegen Sie mal, ob Sie Ihre Firma überhaupt noch halten können, wenn ein Großteil Ihres Geldes weg ist, nachdem Ihnen Ihre Frau die Hosen ausgezogen hat.«

Ruck machte eine Pause, um seine Worte wirken zu lassen. Und sie hatten ihre Wirkung tatsächlich nicht verfehlt.

»Also gut«, lenkte Lichtlein ein. »Wie viel?«

»Fünfundzwanzigtausend.«

Lichtlein räusperte sich und musste tief Luft holen, bevor er antwortete: »Das meinst du doch nicht im Ernst. Das ist mehr als das Doppelte, was ich dir vor eineinhalb Jahren gezahlt habe.«

»Doch, Herr Lichtlein. Das ist mein voller Ernst. Und natürlich weiß ich, dass es mehr als das Doppelte ist. Aber dafür sind Sie mich für immer los, denn ich hab nicht vor, in der Gegend zu bleiben.«

»Fünfundzwanzigtausend sind trotzdem zu viel. Die habe ich nicht gerade so in meiner Schublade liegen. Wenn du gleich Geld haben willst, dann kann ich dir höchstens zehn oder fünfzehn geben. Sagen wir, in drei bis vier Tagen?«

Ruck überlegte, ob er auf den Vorschlag seines ehemaligen Chefs eingehen sollte.

»Also gut«, antwortete er schließlich. »Fünfzehntausend, und keinen Pfennig weniger. Und auch nicht in vier, sondern in drei Tagen. Wir treffen uns am Donnerstag in Ihrem Ferienhaus am Schluchsee. Das haben Sie doch noch, oder?«

»Ja, das habe ich noch.«

»Und liegt der Schlüssel immer noch über dem Türpfosten des Geräteschuppens?«

»So ist es. Am Donnerstag um siebzehn Uhr bin ich dort. Und dann verschwindest du für immer aus meinem Leben.«

»Darauf können Sie einen lassen.«

Ohne noch ein weiteres Wort zu verlieren, legte Ruck auf. Mit einem zufriedenen Gesichtsausdruck verließ er die Telefonzelle, stieg in seinen VW-Bus und fuhr davon.

Während der Fahrt erinnerte er sich daran, wie er für seinen ehemaligen Chef neue Elektrokabel in dessen Ferienhaus in Seebrugg am Schluchsee verlegt und immer mal wieder kleinere Reparaturarbeiten ausgeführt hatte.

Als er damals seine neue Stelle als Fahrer bei den Todtnauer Holzwerken angetreten hatte, wusste Lichtlein aus Rucks Bewerbungsschreiben, dass er in jungen Jahren eine Lehre als Elektriker abgeschlossen hatte. Eines Tages sprach er ihn an und fragte, ob er neben seinem eigentlichen Job gelegentlich Arbeiten in seinem Ferienhaus ausführen könne. Im Gegenzug dürfe er hin und wieder das Haus kostenfrei nutzen.

Und so kam es, dass Ruck das eine oder andere Wochenende in Lichtleins Ferienhaus verbrachte. Bis auf ein einziges Mal, als er seine Freundin, Barbara Haas, mitgenommen hatte, genoss er stets die Wochenenden allein. Er brauchte niemanden, sondern genoss die Ruhe, genoss das Alleinsein. Meistens lag er die ganze Zeit auf dem Sofa, ließ sich Pizza oder Pasta vom Lieferservice vorbeibringen, schaute sich Filme auf dem Videorekorder an oder sinnierte einfach nur vor sich hin.

Und in diesen Momenten tauchte er in die Vergangenheit ein, sah junge Mädchen vor sich, die ihn mit hilflosen Augen ansahen und er ihren Blicken nicht widerstehen konnte. Diese armen Geschöpfe konnten nicht wissen, dass sie mit ihrer Hilflosigkeit, die sie ausstrahlten, ihr eigenes Todesurteil aussprechen würden. Denn er würde sie bestrafen.

Manchmal sah er auch seine Mutter vor sich, wie sie tagtäglich von seinem Vater herumkommandiert und schikaniert wurde, wie sie sich als Versagerin, als Nichtsnutz beschimpfen und wegen Kleinigkeiten, die nicht der Rede wert waren, immer und immer wieder anschnauzen ließ. Er sah, wie sie sich anhören musste, nicht einmal fürs Kochen und die Hausarbeit zu taugen. Er sah, wie hilflos seine Mutter war, wie sie alles über sich ergehen ließ und sich nicht ein einziges Mal zur Wehr setzte. Er sah, wie sie immer weniger wurde, wie sie von seinem Vater regelrecht zermürbt wurde. Er sah, wie sie irgendwann die Demütigungen nicht mehr ertragen konnte und sich das Leben nahm.

Und immer dann, wenn er an seine Mutter zurückdachte, hasste er sie für ihre Schwäche, hasste er sie dafür,
dass sie ihn als Kind im Stich gelassen hatte.

Nach kurzer Autofahrt kam er zu Hause an. Er beschloss,
das Notwendigste in einen Koffer zu packen, zur Bank zu
gehen, um Geld abzuheben, Lebensmittel für die nächsten
Tage einzukaufen und es sich heute Abend ein letztes Mal
auf seiner alten Couch gemütlich zu machen. Denn gleich
morgen früh würde er sich auf den Weg an den Schluchsee machen. Und in drei Tagen würde ihm Lichtlein das
geforderte Geld aushändigen, das er für den Start in ein
neues Leben benötigte.

KAPITEL 36

Die beiden Kripobeamten Köberlein und Schreiner hatten fast das ganze Wochenende durchgearbeitet. Und auch heute Morgen hatten sie schon etliche Telefonate geführt, hatten recherchiert, Akten gewälzt und schließlich alles, was sie herausfinden konnten, fein säuberlich zu Papier gebracht. Sie wollten es Gutmann und Meerfeld beweisen, wollten beweisen, dass sie zurecht als Kriminalhauptkommissare im Morddezernat eingesetzt waren, und sich für künftige Fälle als leitende Ermittler empfehlen.

Gegen zehn Uhr kam KHK Waldemar Gutmann die Tür herein.

»Guten Morgen, die Herren.« Mehr sagte er nicht, fragte auch nicht, wie die beiden ihr Wochenende verbracht hatten, sondern kam gleich zur Sache.

»Sind Sie gut vorangekommen?«

»Das kann man wohl sagen«, antwortete Schreiner.

»Gut. Dann schlage ich vor, dass wir uns in einer Viertelstunde in meinem Büro treffen und dann alles zusammentragen, was Sie und ich im Mordfall Haas und speziell über Ruck herausfinden konnten. Meerfeld hat mich vorhin angerufen und mir mitgeteilt, dass heute Nachmittag um vierzehn Uhr eine Lagebesprechung im

253

großen Sitzungszimmer im zweiten Stock anberaumt ist. Neben Meerfeld werden auch der Staatsanwalt und Kriminaloberrat Bäumler teilnehmen. Von unserer Seite sind außer uns drei noch Sabine und die neue Assistentin, Ursula Vladic, und natürlich auch Doktor Goldbach dabei. Um sechzehn Uhr findet dann eine Pressekonferenz statt, in der nur Meerfeld, der Staatsanwalt und ich auf dem Podest sitzen werden. Wir sehen uns gleich.«

Als Gutmann die Tür hinausgegangen war, sahen sich Köberlein und Schreiner an. Köberlein runzelte die Stirn.

»Typisch. Wenn es drauf ankommt, sind wir beide außen vor.«

»Ach Marc, lass mal gut sein. Was heißt das schon, vor der Presse zu sitzen und den Zeitungsfritzen Rede und Antwort stehen zu müssen. Ein falsches Wort, eine unbedachte Bemerkung, und schon haben sie dich am Wickel. Und am nächsten Tag darfst du irgendwelchen Schwachsinn in der Zeitung lesen. Dazu hab ich keine Lust. Wir müssen uns eher darauf konzentrieren, den, oder besser gesagt, die Fälle, zu lösen, an denen wir gerade arbeiten. Und nur das zählt.«

Köberlein zog die Augenbrauen hoch. »Hast ja recht, Thommy. Ich hätte nur etwas dagegen, wenn durch unsere Ermittlungen der Mörder gefasst wird und andere die Lorbeeren kassieren.«

»Ja schon, aber wichtiger ist, dass dieses Phantom überhaupt geschnappt wird, egal von wem.«

Dann packten sie ihre Unterlagen zusammen und verließen das Büro.

Gut vorbereitet betraten Gutmann und sein Team kurz vor vierzehn Uhr das große Sitzungszimmer. Wenig später erschien auch Inspektionsleiter Meerfeld und als Kripochef Bäumler, gemeinsam mit dem Staatsanwalt, den Raum betrat, stellten die anwesenden Polizisten ihre Gespräche ein. Nach einer kurzen Begrüßung übergab Bäumler das Wort an KHK Gutmann.

»Verehrter Staatsanwalt, liebe Kolleginnen und Kollegen, wie Sie alle wissen, hat sich am vergangenen Freitag ein weiterer Mord zugetragen. Ich sage bewusst ein *weiterer* Mord, da diese neuerliche Tat mit an Sicherheit grenzender Wahrscheinlichkeit mit dem Mordfall Martina Esswein und auch mit dem Cold-Case-Fall Hanna Lorenz, zusammenhängt, die vor rund zwei Jahren ermordet und deren Leiche erst jetzt entdeckt worden ist. Hauptverdächtiger ist Dieter Ruck.«

»Wie kommen Sie darauf?«, wollte Staatsanwalt Dr. Nagel wissen.

»Dieter Ruck wurde bereits vor zwei Jahren verdächtigt, mit dem plötzlichen Verschwinden der damals siebzehnjährigen Mannheimerin Hanna Lorenz zu tun zu haben. Er war ein Bekannter der Familie und hielt sich als Fahrer der Todtnauer Holzwerke des Öfteren in Mannheim auf. Doch seine damalige Freundin, Barbara Haas, hatte ihm ein Alibi für den Tag des Verschwindens des Mädchens gegeben. Der zuständige Ermittler der Kripo Mannheim, Kriminalhauptkommissar Günther Herzog, vermutete, dass das Alibi falsch war und wollte deshalb gegen Ruck weiter ermitteln. Doch dies wurde ihm von der

Staatsanwaltschaft und von seinem Vorgesetzten untersagt.«

Gutmann machte eine kurze Pause und nahm einen
Schluck Wasser. Dann fuhr er fort: »Haas wohnte immer
noch in Freiburg und wir vermuten, dass sie noch in Kontakt mit dem Hauptverdächtigen stand. Wenn sich also
Ruck hin und wieder in Freiburg bei seiner Freundin aufhielt, dann hat er vermutlich auch mit dem Mord an Martina Esswein etwas zu tun. Das Mädchen wurde letztmals
lebend in Freiburg gesehen, als sie ihre Freundin besuchen
wollte, die in der Nähe von Barbara Haas wohnt. Unser
Profiler, Gerichtspsychiater Doktor Anton Bernauer, hat
vor einiger Zeit ein Täterprofil erstellt, mit dem Ergebnis,
dass es der Mörder auf junge, schwache Frauen abgesehen
haben könnte, was in den Fällen Esswein und Lorenz passen würde. Beide Mädchen waren nach einem Streit von
zu Hause ausgebüchst und befanden sich sicherlich nicht
in bester Verfassung, was den Täter angezogen haben
könnte.«

»War Barbara Haas auch eine schwache Frau? Auf jeden
Fall war sie nicht so jung wie die beiden anderen Opfer«,
warf Dr. Nagel ein.

»Sie wurde dreiundvierzig Jahre alt«, antwortete Gutmann. »Und ob es sich um eine schwache Frau gehandelt
hat, das können wir weder bestätigen noch verneinen.
Vielmehr dürfte es sich bei dem Mord an Haas um eine
Vertuschungstat handeln. Wie wir zu diesem Schluss kommen, das haben uns die am Tattag geführten Telefonate
aufgezeigt. Die letzten ein- und ausgehenden Anrufe, die
vom Telefon des Mordopfers getätigt wurden, waren ge-
löscht. Vermutlich vom Täter. Allerdings konnte uns die

Deutsche Bundespost sämtliche Verbindungsnachweise zukommen lassen, die ich Ihnen chronologisch nennen möchte: Um sechzehn Uhr dreißig erhielt Haas einen Anruf aus einer Telefonzelle in Bad Krozingen.« Als Gutmann in fragende Gesichter schaute, fügte er hinzu: »Wir vermuten, es war der Täter. Bad Krozingen könnte sein Wohnort sein. Und da er überlegt und äußerst vorsichtig vorgeht, was sich übrigens mit dem Bild deckt, das uns der Profiler vom Täter aufgezeigt hat, wollte er wahrscheinlich verhindern, dass das Gespräch bis in seine Wohnung zurückverfolgt werden kann.«

»Aber wenn es Dieter Ruck war, der angerufen hat, dann müsste man ihn doch in Bad Krozingen oder in der näheren Umgebung ausfindig machen können«, warf Kripochef Bäumler ein.

»Das stimmt. Die Auswertungen haben weiter ergeben, dass schon zu früheren Zeitpunkten immer mal wieder von derselben Telefonzelle das Mordopfer angerufen worden war. Aber lassen Sie mich zunächst die am Tattag geführten Telefonate erläutern und auf die Aussagen der betroffenen Personen eingehen. Zum Schluss komme ich gerne auf Dieter Ruck zu sprechen.«

»Also gut.« Bäumler nickte und Gutmann fuhr fort:

»Um siebzehn Uhr rief das Mordopfer bei der Kripo in Mannheim an und ließ sich mit Hauptkommissar Herzog verbinden. Sie bat ihn um die Telefonnummer von Werner Wellinger, da sie ihm etwas Wichtiges mitteilen wollte. Wellinger ist der …«

»Wir wissen, wer das ist«, unterbrach ihn der Staatsanwalt. »Inspektionsleiter Meerfeld hat mich über Wellingers … sagen wir mal … über sein Einmischen in laufende Ermittlungen informiert. Ich weiß auch, dass er schon einmal einen Mörder zur Strecke gebracht hat, obwohl er sich damals schon im Ruhestand befand. Aber er sollte es tunlichst bleiben lassen, weiterhin Polizist spielen zu wollen. Irgendwann geht das mal schief. Und dulden können wir so etwas ohnehin nicht. Bitte fahren Sie fort.«

»Um siebzehn Uhr fünf versuchte das Mordopfer, Wellinger zu erreichen, aber er war nicht zu Hause, oder stand laut seiner Aussage gerade unter der Dusche und hat das Klingeln nicht gehört. Die gleiche Erfahrung hatte auch Hauptkommissar Herzog gemacht. Auch er konnte Wellinger zunächst nicht erreichen. Nachdem Wellinger seinen Anrufbeantworter abgehört hatte, hat er sich sofort mit Herzog in Verbindung gesetzt und die weitere Vorgehensweise mit ihm besprochen. Wellinger hat dann versucht, Haas zu erreichen, doch sie ging nicht dran.«

»Wann war das?«, fragte der Staatsanwalt.

»Wie gesagt, das war kurz nach fünf. Er hat es dann zehn Minuten später nochmal probiert. Auch da ging sie nicht dran, weil …«

»… weil sie zu diesem Zeitpunkt vermutlich schon tot war«, beendete Dr. Nagel den Satz.

»Genau. Die Streifenbeamten, die zur Wohnung geschickt wurden, sagten aus, dass sie etwa um Viertel nach fünf das Telefon hätten klingeln hören, als sie auf den Schlüsseldienst gewartet haben. Und als Polizeikommissar Ketterer die Polizei informierte und darum bat, bei Haas vorbeizuschauen, da war es schon zu spät. Die beiden Beamten haben den Mörder vielleicht nur um ein paar Minuten verpasst.«

»Also haben Herzog, Wellinger und Polizeikommissar

Ketterer richtig gehandelt und nicht unnötig Zeit vergehen lassen?«, wollte Kripochef Bäumler wissen.

»Ja, sie haben sich nichts zuschulden kommen lassen«, antwortete Gutmann. »Und nun fasse ich mal kurz zusammen, was sich am Tattag zugetragen haben könnte: Der Täter ruft sein späteres Opfer von einer Telefonzelle in Bad Krozingen an. Mutmaßlich handelt es sich um Dieter Ruck. Haas erzählt ihm, dass sie auspacken wolle. Vermutlich deshalb, weil sie nicht mehr lang zu leben hat. Das ergibt sich aus den Arztberichten, die wir in ihrer Wohnung vorgefunden haben. Vor ihrem Ableben will Haas reinen Tisch machen und ihre damalige Aussage bezüglich des Alibis von Ruck widerrufen. Nach dem Telefonat mit seiner Freundin fährt Ruck nach Freiburg. Von Bad Krozingen aus benötigt er maximal zwanzig Minuten. Während dieser Zeit ruft Haas bei der Kripo Mannheim an, danach versucht sie es bei Wellinger. Kurz vor fünf trifft Ruck in der Wohnung von Haas ein. Vielleicht will sie ihn davon überzeugen, sich der Polizei zu stellen. Oder vielleicht sagt sie ihm, dass ihr Entschluss feststehe, ihre Aussage von vor zwei Jahren zu widerrufen. Auf jeden Fall kommt es zum Kampf. Die Vitrine des Wohnzimmerschranks geht zu Bruch. Es ist zehn nach fünf, als die Zeugin den Lärm aus der Nachbarwohnung hört. Barbara Haas ist tot. Mutmaßlich hat sie Dieter Ruck erwürgt. Und falls er es tatsächlich war, hat er auch die Mannheimerin Hanna Lorenz vor zwei Jahren in seinem LKW hierher mitgenommen und nach ihrer Ermordung in einem Waldstück in der Nähe von Kirchzarten vergraben. Auch ist er mutmaßlich bei einem Besuch seiner Freundin in Freiburg zufällig auf Martina Esswein getroffen und hat auch sie umgebracht. Also, Herr

Staatsanwalt, liebe Kolleginnen und Kollegen, ich bin sicher, dass wir mit Dieter Ruck den Richtigen haben. Jetzt müssen wir ihn nur noch finden.«

»Das ist alles einleuchtend, was Sie geschildert haben. Gute Arbeit, Herr Gutmann«, sagte Kripochef Bäumler. »Bis zu diesem Punkt«, fügte er einschränkend hinzu.

»Danken Sie auch meinem gesamten Team, insbesondere den Hauptkommissaren Köberlein und Schreiner, die das ganze Wochenende mit dem Fall beschäftigt waren und jetzt sicherlich viel Schlaf nachholen müssen«, erwiderte Gutmann.

Bäumler nickte zustimmend, dann wandte er sich dem Staatsanwalt zu. »Herr Staatsanwalt, ich denke, dass genügend Gründe vorliegen, die die Ausstellung eines Haftbefehls rechtfertigen.«

»In der Tat«, sagte Dr. Nagel. »Ich werde umgehend den Haftbefehl beim Haftrichter beantragen. Aber Herr Gutmann, was Sie uns noch nicht verraten haben: Konnten Sie den Aufenthaltsort von Dieter Ruck noch nicht ausfindig machen? Das würde mich sehr wundern, denn immerhin konnten Sie die Telefonzelle in Bad Krozingen ermitteln. Und dann dürfte es doch nicht so schwer sein, auch ihn zu finden.«

Gutmann ließ sich einige Sekunden Zeit, bis er antwortete.

»Sie haben vollkommen recht«, sagte er schließlich. »Aber wir haben bei allen Einwohnermeldeämtern im Umkreis von Bad Krozingen und bei sonstigen behördlichen Stellen nachgefragt. Auch haben wir heute Vormittag nochmals unsere französischen Kollegen um Amtshilfe ersucht. Aber es ist wie verhext. Er bleibt verschwunden, als wenn es ihn gar nicht gäbe. Ich habe keine Erklärung dafür. Aber früher oder später finden wir ihn. Davon bin ich überzeugt, denn irgendwann muss er ja aus seinem Schlupfloch herauskommen.«

»Lieber früher als später, bevor Sie noch weitere Morde aufklären müssen«, entgegnete Dr. Nagel schroff. »Ich kann beim besten Willen nicht nachvollziehen, warum alle Nachfragen bei den Behörden und auch bei der französischen Polizei erfolglos geblieben sind. Und deshalb müssen Sie es nochmal versuchen oder den Kreis der zu befragenden Ämter erweitern. Und das so lange, bis Sie ihn haben. Er kann sich doch nicht in Luft aufgelöst haben.«

»Das weiß ich auch«, antwortete Gutmann.

»Und wie sieht es mit Rucks privatem Umfeld aus? Können Sie wenigstens hier etwas Brauchbares vorweisen?«

»Herr Staatsanwalt, Sie wissen, wir hatten nur das Wochenende Zeit«, konterte Gutmann mit erhobener Stimme. »Trotzdem haben wir unsere Hausaufgaben gemacht und selbstverständlich auch Rucks privates Umfeld durchleuchtet. Wir haben uns die Ermittlungsakte Lorenz aus dem Jahr 1991 durchgeschaut. Es geht nur so viel hervor, dass er Einzelkind war und schon früh seine Eltern verlor. Seine Mutter beging Selbstmord und wenig später starb sein Vater an einer Leberzirrhose. Da seine Eltern keine Geschwister hatten, die ihn hätten aufnehmen oder adoptieren können, kam er zu einer Pflegefamilie. Später hat er auch die durch einen Autounfall verloren. Als er eine Französin heiratete, zog er von Auggen in das elsässische Mulhouse. Die Ehe ist zwar längst geschieden, aber wir haben bereits versucht, mit seiner Exfrau Kontakt aufzunehmen, konnten sie allerdings noch nicht erreichen.

Wir bleiben dran. Und bei seinem früheren Arbeitgeber hatten wir schon vor dem Mord an Barbara Haas nach ihm gefragt. Auch hier ergab sich keine Spur. Aber das wissen Sie bereits.«

»Also gut«, sagte Dr. Nagel. »Wenn der Bursche so schwer zu finden ist, dann werde ich neben dem Haftbefehl auch eine Öffentlichkeitsfahndung veranlassen. Das sollte Ihnen auf jeden Fall weiterhelfen.«

»Vielen Dank, Herr Staatsanwalt. Wir werden Sie nicht enttäuschen. Wir finden ihn.«

Dann ergriff Kriminaloberrat Axel Bäumler das Wort. »Werte Kolleginnen und Kollegen, wir sind noch nicht im Hafen angekommen, aber kurz davor. Deshalb machen Sie sich an die Arbeit. Konzentrieren Sie sich auf die Suche nach Dieter Ruck. Viel Erfolg!«

KAPITEL 37

Am frühen Morgen saß Wellinger im Frühstücksraum des Landgasthofes *Zum Goldenen Hirschen* oberhalb des Titisees und ließ sich das Bauernfrühstück mit Rührei und Speck sowie hausgemachte Wurst und Käse schmecken. Es war ein herrlicher Frühsommertag, fast zu heiß für eine lange Wanderung. Deshalb hatte er sich schon am Vorabend, als der Wetterbericht im Fernsehen Temperaturen von bis zu dreißig Grad vorausgesagt hatte, eine Tour aus seinem Wanderführer ausgesucht, die überwiegend durch dichtbewaldetes Gebiet führte. Seine Wahl fiel auf eine Wanderung durch die Ravennaschlucht.

Seine Vorfreude auf die Wandertour durch einzigartige, naturbelassene Wälder und zerklüftete Täler mit zahlreichen Wasserfällen und Wildflüssen war so groß gewesen, dass er in der Nacht kaum schlafen konnte.

Nun saß er müde, aber gut gelaunt am Frühstückstisch und schenkte sich eine Tasse Kaffee nach. Er nahm eine Zeitschrift, die neben ihm auf der Fensterbank lag, und blätterte sie flüchtig durch. Doch plötzlich stach ihm ein Artikel ins Auge, der seine Aufmerksamkeit weckte und blitzartig die Müdigkeit aus seinem Körper vertrieb.

Nachdem er den Beitrag gelesen hatte, trank er seine

Tasse aus und rannte mit der Illustrierten unter dem Arm die Treppe hoch. Oben in seinem Zimmer musste er erst wieder zu Atem kommen und setzte sich auf das Bett. Dann kramte er einen Zettel aus seinem Geldbeutel hervor, nahm den Telefonhörer ab und wählte die Nummer, die er sich vor einigen Tagen notiert hatte. *Die Wanderung muss warten*, dachte er, als das Rufzeichen ertönte und er ungeduldig darauf wartete, bis jemand abnahm.

»Guten Morgen, Herr Gutmann, Wellinger am Apparat. Schön, dass Sie im Büro sind und ich Sie erreichen konnte.«

»Herr Wellinger, guten Morgen. Was verschafft mir denn die Ehre? Sie wollen mir doch nicht mitteilen, dass Sie wieder ermittelt und Dieter Ruck ausfindig gemacht haben?«

»Ermittelt habe ich nicht. Nachdem Sie mir die Leviten gelesen haben, werde ich mich davor hüten. Aber sagen wir mal, recherchiert. Das habe ich schon. In gewisser Hinsicht.«

Gutmann lachte ins Telefon. »Sie wollen mir also Ihre Hilfe anbieten? Ja, da bin ich aber mal gespannt, was Sie mir zu erzählen haben.«

»Herr Gutmann, ich weiß, dass es nicht so einfach ist, diesen Ruck zu finden. Und jetzt bin ich zufällig auf einen Beitrag in einer Illustrierten gestoßen, der erklären könnte, warum dieser Bursche nicht existent zu sein scheint. Haben Sie schon mal etwas von der Möglichkeit gehört, die in Frankreich lebenden Ausländern angeboten wird, ihren Namen französieren zu lassen?«

Gutmann räusperte sich. »Wie bitte? Französieren sagten Sie?«

»Genau.«

»Dann klären Sie mich bitte mal auf«, erwiderte Gutmann aufgeregt und Wellinger konnte dessen Neugierde regelrecht spüren.

»Also, ich fasse die entscheidende Passage aus dem Artikel mit eigenen Worten mal kurz zusammen: Deutsche Staatsangehörige, die mit einem französischen Staatsbürger verheiratet sind, müssen gewisse Bedingungen erfüllen, um die französische Staatsbürgerschaft erwerben zu können. Zum Beispiel, wenn man eine gewisse Zeit in Frankreich gelebt hat und mit einem Franzosen oder einer Französin eine Ehe geschlossen hat.«

»Aber das ist doch nichts Neues«, sagte Gutmann. Er klang nicht gerade beeindruckt.

»Stimmt. Aber jetzt kommt's. Wenn diese Bedingungen erfüllt sind, kann der ausländische Ehepartner seinen Namen französieren lassen …«

»Ich weiß zwar nicht, wozu das gut sein soll«, fuhr Gutmann sanft dazwischen. »Aber ich ahne schon etwas.«

»Wozu das gut sein soll, oder einmal war, das kann ich Ihnen sagen. Zum Beispiel gibt es im Elsass viele deutschstämmige Bürger oder Franzosen mit deutsch klingenden Namen. Und gerade nach dem zweiten Weltkrieg wollte in Frankreich kaum jemand mit einem Namen durchs Leben gehen, der an das verhasste Nazideutschland, an das unbeliebte Nachbarland erinnerte. Und so wurde aus einem Herrn Müller ein Monsieur Meunier.«

»Und genau das habe ich geahnt. Aus Dieter Ruck wurde ein Didier … Didier weiß der Gott was. Sie haben vollkommen recht, Herr Wellinger. Das könnte die Antwort darauf sein, warum wir bei Ruck mittlerweile von einem Phantom sprechen.«

»Ganz genau. Es gibt noch weitere Beispiele von Französierungen. Zum Beispiel in den ehemaligen französischen Kolonien in Afrika. Da wurde der Prozess der Französierung sogar erzwungen, also von oben angeordnet. Aber das tut hier nichts zur Sache.«

»Herr Wellinger, ich verstehe nur eines nicht. Dieter Ruck war mit einer Französin verheiratet. Daher hatte er die Möglichkeit, nach einer gewissen Zeit …«

»… nach mindestens drei Jahren«, warf Wellinger ein.

»… Also mindestens drei Jahre nach Eheschließung konnte er seinen Namen ändern lassen. Und ich gehe davon aus, dass er von dieser Möglichkeit Gebrauch gemacht hat. Und dies würde auch erklären, warum er bisher für uns nicht auffindbar war. Aber was mir nicht einleuchtet, ist, dass bei unseren französischen Kollegen in Appenwihr, die wir um Amtshilfe gebeten haben, Rucks neuer Name nicht aktenkundig war. Wäre dessen Französierung sachgemäß registriert worden, hätten die Herren der Police municipale einen entsprechenden Hinweis in ihren Computern gefunden. Und dann hätte er nicht untertauchen und wir ihn längst schnappen können. Komischerweise hat er damals in Appenwihr unter seinem deutschen Namen gelebt und war auch unter Dieter Ruck als Fahrer bei den Todtnauer Holzwerken beschäftigt gewesen.«

»Vielleicht wurde bei den Behörden geschlampert«, mutmaßte Wellinger. »Vielleicht war es ihm deshalb möglich, nach seiner Scheidung einfach wieder seinen deutschen Namen anzunehmen, ohne dass jemand den Finger erhoben hat. Und ich gehe fest davon aus, dass er jetzt, wo auch immer er sich aufhält, wieder unter seinem französischen Namen lebt, ob in Deutschland oder in Frankreich. Vielleicht dachte er sich, dass es von Vorteil sein könnte, nach seinem Ausscheiden bei den Todtnauer Holzwerken wieder seinen französischen Namen anzunehmen, um Spuren zu verwischen, falls man ihm irgendwann mal auf die Schliche kommen sollte. Und nur deshalb konnte man ihn unter dem Namen Dieter Ruck bisher nicht ausfindig machen. Anders kann es gar nicht sein.«

»Da stimme ich Ihnen zu, Herr Wellinger. Nur so konnte er mit uns Katz und Maus spielen. Denn eine andere Erklärung habe ich momentan auch nicht. Auf jeden Fall haben Sie mir sehr geholfen. Und seinen neuen Namen, den kriegen wir raus. Spätestens dann, wenn wir mit seiner französischen Exfrau gesprochen haben.«

»Ich habe gerne geholfen. Sie wissen doch. Einmal Polizist, immer Polizist.«

»Stimmt, Herr Wellinger. Nochmals vielen Dank, aber übertreiben Sie es mit Ihrer Hilfsbereitschaft bitte nicht. Überlassen Sie es uns, den Täter dingfest zu machen. Und das werden wir ganz bestimmt.«

»Dann wünsche ich Ihnen viel Erfolg!«

»Und übrigens, Herr Wellinger. Sie war nicht zu retten gewesen. Ich meine Barbara Haas. Wir haben die Zeitabläufe sämtlicher Telefonate überprüft, die am Tattag geführt worden sind. Selbst wenn nach dem ersten Gespräch, das zwischen meinem Kollegen aus Mannheim, Günther Herzog, und dem späteren Mordopfer geführt wurde, sofort reagiert worden wäre, obwohl man zu diesem Zeitpunkt noch gar nicht sicher davon ausgehen konnte, dass sich Barbara Haas in Gefahr befand, wäre sie dennoch nicht zu retten gewesen. Ruck war einfach schneller. Oder besser gesagt, er hatte einen Vorsprung, der von niemandem aufzuholen war. Weder von Herzog noch von Ketterer, noch von der Streife, die vorbeigeschickt worden war, noch von Ihnen.«

»Danke, Herr Gutmann, dass Sie mir das so offen mitgeteilt haben. Nicht nur mir fällt ein Stein vom Herzen. Machen Sie's gut.«

Dann ging alles ganz schnell. Aufgrund des entscheidenden Hinweises, den er von Wellinger erhalten hatte, versuchte Gutmann höchstpersönlich, Monique Durand, die Exfrau von Dieter Ruck, endlich ans Telefon zu bekommen.

Dank eines Hinweises der französischen Police nationale kannte die Kripo Freiburg Durands Adresse in Mulhouse und konnte dadurch deren Telefonnummer ermitteln.

Köberlein hatte bereits mehrfach versucht, Monique Durand zu erreichen. Leider ohne Erfolg. Doch jetzt nahm die Dame bei Gutmanns erstem Versuch gleich ab. Er war erleichtert, dass sie der deutschen Sprache einigermaßen mächtig war. Sein Schulfranzösisch hätte wohl nicht ausgereicht, die gewünschten Informationen zu erfragen.

Nach einem kurzen Gespräch bestätigte sie, mit Dieter Ruck verheiratet gewesen zu sein und dass er etwa drei Jahre nach Eheschließung seinen Namen in Didier Saccade umwandeln ließ. Auf Gutmanns Nachfrage teilte sie ihm mit, dass Saccade ins Deutsche übersetzt nichts anderes als Ruck bedeutete. *So einfach kann manchmal die Lösung sein,* dachte sich Gutmann, bedankte sich recht herzlich und wies gleich darauf eine Kriminalassistentin an, den Aufenthaltsort von Didier Saccade zu ermitteln, den er in Bad Krozingen oder Umgebung vermutete.

Er sollte recht behalten. Wenig später lag ihm Rucks Adresse vor. Unter dem Name Didier Saccade war er in Bad Krozingen gemeldet.

Das nächste Telefonat tätigte er mit Kripochef Bäumler. Als dieser ihm mitteilte, dass der Haftrichter den von Staatsanwalt Dr. Nagel beantragten Haftbefehl bereits unterzeichnet hatte, bat Gutmann darum, Ruck alias Saccade durch ein Sondereinsatzkommando umgehend festnehmen zu lassen. Doch als das SEK eine knappe Stunde später in Bad Krozingen eingetroffen war und Rucks Wohnung stürmte, war er nicht da.

Bei einer Durchsuchung der Wohnung konnten weder Geld noch Ausweispapiere gefunden werden. Weiterhin war der Schrank im Schlafzimmer leergeräumt. Da mehrere Kleidungsstücke auf dem Bett wild verstreut waren, vermuteten die Kripobeamten, dass Ruck das Notwendigste gepackt hatte und vor Eintreffen der Polizei geflüchtet war.

Eine halbe Stunde nach dem erfolglosen SEK-Einsatz berief Gutmann eine Besprechung ein, um mit seinem Team die nächsten Schritte abzustimmen. Es musste dringend herausgefunden werden, wohin und mit welchem Verkehrsmittel er geflüchtet sein könnte. Daher musste zunächst beim Landratsamt nachgefragt werden, ob ein PKW auf den Namen Didier Saccade zugelassen war. Parallel dazu waren Bus- und Bahnverbindungen sowie Aufnahmen von Überwachungskameras in Bahnhöfen oder, falls vorhanden, in der Umgebung von Rucks Wohnung zu überprüfen. Und obwohl davon auszugehen war, dass Ruck nicht mehr in seine Wohnung in Bad Krozingen zurückkehren würde, entschloss sich Gutmann dennoch, die Wohnung rund um die Uhr observieren zu lassen.

Um zwölf Uhr beendete Kriminalhauptkommissar Gutmann die Besprechung mit den Worten »Die Schlinge zieht sich langsam zu. Wir finden ihn.«

KAPITEL 38

Vor einer halben Stunde hatte er sich in seinen VW-Bus gesetzt, um sich auf den Weg nach Seebrugg am Schluchsee zu machen. Und wieder war es sehr knapp gewesen.

Gerade als er den Motor gestartet hatte und losfahren wollte, sah er im Rückspiegel zwei große, schwarze Limousinen mit abgedunkelten Seiten- und Heckscheiben vor seiner Wohnung vorfahren. Gleich darauf stürmten etwa sechs bis acht uniformierte Personen aus den Fahrzeugen heraus. Schwarze Sturmhauben verdeckten ihre Gesichter. In geduckter Haltung und mit ihren Maschinenpistolen im Anschlag bewegten sie sich blitzschnell auf den Hauseingang zu, aus dem er kurz zuvor mit gepacktem Koffer und mit Lebensmitteln gefüllten Einkaufstüten herausgetreten war.

Ich bin aufgeflogen, dachte er sich. Irgendwie musste die Polizei seinen französischen Namen herausgefunden haben. Er vermutete, dass dies durch einen Hinweis seiner Exfrau geschehen war.

Und als wenn er geahnt hätte, dass seine Tarnung irgendwann auffliegen würde, hatte er vorgesorgt und am Vorabend die Nummernschilder seines Fahrzeugs getauscht. Glücklicherweise hatte ihm der junge Mann, der

271

in der gleichen Etage wie Ruck wohnte, als sie sich vor einigen Tagen zufällig im Treppenhaus begegnet waren, berichtet, dass er die kommenden zwei Monate auf Montage in Saudi Arabien verbringen würde. Und da Ruck wusste, dass sein Wohnungsnachbar seinen PKW auf einem Dauerparker-Stellplatz in der Tiefgarage, die sich eine Straße weiter befand, abgestellt hatte, hatte er leichtes Spiel. Er schraubte die Autokennzeichen ab und montierte sie an seinen VW-Bus. Und da das Auto des Montagearbeiters mindestens für zwei Monate nicht mehr bewegt werden würde, würde es auch niemandem auffallen, wenn Ruck mit dessen Nummernschildern unterwegs wäre.

Als er die Männer des Sondereinsatzkommandos im Rückspiegel sah, war er daher ganz ruhig geblieben und einfach davongefahren.

Zwischenzeitlich hatte er bereits Freiburg passiert und befand sich auf der Bundesstraße in Richtung Schluchsee. Als er an Kirchzarten vorbeifuhr, kamen Erinnerungen in ihm hoch. Er war kurz davor, einen Zwischenstopp einzulegen und in den Waldweg einzubiegen, den er so gut kannte. Doch schnell verwarf er den Gedanken, atmete tief durch und fuhr weiter. Er durfte jetzt keine Zeit verschwenden, auch wenn es für lange Zeit oder vielleicht sogar das letzte Mal für ihn war, dass er hier an dieser Stelle vorbeikommen würde. Je nachdem, wohin er sich absetzen würde, könnte es ein Abschied für immer sein. Er trat das Gaspedal bis zum Anschlag durch und ließ das Waldstück hinter sich.

Es war eine Art Abschluss für ihn. Genauso, wie er mit einem finsteren Ort oberhalb eines Weinberges irgendwo zwischen Mulhouse und Colmar abgeschlossen hatte.

Auch dorthin würde er wahrscheinlich nie mehr zurückkehren, dort würde er nie mehr die Vergangenheit in sein Gedächtnis zurückholen können, was bisher immer eine seltsame Erregung, ja Glück, in ihm hatte auslösen können.

Exakt eine Stunde, nachdem er von Bad Krozingen losgefahren war, erreichte er Seebrugg am Schluchsee. Langsam, ja fast im Schritttempo, fuhr er durch die kleine Gemeinde hindurch. Lichtleins Ferienhaus lag etwas außerhalb des Ortes, fernab vom touristischen Trubel, in einem Wald. Das Grundstück war nur über einen unbefestigten Waldweg zu erreichen, der direkt hinter dem kleinen Häuschen endete. Kaum ein Tourist verirrte sich hierher. Hier war es ruhig. Das Einzige, was man hören konnte, war das ständige Gezwitscher der Vögel, das Rauschen des Waldes oder das unheimliche Kreischen eines Waldkauzes in der Nacht. Und manchmal, in der Brunftzeit, durchbrach das ohrenbetäubende Röhren eines Hirsches die Stille, der durch sein unermüdliches Rufen paarungswillige Hirschkühe auf sich aufmerksam machen wollte.
Ruck parkte seinen VW-Bus hinter dem Geräteschuppen. Somit würde sein Vehikel den Blicken von zufällig vorbeikommenden Fußgängern oder Wanderern verborgen bleiben. Er stieg aus, nahm den Schlüssel, der oberhalb des Türrahmens des Geräteschuppens versteckt war, ging zum Haus und schloss auf. Zunächst zog er die heruntergelassenen Rollläden hoch und riss die Fenster auf. Als die warme Waldluft ins Innere des Gebäudes strömte, sog Ruck den angenehmen Duft, der süß und honigartig roch, tief in seine Lunge ein.

Dann schaute er sich um. Es hatte sich nichts verändert. Vor dem Fenster, das durch die Bäume hindurch einen wunderschönen Blick auf den Schluchsee preisgab, befand sich eine Sitzgruppe mit einem ovalen Tisch. Links daneben war die Küchenzeile mit einem Esstisch, einer auf die räumlichen Verhältnisse angepassten Eckbank und einer kleinen Vorratskammer. Durch den Flur gelangte man in das Bad und in die beiden Schlafzimmer, die einen Zugang zur Terrasse und dem Garten hatten.

Er war schon öfter hier gewesen. Einmal sogar mit Barbara. Er erinnerte sich daran, wie sie mit umgebundener Kochschürze und Lockenwicklern im Haar in der Küche stand und das Essen zubereitete. Und er erinnerte sich auch daran, dass immer nur das auf den Tisch kam, worauf er Lust hatte. Da sich Barbara überwiegend vegetarisch ernährte, musste sie manchmal noch ein zweites Gericht kochen, oder sie nahm nur einen Salat zu sich, während er ungeniert den Knochen seines Schweinekoteletts abnagte und sie dabei auch noch angrinste. Eigentlich war es wie immer gewesen. Er hatte in ihrer Beziehung die Zügel in der Hand, während sie sich nur hatte mitziehen lassen.

Jetzt war sie tot und würde nie mehr an diesen idyllischen Ort zurückkehren können. Auch würde er sie nie mehr in Freiburg besuchen können. Sie war tot, durch seine Hände gerichtet, und er überlegte, ob er sie vermissen würde. Aber so sehr er sich auch anstrengte, spürte er kein Gefühl in sich.

Auch die Jahre zuvor, als sie getrennt voneinander gelebt hatten und er ein Doppelleben als Dieter Ruck und Didier Saccade geführt hatte, hatte er sie nie vermisst. Und dass ihn diese Erkenntnis nicht belastete, erschreckte ihn nicht einmal. Sie war einfach nicht mehr da. Das Einzige, was ihn beschäftigte, war der Gedanke an seine ungewisse Zukunft. Wo würde er sein künftiges Leben verbringen?

Zunächst würde diese gemütliche Unterkunft bis Donnerstag sein Domizil sein. Er würde sich zwei Tage Ruhe gönnen, würde unauffällig bleiben, auf der Couch herumlümmeln, abends durch die Fernsehsender zappen und einfach mal den lieben Gott einen guten Mann sein lassen. Was danach kommen würde, wohin es ihn mit Lichtleins Geld verschlagen würde, das wusste er noch nicht. Vielleicht würde er in Italien untertauchen, sich in der Unterwelt einen neuen Pass besorgen und mit neuer Identität ein neues Leben anfangen. Oder er würde sich nach Kroatien absetzen und in den Wirren des Krieges, der dort immer noch tobte, von der Bildfläche verschwinden. Ja, und junge, hilflose Mädchen, die gab es überall auf der Welt. Bei diesem Gedanken huschte ein zufriedenes Lächeln über sein Gesicht. Dann schaltete er den Kühlschrank ein und ging zum Auto, um seine Sachen zu holen.

KAPITEL 39

Nach dem Frühstück im *Goldenen Hirschen* begab sich Wellinger in sein Zimmer und wählte Sebastians Nummer. Er musste ihm unbedingt etwas mitteilen.

Bereits tags zuvor hatte er versucht, den Polizeikommissar zu erreichen, doch ohne Erfolg. Ketterer war auf Streife unterwegs. Und da Wellinger das schöne Wetter ausnutzen wollte, hatte er sich gleich nach dem Telefonat mit Gutmann auf seine Wanderung durch die Ravennaschlucht begeben. Die gute Nachricht, die er Ketterer übermitteln wollte, musste noch bis zum nächsten Morgen warten.

Nachdem er von der Wandertour zurückgekehrt war, saß er in der Gaststube und ließ diesen herrlichen Tag bei einem Glas Spätburgunder Rotwein aus der Ortenau ausklingen. Er hatte es nicht bereut, trotz der vom Wetterbericht angekündigten großen Hitze zu dieser anspruchsvollen Tour aufgebrochen zu sein. Es war ein wunderschönes Erlebnis, fernab von jeglicher Zivilisation den Zauber unberührter Natur mit urwüchsigen Wäldern und wilden Wasserläufen erlebt zu haben. Und am höchsten Punkt der Wanderung angelangt, hatte ihn eine atemberaubende Aussicht über die Schweizer Alpen, die nur einen Steinwurf entfernt zu sein schienen, für alle Strapazen entschädigt.

»Guten Morgen, Herr Ketterer«, sagte er, nachdem sich Sebastian am Telefon gemeldet hatte. »Ich wollte Ihnen nur den Tag versüßen und Ihnen etwas Wichtiges mitteilen.«

»Sagen Sie bloß, der Mörder konnte gefasst werden?«, fragte Sebastian mit aufgeregter Stimme.

»Noch nicht ganz. Aber ich denke, es ist nur noch eine Frage der Zeit, bis er geschnappt wird.«

Wellinger verzichtete bewusst darauf, ihm von seiner Entdeckung zu berichten, denn schließlich wusste er nicht, was die Kripo mit dem Hinweis anfangen würde, den er Gutmann gegeben hatte. Und er wusste auch nicht, ob Ruck überhaupt von der Möglichkeit Gebrauch gemacht hatte, seinen Namen französieren zu lassen.

»Es geht um den Mord an Barbara Haas«, fuhr er fort. »Kriminalhauptkommissar Gutmann hat mir telefonisch mitgeteilt, dass sie nicht mehr zu retten gewesen wäre. Egal, von wem. Das hat die Überprüfung der Abfolge sämtlicher Telefongespräche, die am Tattag geführt worden sind, ergeben. Herr Ketterer, wissen Sie, was das bedeutet?«

Sebastian benötigte einige Sekunden, bis er antwortete.

»Das kann nur bedeuten, dass ich nicht schuld … dass mich keine Schuld am Tod von Barbara Haas trifft.«

»Genau. Sie hätten nichts für sie tun können. Der Mörder hatte einen Vorsprung, der weder von Ihnen noch von sonst wem hätte aufgeholt werden können. Dies wollte ich Ihnen mitteilen. Sie müssen sich keine Vorwürfe mehr machen.«

Sebastian atmete hörbar durch. »Okay, Herr Wellinger. Ich danke Ihnen für die Info, auch wenn es traurig ist, dass die Frau sterben musste und wir kurz davorstanden, es zu verhindern.«

»Ja, da haben Sie vollkommen recht. Aber die Polizei wird ihn finden. Da bin ich mir nach dem Gespräch mit Gutmann ganz sicher. Grüßen Sie Frau Esswein von mir. Bis dann.«

Nachdem er aufgelegt hatte, nahm er seinen Wanderführer in die Hand und ging auf den Balkon seines Zimmers hinaus. Schließlich gab es noch viele Wanderwege in der Umgebung, die nur darauf warteten, von ihm erkundet zu werden.

ZUM GOLDENEN HIRSCHEN, AM SPÄTEN NACHMITTAG

Auch heute hatte Wellinger wieder eine Wanderung unternommen. Nachdem er zurückgekehrt war, nahm er eine Dusche und legte sich aufs Bett. Vor dem Abendessen wollte er sich noch etwas Ruhe gönnen, da klingelte das Telefon. *Vielleicht ist es Gutmann*, schoss es ihm durch den Kopf, stand auf und nahm den Hörer ab.

»Ja bitte?«

»Guten Tag, Herr Wellinger, entschuldigen Sie, wenn ich Sie störe«, sagte die freundliche Dame von der Rezeption. »Ich habe jemanden in der Leitung, der Sie sprechen möchte. Eine Frau Schneider. Darf ich durchstellen?«

Wellinger zögerte kurz und überlegte, ob er eine Frau Schneider kannte, aber ihm fiel niemand ein.

»Sie können durchstellen«, sagte er schließlich, gespannt darauf, wer ihn da wohl anrief. »Wellinger am Apparat.«

»Guten Tag, Herr Wellinger, entschuldigen Sie bitte, wenn ich Sie in Ihrem Urlaub störe,« sagte eine weibliche Stimme. »Aber ich denke, es ist wichtig.«

»Na dann schießen Sie mal los.«

»Schneider ist mein Name. Karin Schneider und ich bin die Sekretärin von Herrn Lichtlein.«

Kaum hatte die Dame den Namen des Geschäftsführers der Todtnauer Holzwerke ausgesprochen, ließ sich Wellinger auf den Stuhl fallen. »Das ist aber mal interessant«, sagte er. »Ich bin gespannt, was Sie mir erzählen wollen. Wie haben Sie mich eigentlich gefunden?«

»Das war gar nicht so schwer. Zunächst habe ich versucht, die Hauptkommissare Köberlein und Schreiner von der Kripo Freiburg zu erreichen, doch beide befanden sich in einer Besprechung. Dann habe ich Kontakt mit Polizeikommissar Ketterer aufgenommen. Er hat mir seine Nummer hinterlassen, als er den Gesprächstermin mit meinem Chef vereinbart hat, an dem Sie auch teilgenommen haben. Wir haben uns nur kurz gesehen, als Sie durchs Vorzimmer in sein Büro gegangen sind.«

»Ich erinnere mich. Sie saßen am Schreibtisch und lächelten uns zu.«

»Genau. Und da Herr Ketterer keine Zeit für mich hatte, weil er gerade in dem Moment, als ich anrief, zu einem Einsatz gerufen wurde, hat er mir noch schnell Ihre Nummer im *Goldenen Hirschen* gegeben. Dann habe ich es bei Ihnen probiert und flugs habe ich Sie an der Strippe. Ich … ich muss Ihnen etwas Wichtiges mitteilen.«

279

»Nur zu«, ermunterte sie Wellinger, als sie herumzudrucksen begann.

»Also … am Montag habe ich zufällig ein Gespräch mitgehört, das mein Chef mit Dieter Ruck geführt hat.«

»Zufällig?«

»Mehr oder weniger. Das war … das war nämlich so: Ich erhielt einen Anruf von einem Herrn Müller. Er gab vor, ein alter Schulfreund von Herrn Lichtlein zu sein und wolle ihn sprechen. Aber irgendwie kam mir seine Stimme bekannt vor.«

»Es war Dieter Ruck«, schlussfolgerte Wellinger.

»Genau. Er versuchte zwar, seine Stimme zu verstellen, aber ich habe ihn trotzdem erkannt. Schließlich hat er eine Zeit lang hier gearbeitet. Zunächst wollte Herr Lichtlein nicht mit ihm sprechen, da er keinen Herrn Müller kennen würde, aber dann durfte ich doch zu ihm durchstellen. Und da die Tür zu meinem Chef nur angelehnt war, konnte ich zwar nur Gesprächsfetzen verstehen, aber doch genug, um mir etwas zusammenreimen zu können.«

»Hm, die Tür war nur angelehnt, sagten Sie?«

»Ja, Sie müssen wissen, dass mein Chef manchmal einem Wirbelwind gleicht und mindestens zehnmal am Tag rein und raus rennt. Und da kommt es öfter vor, dass die Tür hinter ihm nicht richtig ins Schloss fällt«, erwiderte Schneider entschuldigend.

»Verstehe, und was konnten Sie sich zusammenreimen?«

»Da muss ich weiter ausholen. Ich hatte … ich hatte mal was mit Georg, also mit Herrn Lichtlein. Damals kam ich neu in die Firma und ich schien … ich schien ihm zu gefallen. Irgendwann hat er mich mal zum Essen eingeladen.

Und nachdem er mich zum dritten Mal ausgeführt hatte, landeten wir im Bett. Das ging so eine ganze Weile mit uns, bis ich herausgefunden habe, dass ich nicht die Erste war, an die er sich in der Firma herangemacht hatte. Zunächst wollte ich es nicht glauben, als mich eine Kollegin vor ihm warnte. *Der lässt außer Wasser nichts anbrennen,* sagte sie zu mir. Und ich solle nur abwarten, bis er genug von mir hätte, dann käme die Nächste dran. Und so kam es dann auch. Als für die Buchhaltung eine attraktive junge Polin eingestellt worden war, war ich abgeschrieben und er schwänzelte plötzlich um die Neue herum. Und jetzt kommt's. Georg ist verheiratet und Ruck hat uns mal zusammen gesehen.«

»Hm, ich kann mir schon vorstellen, was jetzt kommt«, merkte Wellinger an.

»Ja, Ruck hat Geld von ihm verlangt. Das hab ich zufällig mitbekommen, als die Tür mal wieder nur angelehnt war. Anscheinend hatte Ruck ihn schon seit längerer Zeit beobachtet und Beweismaterial gesammelt.«

»Er hat Fotos mit seinen … von ihm und seinen Geliebten gemacht?«

»Ja, Herr Wellinger. Und jetzt wollen die beiden sich treffen. Ich denke, zur Geldübergabe.«

»Da könnten Sie recht haben. Und wissen Sie auch, wo sie sich treffen wollen?«

»Da fällt mir nur sein Ferienhaus in Seebrugg ein. Das ist am Schluchsee.«

»Sind Sie sich da sicher?«, fragte Wellinger.

»Ich habe es zwar aus dem Gespräch heraus nicht so genau mitbekommen, aber mir fällt sonst kein anderer Ort ein. Wissen Sie, sein Haus in Seebrugg, das war … das war unser …«

»… Liebesnest?«, ergänzte Wellinger.

»Ja«, antwortete Schneider etwas verlegen.

»Und warum erzählen Sie mir das erst heute? Sie sagten doch, dass das Telefonat zwischen Ruck und Lichtlein schon am Montag stattgefunden hat.«

»Ich war mir eben unsicher. Aber als ich in der Zeitung von dem Mord an einer Frau in Freiburg gelesen habe und die Polizei von einem Zusammenhang dieser Tat mit der Ermordung zweier Teenager ausgeht, dachte ich mir, dass Ruck dahinterstecken könnte.«

»Und wie kommen Sie zu dieser Ansicht?«

»Weil ich mich die ganze Zeit gefragt habe, warum er nach so langer Zeit wieder aufgetaucht ist und von Herrn Lichtlein Geld verlangt. Gerade jetzt. Und zuvor waren ja auch noch die beiden Kripobeamten, Köberlein und Schreiner, in der Firma gewesen und dann auch noch Herr Ketterer und Sie. Wie gesagt, ich war mir unsicher, aber jetzt dachte ich, dass es wohl am besten ist, wenn ich mich an die Polizei wende. Es könnte ja sein, dass Ruck tatsächlich die Frauen umgebracht hat und jetzt mit Lichtleins Geld verschwinden will.«

»Wissen Sie auch, wann sich die beiden treffen wollen? Und befindet sich Ihr Chef noch in der Firma oder wo kann man ihn sonst erreichen?«

»Das ist es ja, was mich so beunruhigt hat. Er ist vor etwa fünfzehn Minuten gegangen. Als ich vorhin in sein Büro gekommen bin, um ihm eine Unterschriftsmappe auf den Schreibtisch zu legen, war er gerade dabei, den Safe abzuschließen und etwas in seine Tasche zu packen. Er hat sich heftig erschrocken, mich plötzlich zu sehen, sagte aber nichts. Kurz danach verließ er sein Büro und sagte, es hätte sich kurzfristig ein Termin ergeben und er käme heute nicht mehr rein …«

»Und Sie denken jetzt, dass es sich bei diesem Termin um das Treffen mit Ruck handelt?«

»Genau. Am Montag hab ich nicht ganz mitbekommen, wann das Treffen stattfinden sollte. Aber jetzt der Safe, die Tasche und ein plötzlicher Termin. Da dachte ich mir, dass ich es der Polizei erzählen muss.«

»Frau Schneider, Sie haben alles richtig gemacht. Können Sie mir bitte noch die Adresse von Lichtleins Ferienhaus in Seebrugg mitteilen? Das wäre toll.«

»Das Haus liegt etwas außerhalb von Seebrugg im Kaisertannenweg. Hausnummern gibt es dort keine. Fahren Sie auf der Hauptverkehrsstraße, das ist die Freiburger Straße, durch den Ort durch. Irgendwann geht es dann links in einen besseren Waldweg rein, das ist der Kaisertannenweg. Es ist das letzte Haus. Dahinter geht es nicht mehr weiter. Vom Titisee aus sind es vielleicht zwanzig Minuten.«

»Danke, Frau Schneider. Ich habe noch eine Bitte. Rufen Sie gleich nochmal bei der Kripo in Freiburg an. Wenn Sie die beiden Hauptkommissare nicht erreichen, dann verlangen Sie nach einem Herrn Gutmann. Erzählen Sie denen das, was Sie mir erzählt haben. Das Ganze vielleicht in einer kürzeren Version und bitten Sie die Herren, sich schnellstmöglich nach Seebrugg zu begeben. Vielen Dank nochmals für Ihren Anruf. Auf Wiederhören.«

KAPITEL 40

Nachdem Wellinger den Hörer aufgelegt hatte, schaute er auf die Uhr. Es war kurz vor fünf. Er eilte zu seinem Auto, stieg ein, warf einen kurzen Blick auf die Straßenkarte und dachte nach. *In etwa zwanzig Minuten dürfte ich in Seebrugg ankommen. Wenn Frau Schneider die Kripo gleich erreicht, benötigen die von Freiburg aus bestimmt doppelt so lange. Ich muss los, bevor er sich wieder in Luft auflöst.* Dann startete er den Motor und fuhr davon.

Nach exakt zwanzig Minuten kam er in Seebrugg an und fuhr, wie ihm Lichtleins Sekretärin beschrieben hatte, durch den kleinen Ort hindurch. Dann verlangsamte er das Tempo und hielt Ausschau nach dem Kaisertannenweg. Kurze Zeit später sah er auf der linken Seite einen Waldweg und bog von der Straße ab.

Im Schritttempo fuhr er weiter. Er kam an drei kleinen Häuschen vorbei, bei denen es sich nach seiner Vermutung ebenfalls um Ferienhäuser handeln musste. Nach kurzer Weiterfahrt konnte er in einer Entfernung von etwa vierhundert Metern einen rot-weißen Sperrbalken erkennen. Dort ging es nicht mehr weiter. Es musste sich um das Ende des Weges handeln, wo sich auch Lichtleins Ferienhaus befand. Er fuhr an den rechten Wegesrand, stellte den

Motor ab und stieg aus. Seine Atemzüge beschleunigten sich. Es war viertel nach fünf.

Wellinger schaute sich um. Es war keine Menschenseele zu erkennen. Langsam ging er den Weg entlang. Hinter den Bäumen tauchte links des Weges ein Haus auf. Er war am Ziel. Er schlich durch die Bäume hindurch. Dann sah er einen großen Mercedes vor dem Hauseingang stehen. *Lichtleins Wagen,* dachte er. Er duckte sich und presste seinen Körper an die Beifahrertür. Dann legte er seine Hand auf die Motorhaube. Sie war noch warm. Als sein Blick nach rechts wanderte, sah er ein weiteres Fahrzeug, das, etwas versteckt, hinter einem Geräteschuppen abgestellt war. Es war ein VW-Bus, wahrscheinlich Rucks Auto. Sie mussten sich also im Haus befinden.

Sollte er es wagen? Sollte er versuchen, ins Haus zu gelangen? Aber was würde er gegen zwei Gegner ausrichten können? Vermutlich recht wenig. Er musste warten, bis Gutmann mit seinen Leuten hier eintreffen würde.

Doch plötzlich wurde es im Haus laut. Er schaute über die Kühlerhaube hinweg, konnte aber nichts erkennen. Er musste näher an das Haus herankommen, verließ seine Deckung und rannte, so schnell er konnte, zum Fenster, das sich neben der Eingangstür befand. Wieder schnellte sein Herzschlag in die Höhe. Sein ganzer Körper fing zu zittern an.

Es waren heftige Geräusche, die aus dem Inneren des Hauses drangen und die Ruhe des Waldes störten. Es polterte und schepperte. Dies konnte nur eines bedeuten. Es gab einen Kampf, ein Handgemenge, wahrscheinlich zwischen Lichtlein und Ruck. Doch plötzlich wurde es ruhig und das konnte nichts Gutes bedeuten. Wellinger musste etwas unternehmen und wagte einen Blick durchs Fenster. Er sah, wie Dieter Ruck über Lichtlein, der am Boden lag, kniete und ihn dort festhielt. Wellinger nahm seinen ganzen Mut zusammen. Mit einem großen Stein, den er vom Boden aufhob, schlug er die Fensterscheibe ein und kletterte ins Haus.

Ruck sah ihn nur mit großen Augen an. Wellinger nutzte das Überraschungsmoment und warf sich auf dessen mächtigen Körper, sodass er zur Seite kippte. Wellinger verpasste ihm einen Kinnhaken, der Ruck wenig beeindruckte. Er musste sich nur kurz schütteln und ging dann zum Gegenangriff über.

Sie rangelten wild miteinander und wälzten sich auf dem Boden hin und her. Während er kämpfte, konnte Wellinger regelrecht spüren, wie Adrenalin durch seine Adern gepumpt wurde. Doch je länger der Kampf dauerte, umso mehr schwanden seine Kräfte.

Irgendwann konnte er sich der urgewaltigen Kraft seines Gegners nicht mehr widersetzen. Ruck gewann die Oberhand und drückte ihn zu Boden. Erschöpft lag Wellinger auf dem Rücken und versuchte verzweifelt, sich aus Rucks Umklammerung zu befreien. Doch so sehr er sich auch bemühte, es gelang ihm nicht. Mit Entsetzen nahm er wahr, wie sich Rucks Hände um seine Kehle schlossen. Wellinger zappelte hin und her und versuchte, Rucks Hände auseinanderzudrücken. Als dies nicht gelang, schlug er nach ihm. Doch seine Schläge, die jetzt immer schwächer wurden, konnten seinem Gegner nichts anhaben. Wellingers Arme wurden schwerer und schwerer, bis sie kraftlos zu Boden sanken. Ihm wurde schwarz vor Augen und plötzlich spürte er gar nichts mehr.

KAPITEL 41

Nachdem Karin Scheider das Gespräch mit Wellinger beendet hatte, rief sie gleich bei der Kripo in Freiburg an. Als ihr die Dame von der Telefonzentrale mitteilte, dass sich die beiden Hauptkommissare Köberlein und Schreiner immer noch in einer Besprechung befanden, wollte sie sich mit Kriminalhauptkommissar Gutmann verbinden lassen. »Der sitzt mit den beiden anderen zusammen. Tut mir leid«, sagte die Frau. Doch Schneider gab sich nicht geschlagen und bat nochmals eindringlich darum, mit einem der drei Herren verbunden zu werden. Es dürfe keine Zeit verloren werden und sie sei sich sicher, dass die Empfangsdame keinen Ärger bekommen würde, wenn sie die drei Kripobeamten in ihrer Besprechung stören würde. »Also gut«, sagte die Empfangsdame.

Und endlich, nach zwei oder drei Minuten Wartezeit, hatte Schneider KHK Waldemar Gutmann am Telefon. In einer Kurzversion erzählte sie ihm von ihrem zufällig aufgeschnappten Telefongespräch, das zwischen Dieter Ruck und ihrem Chef stattgefunden hatte. Sie informierte ihn auch darüber, dass sich die beiden vermutlich in Lichtleins Ferienhaus in Seebrugg aufhalten könnten. Unmittelbar danach stürmten die drei Kripomänner aus dem Polizeipräsidium hinaus und setzten sich in einen Dienst-BMW.

Köberlein stellte noch schnell das Blaulicht aufs Dach, dann brausten sie davon.

Als Wellinger die Augen aufschlug, wusste er zunächst nicht, wo er sich befand. War er im Himmel? Doch langsam kam die Erinnerung zurück. Er war in Lichtleins Ferienhaus, hatte gekämpft und Ruck hatte ihm die Kehle zugedrückt. Dann musste er ohnmächtig geworden sein.

Jetzt saß er auf dem Boden und fasste sich an den Hals, der höllisch schmerzte. Wie durch einen Schleier hindurch sah er eine Gestalt auf sich zukommen. Ein großer, schlanker Mann mit braunen Designerschuhen und einem Glas Wasser in der Hand. Wellinger versuchte krampfhaft, seine Gehirnzellen zu sortieren.

»Guten Tag, Herr Wellinger. Wieder wach?«, fragte der Mann.

Und dann erkannte Wellinger, wer es war. Es war Georg Lichtlein, der ihm das Wasserglas reichte. Wellinger nickte ihm zu und trank es in einem Zug leer. Als die Flüssigkeit durch seine Kehle floss, fühlte es sich an, als würden winzige Sandkörner durch seine Speiseröhre rieseln. Dann sah er sich um. Schemenhaft erkannte er Dieter Ruck, der an Händen und Füßen mit Kabelbindern gefesselt auf dem Boden lag.

»Was … was ist passiert?«, fragte Wellinger mit heiserer Stimme.

»Das kann ich Ihnen sagen. Zunächst haben Sie mir womöglich das Leben gerettet, als Sie sich auf Ruck gestürzt haben, nachdem er mich schon am Boden hatte. Vielen Dank dafür, Herr Wellinger. Sie sind gar nicht so übel, wie ich dachte.« Lichtlein grinste. »Ja und dann habe

288

ich mich bei Ihnen revanchiert, indem ich Ruck meinen Aktenkoffer über den Schädel gezogen habe, als er gerade dabei war, Sie zu erwürgen.«

»Danke, Herr Lichtlein. Ich … ich gebe das Kompliment zurück. Anscheinend sind auch Sie nicht … nicht so übel, wie … wie ich angenommen hatte.«

Trotz seiner Schmerzen musste jetzt auch Wellinger grinsen. »Ich schlage vor, wir vergessen unsere erste Begegnung, die … die nicht gerade harmonisch verlaufen ist, und fangen neu an.«

»Einverstanden.« Lichtlein reichte ihm die Hand und der pensionierte Kriminalhauptkommissar schlug ein.

»Wie haben Sie mich eigentlich gefunden?«, wollte Lichtlein wissen.

»Frau Schneider, Ihre Sekretärin.«

»Verstehe. Im Grunde genommen kann ich ihr gar nicht böse sein, dass sie mich … sagen wir mal … verpfiffen hat. Denn dann wären Sie nicht gekommen, dann wäre ich jetzt wahrscheinlich tot und dieser Drecksack über alle Berge.« Lichtlein deutete mit einer Kopfbewegung auf Ruck, der immer noch regungslos auf dem Boden lag.

»Ist er tot?«, fragte Wellinger.

»Nein, nein. Den hab ich nur schlafen gelegt. Demnächst wird er aufwachen und ich hoffe mit einem dicken Brummschädel.«

»Ihre Sekretärin hat mir erzählt, er würde Sie erpressen. Ich gehe davon aus, dass Sie ihm heute das Geld geben wollten. Aber warum kam es denn zu dem Kampf?«

»Das kann ich Ihnen sagen, Herr Wellinger. Er konnte den Hals nicht voll genug bekommen und wollte plötzlich mehr, als wir vereinbart hatten. Ich könne geschwind zur

Bank gehen und noch welches holen. Erst dann würde er endgültig aus meinem Leben verschwinden. Es kam zu einem Wortgefecht und dann zum Handgemenge. Zum Glück sind Sie mir zu Hilfe gekommen.« Lichtlein atmete tief durch. »Ich werde jetzt die Polizei anrufen, damit sie mir diesen Mistkerl aus den Augen schaffen. Und wie ich das Ganze meiner Frau erklären soll, weiß ich im Moment noch nicht. Aber ich werde nicht drumherum kommen. Schließlich habe ich mir den ganzen Schlamassel selbst eingebrockt.«

Er machte eine kurze Pause und sah Wellinger fragend an.

»Ich gehe davon aus, dass Ihnen Frau Schneider erzählt hat, warum mich Ruck erpressen konnte?«

Wellinger nickte. Dann sagte er: »Sie müssen die Polizei nicht anrufen. Das dürfte Ihre Sekretärin schon erledigt haben.«

Und wie bestellt schaute in diesem Moment ein Mann mit einer Pistole in der Hand durchs offene Fenster herein.

»Alles klar bei Ihnen?«, fragte Gutmann. Wellinger nickte ihm zu. Er hatte die Stimme gleich erkannt.

»Schön, Sie endlich persönlich kennenzulernen, Herr Kriminalhauptkommissar. Wir haben Ihnen etwas Arbeit abgenommen«, erwiderte Wellinger und deutete mit dem Kinn auf den am Boden liegenden Körper.

KAPITEL 42

Morgens um neun rief Wellinger seinen Freund Günther Herzog in Mannheim an und berichtete ihm von Rucks Festnahme. Er erzählte ihm auch von dem Kampf, der ihn fast das Leben gekostet hätte.

»Günther, für diese Spielchen bin ich mittlerweile einfach zu alt. Ich hab dir gerne geholfen, aber ich werde es nicht noch einmal tun. Beim letzten Mal, als ich vor rund einem Jahr einen Mörder an der Costa Blanca gestellt habe, wurde mir ein Golfschläger über den Kopf gezogen und ich habe zum Glück nur eine dicke Beule davongetragen. Und jetzt wäre ich um ein Haar erwürgt worden. Es reicht.«

»Werner, alte Düse, tut mir leid, dass du dich meinetwegen in Lebensgefahr begeben musstest. Und ich verstehe, dass du vom Detektivspielen die Nase voll hast. Aber ich bin froh, dass dieser Schurke endlich geschnappt werden konnte. Und weißt du was? Wir sollten uns demnächst mal wieder treffen. Schon lange her, dass wir uns das letzte Mal gesehen haben. Ich glaube, das war im vorletzten Jahr auf dem Mannheimer Weihnachtsmarkt.«

»Stimmt. War lustig damals. Ich werde nachher meinen Koffer packen und dann wieder nach Hause fahren.

Vielleicht können wir heut Abend nochmal telefonieren und einen Termin abstimmen.«

»Gute Idee, Werner. Ich lade dich dann auch zum Essen ein. Das ist das Mindeste, was ich dir schulde. Mach's gut und bis heut Abend.«

Als Nächstes rief Wellinger beim Polizeiposten in Kirchzarten an.

»Das ist aber mal eine gute Nachricht, die ich auch gleich an Frau Esswein weitergeben werde«, sagte Polizeikommissar Sebastian Ketterer hocherfreut, nachdem Wellinger ihm über Rucks Verhaftung berichtet hatte. Den Kampf und die Beinahe-Erdrosselung hatte er bewusst nicht erwähnt.

»Vielen Dank für alles, Herr Wellinger. Es hat mich gefreut, Sie kennengelernt zu haben. Wir bleiben auf jeden Fall in Kontakt und ich werde Sie über das Strafverfahren gegen Ruck auf dem Laufenden halten.«

»Ja, tun Sie das bitte. Mich interessiert schon, welches Urteil das Schwurgericht fällen wird, auch wenn das noch eine Weile dauern kann. Und außerdem wäre es schön, wenn wir uns in Zukunft mal wieder sehen könnten.«

»Das denke ich auch, Herr Wellinger. Alles Gute für Sie. Auf Wiederhören.«

FREIBURG, AM GLEICHEN MORGEN

Zwei Polizeibeamte holten Ruck in seiner Zelle ab, in der er eine unruhige Nacht verbracht hatte. Widerstandslos ließ er sich die Handschellen anlegen und trottete, flankiert von den Polizisten, den Flur entlang. Als sie den

Verhörraum betraten, setzte er sich mit Hilfe der Beamten an den Tisch, an dem bereits sein Pflichtverteidiger Platz genommen und geduldig auf ihn gewartet hatte. Dann zogen sich die zwei Wachmänner dezent zurück und blieben links und rechts der Tür stehen. Fast gleichzeitig nahmen sie ihre Arme auf den Rücken, legten eine Hand leicht in die andere und schauten mit versteinerten Mienen geradeaus zur Wand.

Nur zwei Minuten später betraten Köberlein und Schreiner den Raum und setzten sich Ruck und seinem Anwalt gegenüber an den Tisch. Köberlein drückte auf die Aufnahmetaste des Tonbandgerätes. »Freitag, 2. Juli 1993. Es ist neun Uhr dreißig. Befragung von Dieter Ruck, der auch einen französischen Pass besitzt, ausgestellt auf den Namen Didier Saccade. Anwesend sind Rechtsanwalt Andreas Mühlfeld, Pflichtverteidiger des Befragten, und die Kriminalhauptkommissare Thomas Schreiner und Marc Köberlein.«

Köberlein räusperte sich und wollte mit der Befragung beginnen, doch plötzlich ergriff Mühlfeld das Wort.

»Meine Herren, wir können uns das Ganze sparen. Mein Mandant wird sich nicht zu den ihm gemachten Vorwürfen äußern. Zumindest nicht heute.« Mühlfeld schaute zu Ruck hinüber, der kurz nickte.

»Was soll das denn schon wieder?«, warf Schreiner verärgert ein. Er erinnerte sich nur zu gut an die letzte Begegnung mit Mühlfeld, als dieser Kolja Baumann anwaltlich vertreten hatte. »Hätten Sie uns das nicht schon vor einer Stunde sagen können? Schließlich sind Sie heute schon sehr früh hier erschienen und hatten genügend Zeit, sich mit Ihrem Mandanten auszutauschen.« Schreiner schlug mit der flachen Hand auf den Tisch, erhob sich von seinem Stuhl und schaute Ruck von oben herab direkt in die Augen. »Und jetzt wollen Sie nicht reden?«

Ruck wich dem Blick des Kripobeamten aus und schaute verlegen zu Boden. Schreiner bemerkte, dass er am ganzen Körper zitterte. Der Kripobeamte konnte Ruck anmerken, dass ihn die Situation überforderte.

»Immer mit der Ruhe, meine Herren«, fuhr Mühlfeld dazwischen. »Mein Mandant wird ein umfassendes Geständnis ablegen. Darüber hinaus wird er für zwei weitere Taten, die er in Frankreich begangen hat, Verantwortung übernehmen, obwohl ihm diese Taten noch nicht zur Last gelegt worden sind.«

Köberlein und Schreiner konnten kaum glauben, was sie eben gehört hatten. Als könnte der Strafverteidiger ihre Gedanken lesen, fuhr er fort: »Ja, Sie haben richtig gehört. Mein Mandant wird gestehen. Und zwar in den Fällen Hanna Lorenz, Martina Esswein und Barbara Haas. Weiterhin wird er gestehen, Georg Lichtlein erpresst und sowohl ihn als auch Werner Wellinger tätlich angegriffen zu haben. Und er wird auch die Tötung zweier junger Französinnen gestehen, die er in der Zeit begangen hat, als er mit Monique Durand verheiratet und als Fahrer einer Spedition in Mulhouse beschäftigt war. Die Leichen sind in einem Wald zwischen Mulhouse und Colmar vergraben. Ich werde die Aussagen meines Mandanten fein säuberlich zu Papier bringen, die Geständnisse verlesen und anschließend von meinem Mandanten unterschreiben lassen. Aber das nicht jetzt und heute. Geben Sie mir einen Tag Zeit.«

Mit offenem Mund sahen Köberlein und Schreiner den

Anwalt an. Sie wussten nicht so recht, wie sie mit dem eben Gehörten umgehen sollten, während draußen auf dem Flur Waldemar Gutmann triumphierend die Faust ballte.

Ruck, das war's wohl, dachte er. Er hatte alles durch den Einwegspiegel mitverfolgen können und war nicht einmal überrascht, dass keine stundenlangen Verhöre notwendig waren, um Ruck zu überführen. Irgendwie hatte er es ihm angesehen, dass er zusammenbrechen, dass er nicht lange durchhalten würde. Es war vorbei.

Einen Tag später erschien Rechtsanwalt Mühlfeld mit Dieter Ruck, alias Didier Saccade, im Verhörraum und hielt tatsächlich Wort. Er verlas ein umfangreiches Geständnis seines Mandanten. Unmittelbar danach wurde Dieter Ruck in die Vollzugsanstalt Freiburg überstellt.

Nur eine halbe Stunde später rief Inspektionsleiter Meerfeld seine drei Hauptkommissare zu sich, um ihnen zum Ermittlungserfolg und zu dem vollumfänglichen Geständnis zu gratulieren. Anschließend saßen Gutmann, Köberlein und Schreiner im kleinen Besprechungszimmer zusammen und ließen die letzten Wochen Revue passieren.

»Es kann nur einen Grund geben, warum Ruck so schnell gestanden hat«, sagte Gutmann. »Und sogar für Taten, von denen wir noch nichts wussten.«

»Und was könnte der Grund sein?«, fragte Köberlein.

»Er will nicht ins Gefängnis, denn als Mörder junger Mädchen, ja fast noch Kindern, würde er in der Hackordnung ziemlich weit unten stehen. Mit anderen Worten, er hätte es nicht einfach mit den schweren Jungs im Knast.«

»Das ist gut möglich«, warf Schreiner ein. »Mir ist nämlich aufgefallen, dass sein Anwalt nie von Mord gesprochen
hat. Dieses Wort kam kein einziges Mal über seine Lippen.
Er hat immer nur von Tötung, Erpressung oder von tät-
lichen Angriffen gesprochen, aber nie von Mord.«

»Genau.« Gutmann wirkte nachdenklich. »Ich nehme
an, dass er in eine geschlossene Anstalt für psychisch
Kranke eingewiesen werden will.«

»Und wie geht es jetzt weiter?«, wollte Schreiner wissen.

»Zunächst wird Ruck unsere französischen Kollegen,
in Begleitung von Beamten der JVA, zu den Orten führen, wo er die beiden Französinnen vergraben hat. Wenn
sie gefunden werden, wovon ich ausgehe, können deren
Angehörigen endlich Abschied von ihnen nehmen. Als
Nächstes dürften psychologische Gutachten erstellt werden, die Rucks Schuldfähigkeit beurteilen. Dann kommt
es zur Hauptverhandlung. Und je nachdem, wie die Gutachten ausfallen, wird er entweder ins Gefängnis oder in
die Klapse kommen. Ich hoffe natürlich, dass er in den
Knast kommt, am besten für immer.«

»Das hoffen wir auch«, stimmte ihm Schreiner zu.
»Aber darauf haben wir leider keinen Einfluss.«

Gutmann nickte. Und obwohl sie gerade erst einen
mehrfachen Mörder gestellt hatten, wirkte er bedrückt.

KAPITEL 43

Am Nachmittag hatte es zu schneien begonnen. Seither rieselten die im Wind wild umherwedelnden Schneeflocken unaufhörlich zu Boden und bedeckten den dunklen Asphalt der Straßen und Gehwege mit einem weißen Teppich. Nach dem Mittagessen, das nur aus einer Nudelsuppe und einer Scheibe Brot bestanden hatte, hatte sich Sebastian auf die Couch gelegt und war, müde von der Nachtschicht, zu der er von Samstag auf Sonntag eingeteilt und von der er erst am späten Vormittag heimgekehrt war, eingeschlafen.

Es war kurz vor achtzehn Uhr, als es an der Tür klingelte. Sebastian streckte seine Gliedmaßen aus, erhob sich, noch etwas schlaftrunken, von der Couch und ging zum Fenster. Als er eine Person mit aufgespanntem Regenschirm vor dem Hauseingang stehen sah, musste er schmunzeln, denn der Stoff und die Beschriftung des Schirms kamen ihm bekannt vor. Er drückte auf den Türöffner und gleich darauf kam Veronika die Treppe hochgeeilt.

»Das ist aber mal eine Überraschung«, sagte er und küsste sie zur Begrüßung auf den Mund. Obwohl sie schon seit einiger Zeit ein Paar waren, hatten beide ihre Wohnungen behalten und wollten sich mit dem Zusammenziehen noch etwas Zeit lassen.

»Komm rein.« Sebastian half ihr aus dem Mantel und hängte ihn an die Garderobe. Den tropfenden Regenschirm stellte er auf den Balkon.

»Ich dachte, du wolltest heute zu Hause bleiben und dass ich dich dann morgen früh abhole.«

»Ich hab's mir anders überlegt. Erstens wollte ich nicht allein bleiben, da ich ständig an morgen denken muss, und zweitens dachte ich, dass du dir heut Mittag nach deinem Schichtdienst bestimmt nichts Gescheites gekocht hast. Deshalb hab' ich auch was Feines mitgebracht.« Veronika deutete auf die Stofftasche, die sie in der Hand hielt.

»Käse, Weißbrot, ein paar Oliven und Trauben. Klingt das nicht gut?«

»Das klingt sehr gut, mein Schatz. Dann hol ich mal eben schnell eine Flasche Rotwein aus dem Keller.«

»Gut, und ich gehe in die Küche und bereite alles vor.«

Wenig später saßen sie am Esstisch und ließen sich den Käse, das Weißbrot und den französischen Rotwein schmecken. Voller Begeisterung erzählte Veronika von ihrem neuen Job als Bürokauffrau in einer Firma, die Fertighäuser herstellte, den sie erst vor knapp zwei Wochen angetreten hatte.

Doch trotz der überschwänglichen Schilderungen ihres Tagesablaufs und der gemütlichen Atmosphäre mit leiser Kuschelmusik und romantischem Kerzenlicht konnte Sebastian seiner Partnerin anmerken, dass sie den Abend mit ihm nicht richtig genießen konnte. Denn nachdem sie ihre Erzählungen beendet hatte, wirkte sie plötzlich abwesend und es gab keine Chance mehr, eine halbwegs normale Unterhaltung mit ihr zu führen. Irgendetwas stimmte nicht. Immer mal wieder musste er eine Frage oder einen Satz wiederholen, da Veronika nicht richtig zuhörte oder ihm nicht folgen konnte. Sie war gedanklich woanders und Sebastian ahnte, warum.

»Sebastian, es tut mir leid. Du gibst dir so viel Mühe, aber trotzdem muss ich … muss ich die ganze Zeit an die Gerichtsverhandlung denken, die morgen früh beginnt.«

»Ich kann dich verstehen, Veronika.« Sebastian legte seine Hand auf ihre und schaute ihr in die Augen. »Vielleicht war es nicht der richtige Moment für Kerzenlicht und Kuschelrock. Ich habe nur versucht, dich irgendwie abzulenken, dich auf andere Gedanken zu bringen. Wenn du willst, mach ich das Radio aus und stell die Kerzen zurück in den Schrank.«

»Ist schon gut, Sebastian. Du bist so lieb.« Eine Träne lief ihr übers Gesicht, die Sebastian mit dem Handrücken zärtlich von der Wange wischte. »Weißt du, in meinen früheren Beziehungen habe ich immer das Gefühl vermisst, für einen anderen Menschen der Mittelpunkt der Welt zu sein. Ich habe immer mehr gegeben, als ich erhalten habe. Aber bei dir ist es anders. Du gibst mir das Gefühl, der wichtigste Mensch in deinem Leben zu sein. Und du gibst mir das Gefühl, dass du mich genauso sehr liebst, wie ich dich liebe.«

»Ja, Veronika. Es ist leider so, dass man sich nicht immer in den verliebt, der es wert ist. Diese Erfahrung habe ich auch schon machen müssen. Aber jetzt mit dir … ich könnte nicht glücklicher sein.«

Wieder füllten sich Veronikas Augen mit Tränen.

»Mir geht es doch genauso, Sebastian. Aber in den Momenten, in denen mich die Vergangenheit einholt, in denen ich an meine Tochter denke, habe ich Angst, dich zu verlieren. Ich habe Angst, dass du es irgendwann mal leid bist, eine Frau an deiner Seite zu haben, die so sehr mit sich und ihrem schrecklichen Schicksalsschlag beschäftigt ist. Dass …«

»Veronika«, fiel er ihr sanft ins Wort. »Hab keine Angst. Es ist doch klar, dass du einen Tag vor Eröffnung des Strafprozesses gegen den Mörder deiner Tochter aufgewühlt bist. Dass der Schmerz, den du erleiden musstest, dich wieder überrollt. Und auch in Zukunft wird es immer mal wieder solche Momente geben, in denen du in die Vergangenheit eintauchen und an Martina denken wirst. Aber das ist doch kein Grund für mich, dich im Stich zu lassen. Im Gegenteil. Gerade in diesen Momenten will ich für dich da sein. Darauf kannst du dich verlassen. Glaube … vertraue mir.«

»Ach, Sebastian, was würde ich nur ohne dich machen?« Sie beugte sich zu ihm rüber und hauchte ihm einen zärtlichen Kuss auf den Mund. Erleichtert atmete sie tief aus und lächelte ihn an. Sebastians Worte hatten ihr gut getan. Aber als er ihr Lächeln erwiderte, meldete sich ihr Gewissen. Denn es gab einen Grund, warum sie ihn heute Abend besuchte, obwohl sie vereinbart hatten, dass er sie erst am nächsten Morgen abholen und sie zum Prozessauftakt begleiten würde. Sie hatte einen Plan und sie musste ihr Vorhaben umsetzen, auch wenn sie Sebastian damit wehtun und ihre Beziehung aufs Spiel setzen würde. Sie musste nur auf eine passende Gelegenheit warten. Dann würde sie es tun.

Die Gelegenheit war da, als Sebastian zur Toilette musste. Kaum war er im Bad verschwunden, griff sie in ihre Handtasche und kramte ein Fläschchen heraus. Als sie die klare Flüssigkeit in Sebastians Glas träufelte, zitterten ihre Finger vor Aufregung. Dann rührte sie das Gemisch mit einer Gabel um und war erleichtert, als sich die Farbe des Rotweins nicht veränderte.

Würde er etwas bemerken? Würde die Dosis ausreichen oder war sie gar zu stark? Sie wusste es nicht.

Gleich nach Martinas Tod hatte sich Veronika in Behandlung begeben, um ihre Schlafstörungen und depressiven Schübe, die ihr die Nacht raubten, behandeln zu lassen. Der Hausarzt hatte ihr die Einnahme der Schlaftropfen verordnet, die ihr nun bei ihrem Vorhaben helfen sollten.

Sie hatte Sebastian die doppelte Menge verabreicht, die sie üblicherweise einnahm. Denn immerhin war er größer und kräftiger als sie und sie wollte, dass er tief und fest schlief.

»Na, mein Schatz. Wollen wir abräumen und zu Bett gehen?«, fragte Sebastian, als er sich wieder an den Tisch gesetzt hatte.

»Lass uns erst gemütlich austrinken. Oder schmeckt dir der Rotwein nicht?« Veronika nahm ihr Glas in die Hand und prostete ihm zu.

Sie unterhielten sich noch eine ganze Weile über den bevorstehenden Prozess. Er war für vierzehn Tage angesetzt. Wie würde er verlaufen und welches Urteil würde der Richter letztlich fällen?

Die Zeit verging und Veronika bemerkte, dass Sebastians Augen schwer wurden und er allmählich Probleme mit dem Sprechen bekam.

Dann sagte sie zu ihm: »Willst du nicht schon ins Bett?

Ich seh doch, dass du müde bist. Ich räum noch schnell den Tisch ab und komm dann nach.«

Sebastian nickte ihr schwerfällig zu und schwankte auf wackeligen Beinen ins Schlafzimmer. Er schaffte es nicht mehr, vorher ins Bad zu gehen, sich zu waschen und den Schlafanzug anzuziehen.

Als Veronika nur wenige Minuten später nach ihm sah, lag er in voller Montur auf dem Bett und schnarchte.

KAPITEL 44

Nur langsam kam Sebastian zu sich und konnte sich nicht erinnern, was geschehen war. Er sah auf die andere Bettseite hinüber, doch die war leer. Als er bemerkte, dass er bis auf die Schuhe noch komplett angezogen war, rieb er sich mit den Fingern die Stirn und versuchte krampfhaft, sich an den Vorabend zu entsinnen.

Auf wackeligen Beinen wankte er ins Bad und erschrak, als ihn die müden und geröteten Augen seines Spiegelbildes anblickten. Er sah fürchterlich aus, übernächtigt und verquollen. Was um Himmels willen war nur geschehen? Schnell drehte er den Wasserhahn auf und schaufelte sich minutenlang kaltes Wasser mit den Händen ins Gesicht. Während er sich abtrocknete, kam plötzlich die Erinnerung zurück.

Oh Gott, dachte er. *Sie wird doch nicht ...*

Er rannte ins Schlafzimmer und riss den Schrank auf. Die Tür des Pistolentresors, in dem er seine Dienstwaffe aufbewahrte, stand offen. Der Waffenschrank war leer, seine Walther PPK verschwunden.

Wie erstarrt stand er da. Sein ganzer Körper fing zu kribbeln an, sein Kopf glühte und die Hände zitterten. Das konnte doch alles nicht wahr sein.

Er benötigte einen Moment, um aus seiner Schockstarre zu erwachen. Dann schaute er auf die Uhr. Es war bereits kurz vor halb zehn. Um neun hatte der Prozess begonnen. Wenn er sich beeilte, könnte er in zehn Minuten in Freiburg sein. Er zog seine Schuhe an, griff nach dem Autoschlüssel und rannte nach unten. Als er die Haustür aufriss, erwartete ihn die nächste Katastrophe. Zwar war die Straße vom Schnee des vergangenen Tages schon weitestgehend geräumt, aber sein Auto befand sich unter einer dicken Schnee- und Eisschicht.

Fluchend wischte er mit beiden Händen die Fahrertür frei, riss sie auf, startete den Motor und stellte das Gebläse auf die höchste Stufe. Er öffnete das Handschuhfach, nahm den Eiskratzer und schabte wie besessen ein Sichtfeld auf der Windschutzscheibe frei. Danach befreite er die Seiten- und das Heckfenster notdürftig vom Schnee, stieg ein und brauste davon.

Das Landgericht Freiburg war in einem historischen Gebäude aus dem 18. Jahrhundert untergebracht. Das sogenannte Palais Sickingen befand sich in der Salzstraße, einem zentralen Teil der Fußgängerzone. Dies machte es Sebastian nicht leichter.

Durch das Freikratzen seines Autos hatte er wertvolle Zeit verloren. Auch war der Verkehr heute nicht so schnell gerollt wie an trockenen und schneefreien Tagen. Und jetzt musste er auch noch die letzten Meter zu Fuß zurücklegen.

Er stellte sein Fahrzeug in einer Seitenstraße ab. So schnell er konnte, rannte er in Richtung der Fußgängerzone. Als er das Gerichtsgebäude mit seiner weißen Fassade und den verschnörkelten Figuren auf dem Dach, die ihn bedrohlich anzustarren schienen, erreichte, war es bereits kurz vor zehn und der erste Prozesstag eine knappe Stunde alt.

Sebastian blieb einen Moment lang stehen und schnappte nach Luft, indem er sich nach vorne beugte und seine Hände auf den Oberschenkeln abstützte. In rasender Geschwindigkeit hob und senkte sich sein Brustkorb im Takt seiner Atemzüge. Trotz der Kälte liefen ihm einige Schweißtropfen übers Gesicht. Dann richtete er sich wieder auf, öffnete mit einem Ruck das schwere Tor und trat ein.

Immer noch schwer atmend sah sich Sebastian um und entdeckte in der Mitte der Eingangshalle eine große Tafel, auf der die für heute anberaumten Gerichtstermine aufgeführt waren. Er rannte zur Hinweistafel und begann zu lesen, als ihm jemand auf die Schulter klopfte. Es war der Pförtner, dem Sebastian offenbar verdächtig vorgekommen war.

»Wohin so schnell, junger Mann?«, fragte ihn der uniformierte Mann mit grimmigem Blick.

Sebastian kramte seinen Dienstausweis aus der Jacke und hielt ihn dem Pförtner vor die Nase.

»Das Verfahren gegen Dieter Ruck. Sagen Sie mir bitte schnell, wo es stattfindet.«

Der Mann musste nicht lange überlegen. »Erster Stock, Saal zwei«, antwortete er.

»Da gab es heute schon einen großen Andrang mit Presseleuten, Fernsehen und so weiter«, rief er Sebastian hinterher, als dieser bereits die Treppe hinaufeilte.

Oben angekommen, rannte Sebastian den Flur entlang und betete, dass er nicht zu spät kam. Doch plötzlich blieb er wie vom Blitz getroffen stehen. Mit großen Augen und offenem Mund sah er einen Mob von Leuten auf sich zukommen. Das Blitzlichtgewitter der Kameras erhellte den düsteren Flur. An der Spitze des Menschenknäuels kam Veronika auf ihn zu, flankiert von zwei uniformierten Justizwachtmeistern, die sich die lästigen Journalisten mit ausgestreckten Armen vom Leib hielten.

Nein, nein, nein. Bitte nicht, dachte er. *Bitte, bitte nicht!*

»Sebastian, es tut … es tut mir wahnsinnig leid«, sagte Veronika nur, als sie an ihm vorüberlief.

Als die Polizisten Veronika die Treppen hinabführten, stand Sebastian immer noch regungslos da. Er starrte ins Leere und war unfähig, sich nach ihr umzudrehen. Dann hörte er unten die Tür ins Schloss fallen und auf einmal war es wieder still.

EPILOG

Veronika und Sebastian saßen auf einer Bank an der Ufer-promenade in Konstanz und schauten auf den Seerhein hinaus. Als er seinen Arm um sie legte, schmiegte sie sich eng an ihn.

Am Vormittag waren sie nach Kirchzarten gefahren und hatten Martinas Grab besucht, denn heute war ihr Todestag. Vor zwei Jahren hatte Veronikas Tochter auf grausame Weise ihr Leben verloren.

Veronika schaute zum azurblauen Himmel. »Glaubst du, sie kann uns sehen?«

»Da bin ich mir ganz sicher«, antwortete Sebastian und hauchte ihr einen zärtlichen Kuss auf die Wange.

»Sebastian, ich bin so froh, dass ich dich habe und dass du mir so schnell verziehen hast, als ich dein Vertrauen missbraucht und dich hintergangen habe.«

Sie dachte an den Vorabend des Prozesstages zurück, als sie Sebastian betäubt und seine Dienstwaffe entwendet hatte.

Zwar hatte sie im Gerichtssaal die Pistole aus ihrer Handtasche gezogen, doch als sie Dieter Ruck wie ein Häufchen Elend auf der Anklagebank sitzen sah, hatte sie die Waffe zu Boden gerichtet und sich widerstandslos festnehmen lassen. Anschließend war sie froh gewesen, dass sie wegen Bedrohung mit einer Schusswaffe und Verstoßes gegen das Waffengesetz mit einer Geldstrafe davongekommen war.

Während die beiden noch eine ganze Weile schweigend und händchenhaltend nebeneinandersaßen, schweiften auch Sebastians Gedanken in die Vergangenheit zurück. Vor gut einem Jahr hatte er den mehrwöchigen Lehrgang als Bereichswechsel abgeschlossen und war dann zur Kriminalpolizei gewechselt.

Um dem Gerede der Leute zu entgehen, waren er und Veronika aus Kirchzarten weggezogen. Sie hatten geheiratet und sich in Konstanz am Bodensee eine neue Existenz aufgebaut. Sebastian hatte eine Stelle beim Polizeipräsidium Konstanz angetreten und kurze Zeit später wurde Veronika als Sachbearbeiterin bei der Tourist-Information eingestellt.

»Veronika, mein Schatz, auch ich bin froh, dass ich dich habe. Und bald wird unser Glück perfekt sein.« Er legte seine Hand auf ihren kleinen Bauchansatz und schaute ihr tief in die Augen.

Und dieses Mal waren es Freudentränen, die ihr über die Wangen liefen.

ETWA ZUR GLEICHEN ZEIT IN TRIBERG

Werner Wellinger und Waldemar Gutmann saßen bei einem Glas Bier in einem gemütlichen Restaurant und planten ihre nächste Wanderung. Gutmann hatte sich vor kurzem in den Ruhestand begeben, war mittlerweile mit

Wellinger eng befreundet und hatte dank ihm im Wandern ein neues Hobby gefunden.

»Mensch Werner, ich hätte nie gedacht, dass ich mal freiwillig mit einem Rucksack auf dem Rücken ́stundenlang durch den Wald marschieren und dabei auch noch Spaß haben werde. Ich bin froh, dass wir uns kennengelernt haben.« Gutmann nahm sein Glas und prostete Wellinger zu.

»Ganz meinerseits«, antwortete Wellinger. »Obwohl die Umstände nicht gerade gut waren. Um ein Haar hätte ich mit meinem Leben bezahlt, nur weil ich dir und deinen Kollegen helfen wollte, Dieter Ruck alias Didier Saccade zur Strecke zu bringen.«

»Dass dir der Kerl an die Gurgel gegangen ist, hat ja aber auch was Gutes mit sich gebracht.«

Wellinger zog die Augenbrauen hoch. »Wieso das denn?«

»Weil ihm der Mord an Barbara Haas und die Mordversuche an dir und Lichtlein zum Verhängnis geworden sind. In diesen Fällen ist der Richter schließlich dem Antrag des Staatsanwalts gefolgt, der auf uneingeschränkte Schuldfähigkeit des Angeklagten plädiert hat. Zudem wurde Sicherheitsverwahrung angeordnet, da im psychiatrischen Gutachten Ruck als gefährlich eingestuft und davon ausgegangen worden war, dass er weitere erhebliche Straftaten begehen würde. Und nur deshalb hat er eine lebenslängliche Freiheitsstrafe erhalten, obwohl sein Anwalt im Schlussplädoyer auf zwangsweise Unterbringung in einem psychiatrischen Krankenhaus plädiert hat.« Gutmann nahm einen Schluck Bier, wischte sich mit dem Handrücken über den Mund und fuhr fort. »Ruck wurde

zwar bescheinigt, dass er aufgrund einer krankhaften see-
lischen Störung vier junge Menschen getötet hat und bei
den Taten vermindert schuldfähig war, aber, wie gesagt,
der Mord an seiner Freundin wie auch die Mordversuche
an dir und Lichtlein sind ihm zum Verhängnis geworden.«

»Tja«, sagte Wellinger. »Zum Glück ist für mich die
Sache so ausgegangen, wie sie ausgegangen ist.«

»Das hätte aber auch ins Auge gehen können«, entgegnete Gutmann. »Deshalb hoffe ich, dass es das letzte
Mal war, dass du auf Verbrecherjagd gegangen bist.«

Wellinger grinste. »Ganz bestimmt war es das letzte
Mal. Aber andererseits soll man ja nie ›nie‹ sagen.«

DANKSAGUNG

Nach Eintritt in den Ruhestand habe ich einen lang gehegten Traum verwirklicht und mit *Entsetzliche Wut* einen Kriminalroman geschrieben. Dies ist bereits drei Jahre her. Die positive Resonanz vieler Leser hat mich ermutigt, es nochmal zu tun. Mein zweiter Krimi hat zwar etwas auf sich warten lassen, aber ich hoffe, dass sich das Warten gelohnt hat.

Bis das letzte Kapitel geschrieben war, war es ein langer Weg, auf dem mich zahlreiche Menschen unterstützt haben, bei denen ich mich für ihre Mühen und Geduld recht herzlich bedanken möchte.

Mein Dank gilt Heidi Rei für die konstruktiven Anregungen und hilfreichen Ideen zur Handlung, die ich vielfach umgesetzt habe. Wie in meinem ersten Krimi hat mich Heidi von der ersten bis zur letzten Zeile meines Buchs geduldig begleitet. Danke an Johannes Saiger, Pressesprecher des Polizeipräsidiums Freiburg für die Zeit, die er sich für meine Fragen genommen hat. Danke an Holger Blank, Leiter des Polizeipostens Kirchzarten für die freundliche Unterstützung und seine nützlichen Hinweise. Vielen Dank auch an meine Lektorin Sandra Lode für die wieder einmal erstklassige Lektoratsarbeit und die wunderbare Betreuung.

Ohne die Mithilfe all dieser Personen wäre *Krankhafter*

Trieb nicht das Buch, das es geworden ist. Und selbstverständlich trage nur ich die Verantwortung für etwaige Fehler oder Ungenauigkeiten.

Außerdem danke ich der Books on Demand GmbH für die Herausgabe des Buchs, meiner Tochter Alicia, die mich bei der Umsetzung und Gestaltung des Projekts unterstützt hat, und meiner Frau für ihr Verständnis für die vielen Momente, in denen ich mal wieder in meiner Geschichte abgetaucht und für sie gedanklich nicht erreichbar war.

Zu guter Letzt danke ich Ihnen, liebe Leserinnen und Leser und hoffe, dass ich Ihnen mit meiner Geschichte ein klein wenig Freude bereiten konnte.